세계
서스펜스
걸작선
2

세계 서스펜스 걸작선 2

로버트 블록, 루스 렌들 외
제프리 디버 엮음 | 홍현숙 옮김

A Century of Great Suspense Stories

황금가지

A CENTURY OF GREAT SUSPENSE STORIES

Anthology Copyright ⓒ 2001 edited by Jeffery Deaver
All rights reserved.
Korean Translation Copyright ⓒ 2005 by Goldenbough
Korean translation edition is published by arrangement with
Jeffery Deaver c/o Curtis Brown, UK through Eric Yang Agency.

이 책의 한국어판 저작권은 에릭양 에이전시를 통해
Jeffery Deaver c/o Curtis Brown, UK와 독점 계약한 (주)황금가지에 있습니다.
저작권법에 의해 한국 내에서 보호를 받는 저작물이므로
무단 전재와 무단 복제를 금합니다.

"Cigarette Girl" by James M. Cain. Copyright © 1952 by James M. Cain. First published in *Manhunt*, May 1953. Reprinted by permission of the agent for the author's estate, Harold Ober Associated, Inc.

"Fourth of July Picnic" by Rex Stout. Copyright © 1957 by Rex Stout. First published in *Look*, July 1957. Reprinted by permission of the executrix for the author's estate, Barbara Stout and Rebecca Stout Bradbury.

"Life in Our Time" by Robert Bloch. Copyright © 1966 by Robert Bloch, renewed copyright © 1994 by the Estate of Robert Bloch. First published in *Ellery Queen Mystery Magazine*, October 1966. Reprinted by permission of the Estate of Robert Bloch and their agent, Ralph M. Vicinanza.

"Chee's Witch" by Tony Hillerman. Copyright © 1986 by Tony Hillerman. First published in *The New Black Mask #7*. Reprinted by permission of the author.

"Voir Dire" by Jeremiah Healy. Copyright © 1998 by Jeremiah Healy. First published in *Legal Briefs*. Reprinted by permission of the author.

"Burning End" by Ruth Rendell. Copyright © 1995 by Ruth Rendell. First published in *Ellery Queen Mystery Magazine*, December 1995. Reprinted by permission of the author.

"Poetic Justice" by Steve Martini. Copyright © 1998 by SPM, Inc. First published in *Legal Briefs*. Reprinted by permission of the author.

"Red Clay" by Michael Malone. Copyright © 1996 by Michael Malone. First published in *Murder for Love*. Reprinted by permission of the author.

"Benny's Space" by Marcia Muller. Copyright © 1992 by the Pronzini-Muller Family Trust. First published in *A Women's Eye*. Reprinted by permission of the author.

일러두기

1. 이 책은 제프리 디버가 엮은 *A Century of Great Suspense Stories*를 번역한 것입니다. 스티븐 킹, 앤서니 부처, 조르주 심농, 스탠리 엘린, 얼 스탠리 가드너의 작품은 원저작자의 요청에 따라 한국판에는 수록하지 못했습니다.
2. 인명 및 지명 표기는 한글 맞춤법 통일안 및 외래어 표기 규정을 따랐습니다.
3. 본문에 사용한 부호 및 기호의 뜻은 다음과 같습니다.
    —전집, 단행본: 『 』
    —신문, 잡지: 《 》
    —개별 작품, 논문, 기사: 「 」
4. 옮긴이 주는 본문 안에 괄호에 넣었으며 옮긴이라고 따로 표기하였습니다.
5. 이 책에 쓰인 본문 종이 E-Light는 국내 기술로 개발된 최신 종이로, 기존에 쓰이던 모조지나 서적지보다 더욱 가볍고 안전하며 눈의 피로를 덜게끔 한 단계 품질을 높인 고급지입니다.

차례

담배 파는 여자   9

7월 4일의 야유회   33

우리 시대의 삶   95

치의 마녀   111

예비 심문   133

인터폴: 현대판 메두사 사건   187

불타는 종말   219

시적인 정의   237

붉은 흙   271

베니의 구역   305

담배 파는 여자
Cigarette Girl

제임스 케인 _ James M. Cain

      제임스 케인(1892~1977)은 누구나 인정하는 두 편의 걸작을 썼다. 바로 「우편 배달부는 벨을 두 번 울린다(*The Postman Always Rings Twice and Double Indemnity*)」와 「이중 사면(*Double Indemnity*)」이다. 「밀드리드 찌르기(*Mildred Pierce*)」를 이 목록에 첨가하는 사람도 있다. 그는 성에 대해 솔직히 쓰기 때문에 늘 논란을 불러일으킨다. 하지만 비평가들은 성이 여러 유형의 사랑이 되기도 함을 전혀 이해하지 못하는 것 같다. 범죄 소설 장르에서 남녀 관계를 케인처럼 묘사할 줄 아는 이는 아직 없다. 케인조차 후반기로 접어들면서 예전 같지 않다. 그는 다양한 소설을 썼다. 하지만 초기작에는 미치지 못하고 있다. 그렇다고 해서 문제가 될 것은 없다. 그렇지 않은가? 「우편 배달부는 벨을 두 번 울린다」와 「이중 사면」으로 그는 이미 불후의 명성을 얻었기 때문이다.

나는 이곳에 오기 전까지 담배 파는 여자에게 그토록 오랫동안 시선을 둔 적이 없다. 이곳은 워싱턴에서 북쪽으로 몇 킬로미터 떨어진 1번가의 '히어스 하우'라는 나이트클럽으로, 나는 99퍼센트 어리석은 일 때문에 이곳에 왔다. 게다가 그것은 여기저기 떠벌릴 수도 없는 일에 속했다. 저녁 8시경 실내에는 사람이 거의 없었다. 내가 탁자 하나를 차지하고 앉아 술을 시키고 시가의 포장을 벗기고 있을 때, 향수 냄새를 피우며 담배를 든 여자가 옆으로 스쳐 지나갔다. 뒷모습만 보였지만 호박단 스커트에 크레이프 천으로 된 블라우스 그리고 은 귀고리가 정숙한 분위기를 풍겼다. 그리고 평균보다 약간 작은 듯한 몸매는 환상적일 만큼 훌륭했다. 그때까지 내가 본 담배 파는 여자는 황홀할 지경도 아니지만 그다지 나쁘지도 않았다. 사내가 심심풀이로 데리고 놀기에는 적당한 상대였다.

그녀가 내게 다가왔을 때, 아니 내가 그녀를 불렀을 때였다. 중년 고객인 내가 그녀에게 농담을 걸려 할 때 나이트클럽의 사장이 끼어들었다. 그는 체격이 큰 금발의 사내로 얼굴도 꽤 멀끔해 보였다. 하지만 그녀를 제지하려는 듯 여자의 귀에 대고 뭐라고 속삭였다. 분명 무언가 이유가 있어 보였다. 하지만 그 이유가 무엇인지는 알 수 없었다. 여자는 사장 말이 별로 마음에 들지 않는 듯했고 그러다 나와 눈이 마주쳤다. 여자는 약간 샐쭉한 표정을 짓더니 어깨를 조금 으쓱해 보였다. 그리고 살짝 윙크를 해보이고는 미소를 지으며 잠자코 서 있었다.
　나는 이제 여자가 내게 접근하려 한다는 걸 확신했고, 그래서 기분이 좋았다. 물론 나도 미소를 지어 보였다. 그로 인해 그녀 일에 휘말려 들었지만 말이다. 미소는 자연의 고속도로이다. 미소에는 차선이 있으며 마음 내키는 대로 달릴 수는 있지만 돌아올 수는 없다. 물론 돌아올 마음도 없었지만 말이다. 나는 불현듯 시가를 피우려던 생각을 바꿨다. 그래서 그것을 다시 주머니에 넣고 담배를 달라고 손을 흔들었다. 여자가 고개를 끄덕이며 내게 와서 말했다.
　"절 비웃지 마세요."
　"누가 비웃었나요? 바라보고 있었는걸요."
　"아, 물론 그건 다르죠."
　내가 담뱃갑을 하나 집고 돈을 내려놓았다. 그때 놀랍게도 여자가 내게 잔돈을 거슬러 주는 게 아닌가. 여자가 자리를 뜨려 할 때 내가 말했다.
　"뭔가를 잊으신 게 아닌가요?"
　"그건 필요 없어요."
　"내가 받은 이 모든 것에 대해 보답을 해야겠는걸요."
　"이 모든 것이라뇨, 선생님? 예를 들면요?"
　"굳이 말씀드리자면, 내 눈을 즐겁게 해 준 아름다움이죠."
　"우리 삶에서 가장 좋은 것들은 공짜인걸요."
　"그런 논리라면 아름다운 숙녀 분, 그것 중 일부가 여기 있고, 그게 바로 최상급입니다. 잠깐 앉으시겠습니까?"
　"안 돼요."

"왜 안 된다는 거죠?"

"규칙에 어긋나요. 여긴 규칙이 있어요."

여자는 이 말을 남기고 뒤쪽 어딘가로 사라졌다. 정신 차려 보니, 사장이 아주 가까이 와 있었다. 나는 그가 조금씩 다가왔음을 눈치 챘다. 내가 그를 불러 말했다.

"대체 왜 이러십니까? 저 아가씨와 이야기 좀 했을 뿐인걸요."

"선생님, 저 여자는 돈 받고 일합니다."

"그렇겠죠. 저 아가씨가 규칙에 대해 말하던데, 이 세상에는 다른 규칙도 있습니다. 미국인의 네 가지 기본적인 자유 같은 것 말입니다. 그런 이야기 들어 본 적 있으십니까?"

"물론, 있습니다."

"당신이 히어스 하우의 사장인가요?"

"친구들은 잭 코너라고 부르죠."

내가 지갑에서 5달러짜리 지폐 한 장을 꺼내 그 위에 이름을 쓴 다음 접어서 그의 쪽으로 밀어 놓았다. 그리고 말했다.

"잭, 내 소개를 이렇게 해야겠군요. 규칙을 좀 완화해 주시죠. 예쁜 여자라 술을 한잔 사고 싶군요."

그는 돈에는 눈길 한번 주지 않고 선 채로 잠시 따져 보는 듯했다. 그러더니 말했다.

"선생님, 잘못 생각하셨습니다. 우선 저 여자는 담배 파는 여자가 아닙니다. 오늘 밤에 원래 그 일을 하던 아가씨가 나오지 않았고, 이런 경우는 별로 없습니다. 둘째로 저 여자는 싸구려가 아닙니다. 돈을 쑤셔 넣거나 술을 사 준다고 해서 가질 수 있는 여자가 아닙니다. 저 여자는 품위가 있습니다. 품위가 몸에 밴 여자로 서부 출신이지만 사정이 있어 일행과 함께 동부로 왔습니다. 셋째로 저 여자는 제 친구입니다. 그래서 규칙을 완화해 드리기 전에 선생님에 대해 좀 더 알아야겠습니다. 이 소개로 알 수 있는 것보다 훨씬 더 많이요. 만나서 반갑습니다. 하지만 카메론 씨, 선생님이 뭘 하시는 분인지 어떤 사람인지 아직 모르지 않습⋯⋯."

"난 음악가요."

"예? 어떤 악기를 연주하십니까?"

"전부 다 다룹니다. 주로 연주하는 건 기타죠."

그러다 보니 내가 여기서 무얼 하고 있나 하는 생각이 들었다. 정말 나는 기타를 연주하며, 음악이 나를 이끄는 대로 하루 종일 연주하기도 한다. 그러다 보면 사람들이 정말로 좋아할 만한 곡조가 떠오르기도 한다. 그렇게 남들로부터 떨어져 혼자 멋진 세상에 있는 듯한 행복감에 젖어 드는 것이다. 나는 볼티모어에 사무실을 둔 기획자이며 어떤 하찮은 곡에 대해 알아볼 게 있어 이곳에 왔다. 내 일을 도맡아 하다시피 하는 밴드의 리더 아트 로머크가 노래를 몇 곡 작곡했는데 그 가운데 한 곡을 누군가 훔쳐 갔다며, 그러니까 도용을 했다며 미친 듯이 화를 냈다. 그는 한동안 그 곡을 연주하며 미흡한 부분을 가다듬고 가사와 제목을 구상했다. 그때 그 일이 터진 것이다. 그래서 그는 내게 전화를 걸어 고래고래 고함을 쳐 댔다. 그 곡은 워싱턴 FM의 10시 프로그램 중 현장에서 생중계하는 한 코너를 통해 이 작은 나이트클럽에서 이미 방송을 탔고 따라서 많은 이들이 그에게 그러한 사실을 알려 주었다. 그는 내게 오늘 밤 제발 이곳에 와서 그 삼인조 록 그룹이 방송을 시작할 때 내막을 알아내 내일 자신에게 알려 달라고 사정했다.

나는 그런 일로 이곳에 온 것이었다. 그리고 이 정도는 매일 다반사로 일어나는 일이다. 하지만 그의 노래에는 개성이 있었고 조금 특이했다. 그 곡은 히트를 치지 못해 거의 잊혀지다시피 했지만 예전에 「네바다」라는 제목으로 이미 발표된 노래였다. 또한 「네바다」는 그보다도 전에 주세페 베르디라는 사람이 작곡한 「시실리안 베스퍼스」라는 오페라에 삽입된 「오 튀 팔레르모」라는 곡을 편곡한 것이었다. 아트가 정말로 초조해하는 이유는 자신이 그 곡을 어디서 따왔는지 알지 못하기 때문이었다. 그 곡은 그야말로 어쩌다 그의 머리에 떠올랐을 뿐, 아트 같은 대가도 그런 곡을 작곡하게 된 과정을 잘 설명하지는 못했다. 하지만 내가 굳이 여기 온 이유와 이번 일을 그냥 웃어넘기지 못하는 것은 아트가 옳을 수도 있다는 사실 때문이었다. 그 경쾌한 곡조는 원래 오페라나 최초로 편곡된 「네바다」에서 따온 게 아니라 그가 창작한 것일지도 몰랐다. 그 곡은 원래 $\frac{3}{4}$박자이고 아트도 그렇게 연주했다. 따라서 이곳에서 그 곡을 노래하는 이들이 네바다를 베르디가 작곡한 $\frac{4}{4}$박자가 아니라 $\frac{3}{4}$박자로 연주한다면, 아트가 나에게처럼 고래고래 소리를 질러 댄 변호사들이 할 일이 많아질 터였다.

대체로 바보 같은 이야기이다.

섬뜩하기도 하고 말이다.

하지만 어쩌면 아트의 말이 옳을지도 몰랐다.

그때 사장으로 보이는 잭이라는 사람이 뭔가 수상한 생각이 들었는지 갑자기 자리를 옮겨 기타 연주자들이 연주하는 단으로 갔다. 물론 연주자들은 아직 오지 않았다. 잭이 클래식 기타를 들고 돌아왔다. 나는 기타를 받아 들고 그에게 감사를 표한 다음 조율을 했다. 기타를 조율하다 보니, 아트가 겪고 있는 하찮은 문제에 생각이 미쳤고 동시에 숨길 게 뭐가 있겠느냐는 생각이 들어, 나는 그의 밴드를 대신해서 방송이 나갈 때 현장을 잡으러 왔다고 털어놓았다. 그는 아무 반응도 보이지 않았다. 그래서 나는 아무것도 얻지 못했다. 그러나 왠지 말하길 잘한 듯한 느낌이 들었다.

나는 그에게 「밤과 낮」을 들려주었다. 완벽하지는 않았지만 그래도 공짜 연주치고는 상당히 훌륭했다. 나는 이 곡을 연주할 때 감정을 어떻게 처리해야 하는지 잘 안다. 실내 여기저기에 흩어져 있던 사람들의 말소리가 일시에 잦아들었다. 내가 연주를 끝내자 조그만 박수 소리가 터져 나왔다. 그래도 그는 아무 반응도 보이지 않았다. 그래서 나는 그를 한 대 갈기고 싶었다. 그러나 그때 벨 소리가 났고, 그는 여자가 사라진 뒤쪽으로 갔다. 내가 짧은 곡을 연주하기 시작했을 때 그가 돌아왔다. 그가 허리를 굽혀 그 5달러짜리 지폐를 집어 들고는 다시 허리를 굽혔다.

"카메론 씨, 기타 연주는 훌륭했습니다. 그녀가 연주를 듣고는 선생님의 요청에 응했습니다."

"두 사람 자리를 마련해 주시는 겁니까?"

"잠깐만요, 알아 두실 게 있습니다."

그는 아랫사람에게 가게를 넘기는 자정까지 그 여자가 주문 내용을 점검하는 일을 한다고 설명했다.

"그것은 저 여자가 돈을 관리한다는 뜻입니다. 저 여자가 없으면 저는 가게 문을 닫는 게 나을 겁니다. 저 여자에게 끌리신 모양인데, 그래도 저 여자와 함께 나갈 수는 없습니다."

"아, 좋습니다."

"그럼 양해하신 겁니다."

일이 내 의도대로 풀리지는 않았다. 하지만 중요한 건 그 여자였다. 그래서 나는 그를 따라 클래식 기타를 든 채 웨이터들이 이용하는 비상구 쪽으로 갔다. 하지만 불현듯 기분이 좋아졌고 그녀와 한결 가까워진 듯한 느낌이 들었다.

그곳은 일종의 작업장으로 한쪽에는 작은 사무실이 있고 다른 한쪽에는 직원용 바가 있었다. 그리고 뒷부분과 중간 부분에서는 하얀 옷을 입은 직원들이 들여온 상자 더미를 정리하고 있었다. 여자는 웨이터들이 상자를 운반하는 작은 레일 위의 높은 의자에 혼자 앉아 있었다. 여자가 내게 손을 흔들어 보였다. 모든 것이 장난인 듯한 몸짓이었다. 여자가 아래쪽을 향해 외쳤다.

"발코니 장면 같지 않아요? 날 위해 음악을 연주해 주세요!"

나는 서둘러 그곳으로 가서는 그건 「로미오와 줄리엣」의 한 장면이라고 말하자 여자는 바로 그 말을 하려 했다고 대답했다. 그때 잭이 높은 의자를 가져다 그 여자 옆에 놔주었다. 나는 작은 책상을 앞에 두고 있는 그녀 옆에 앉게 될 터였다. 잭이 우리를 인사시켜 주어서 나는 그녀의 이름이 슈타르크임을 알게 되었다. 나는 의자 위로 올라갔고, 그렇게 허공에 우리 둘만 앉자 왠지 높은 곳에 있는 우리 두 주인공을 위해 직원들이 재미난 연기를 해보이는 것처럼 느껴졌다. 직원들은 대부분 너무 바빠서 우리를 쳐다볼 틈도 없었다. 나는 기타를 책상 위에 올려놓고 계속 연주했다. 내가 '쇼보트'를 끝낼 무렵에는 여자가 나를 빌이라고 불렀고 나는 그녀를 리디아라고 불렀다. 나는 그녀의 녹색 눈이 크림 색 피부와 창백한 금발 때문에 밝게 빛난다고 말해 주었다. 그러자 여자는 내 눈이 연한 푸른빛이라고 말해 주었다. 나는 빨간 머리에 마른 데다 키만 훌쩍 큰 지금의 내 모습이 아니라 다른 멋진 사람이었으면 좋겠다고 생각했다. 그녀가 내 엄지손가락에 있는 점을 살짝 꼬집는 모습은 정말이지 귀여웠다.

내가 시키지도 않았는데 잭이 얼음을 채운 양동이에 든 샴페인을 들고 나타났다. 그때 내가 아까 시킨 술 생각이 났다. 하지만 그는 스카치는 좋지 않다며 이건 자신이 내는 거라고 했다. 나는 그에게 감사를 표했다. 그가 샴페인 병을 열고 잔에 따랐다. 그래서 나는 기타를 모퉁이에 기대 놓고 그녀 쪽으로 잔을 들어 올리며 말했다.

"저 사람이 왜 이렇게 친절한 거지?"

"아, 잭은 원래 친절해요."

"나한테는 아니었어. 아니었다고."

"내가 떠나야 한다는 걸 알고 있거든요. 내 기분을 맞춰 주려고 그러는 거예요. 여긴 오늘 밤이 마지막이거든요."

"멀리 가나?"

"예."

"언제?"

"오늘 밤에요."

"그래서 12시에 일을 마쳐야 한다는 건가?"

"잭이 그래요?"

"나한테 많은 이야기를 들려줬지."

"비행기가 1시에 출발해요. 짐은 벌써 보냈고요. 공항에서는 모든 검사를 마치고 지금쯤 무게를 재고 있을 거예요."

그녀가 내 잔에 자신의 잔을 맞댄 후에 샴페인을 조금 마시고 떨리는 듯한 깊은 심호흡을 했다. 왠지 크나큰 실망감이 밀려왔다. 하지만 아무도 그 일을 심각하게 여기지 않는 것 같아 나도 아무렇지도 않은 듯 처신해야 했다.

"음, 즐거운 여행이 되길. 어디로 가는 비행기인지 물어봐도 될까?"

나는 이 말을 하며 목이 조금 메어 옴을 느꼈다.

"집으로요."

"집이 어딘데?"

"그건…… 중요하지 않아요."

"서부 쪽은 내가 잘 알지."

"잭이 또 무슨 말을 했어요?"

나는 상류 사회 출신인 그녀의 친구들과 돈을 물 쓰듯 쓰며 자유로운 생활을 하고, 대화라고는 가벼운 농담이나 주고받았을 그녀의 과거 생활에 대해 즉석에서 이야기를 지어냈다. 하지만 내가 잘못 짚었음을 깨닫고 상상의 나래를 더 펼치지는 않았다. 내가 말을 멈추자 그녀가 말했다.

"그 말 중 일부는 사실이기도 해요. 난 행운을 빚는 사람이었어요. 우린 그렇게 부르죠. 그래도 아직 내가 진짜로 뭘 하는 사람인지 모르겠어요?"

여자가 말했다.

"내가 그냥 지어낸 소리였어."

"진짜로 알고 싶으세요?"

"말하고 싶지 않다면 하지 않아도 돼."

일은 내가 원하는 방향으로 돌아가지 않았고, 나는 그런 마음을 표현하려 했던 것 같다. 여자가 내 얼굴을 잠시 살펴보더니 물었다.

"내가 하고 있는 은 귀고리를 봐도 모르겠어요? 아니면 당신이 낸 5달러에 대한 잔돈을 거슬러 준 것으로도? 내가 공정한 게임을 치르는 여자라는 걸 눈치 채지 못했나요?"

"그건 인간답지 못한 행동이야."

"그건 도박꾼이라는 뜻이에요."

그러더니 물었다.

"빌, 놀랐나요?"

"아니, 전혀."

"난 부끄럽지 않아요. 우리 고향에서는 법에 어긋나지 않거든요. 이제 제가 사는 곳이 어딘지 아시겠어요?"

"아! 아!"

"왜 그러시죠?"

"아무것도 아니야. 네바다(도박이 합법화된 미국의 주로, 리노와 라스베이거스가 대표적인 도시이다.—옮긴이) 군, 그렇지 않아?"

"네바다에 무슨 문제가 있나요?"

"아니! 그냥 알아차린 거야. 그게 전부야."

나는 그제서야 내가 무슨 말을 했는지 깨달았다. 그러나 무슨 말을 했든 그녀는 내 목소리가 높아진 것을 거의 눈치 채지 못했다. 물론 그것은 내가 잘 위장했기 때문이었다. 그것은 그녀도 들었을, 삼인조가 연주한 그 곡 때문만이 아니라 그녀가 어떤 사람인지에도 이유가 있었다. 사실을 말하자면, 나는 그 여자의 드러난 정체가 별로 마음에 들지 않았다. 그래서 잠시 마음의 평정을 잃은 터였다. 하지만 도박꾼이라면 조금은 차갑고 조금은 위험하며 조금은 대범할 터였다. 나는 그녀가 정말로 그런 사실을 흔쾌히 받아들인다고 믿으면서 우리는 다시 가까워졌다. 그리고 그녀가 손가락으로 내 손의 점을 살짝 집었다. 여자가 자신에게 '연기'를 연주해 달라고 요청했다. 자신의 눈에 그런 부연 슬픔이 깃들어 있다면서. 하지만 나는 그녀의 말에 따르지 않았고 우리는 한동안 잠자코 그곳에 앉아 있었다.

그러다 그녀가 조금씩 비밀을 털어놓기 시작했다.

"빌, 어리석은 짓이었지만 나는 리노에 있는 '패독'이라는 클럽에서 일했어요. 정식 허가를 받은 곳이었죠. 그곳의 소유주는 록이라고 불리는 토니 로코였는데, 그 사람은 정말 이상한 도박 업주였어요. 상원 의원이면서 시민들을 위해 일하는 정치가이면서 그 밖에도 여러 가지 일을 했거든요. 난 그 사람 밑에서 일했어요. 그의 자금을 세탁하면서요. 실제로는 그 사람의 간사나 마찬가지였죠. 월급도 넉넉히 받았고 크리스마스에는 보너스도 받았어요. 그러다가 그 일이 터졌어요. 연방 수사대가 들이닥치더니 총매출액의 10퍼센트를 세금으로 내라는 거예요. 그래서 우린 파산했죠. 하지만 말이 되지 않았어요. 다른 곳은 모두 면제받았거든요. 룰렛과 카드와 슬롯머신 업소 모두 괜찮았어요. 하지만 우린 아니었어요. 할렘과 플로리다와 워싱턴에는 우리처럼 불법으로 돈을 버는 업소가 많아요."

"진정해."

"그래야죠, 빌, 고마워요."

"샴페인 좀 마실래?"

"물론 록은 업소를 정리했어요. 그는 건물을 갖고 있었고, 패독이 있던 건물 값으로 25만 달러를 받았어요……. 그 정도라고 들었어요. 그때 메릴랜드 주에 관한 비밀 정보가 들어왔어요."

그 말을 듣자 내 머리에 어떤 생각이 스쳐 지나갔다. 그래서 그녀에게 그게 무슨 뜻이냐고 물었다.

"메릴랜드 주에서 룰렛이 합법화될 거라는 정보였어요."

그녀가 대답했다.

"네바다에서는 뭘 취급했지?"

"난 그 정보를 믿지 않았어요. 록도 믿지 않았죠. 하지만 록의 부인은 그 정보를 믿었어요. 그 부인에게는 그럴 만한 이유가 있었죠."

"비윤리적인 이유였겠지?"

"이유에 대해서는 말하고 싶지 않아요. 하지만 그 이유 때문에 록은 그 정보를 긍정적으로 받아들였고 두 사람은 가진 돈을 모두 그곳으로 가져갔어요. 그리고 나도 함께 가길 원했죠. 돈 아닌 다른 이유 때문에 말이에요. 두 사람은 이탈리아로 갈 때 일이 잘 풀릴 줄 알고 메릴랜드 주에서 룰렛이 합법화될 경우를 대비해서 내 월급을 계속 줬어요. 만일 합법화되지 않으면 그 돈을 퇴직금 삼아 고향으로 가라고 했죠. 말은 그렇게 한 거죠. 하지만 일은 그렇게 되지 않고……."

"계속해 봐."

"너무 많이 이야기했네요."

"이 남자와는 어떤 관계지?"

"아무 관계도 아니에요! 우리 세 사람이 희망을 품고 비행기에서 내릴 때까지 난 그 사람을 한 번도 보지 못했어요. 어떤 면에서는 이유 있는 희망이었죠. 메릴랜드에서 세금 문제를 도와줄 만한 사람들을 알거든요. 룰렛이 안 될 이유가 없지 않아요?"

"근데 이 남자가 어떤 사람이냐구?"

"이야기하긴 부끄럽지만, 그 정도는 밝혀야겠죠. 난 이제 숨겨둔 정부 노릇은 안 할 테니까. 그 사람이 자신을 어떤 사람으로 생각하는지는 몰라요. 하지만……."

그녀가 입술을 깨물더니 울기 시작했다. 그러다 입을 다물었다. 나는 화제를 돌리기 위해 그녀가 잭 밑에서 일하는 이유를 물었다. 그러자 그녀는 대답했다.

"일하면 안 되나요? 빈털터리로 고향에 돌아갈 순 없잖아요. 게다가 나한테 잘해 주는걸요."

그녀는 사람들이 잘해 준다고 말하는 것 자체를 즐기는 듯했다. 그녀는 마음을 진정했고, 내가 자신의 한 손을 두 손으로 쥐고 있는 걸 내버려 뒀다. 그 무렵에 우리는 정말로 가까워져 내가 계속 위로의 말을 해 주면 그녀가 그 비행기를 보내고 네바다로 가지 않을지도 모른다는 생각이 들 정도였다. 하지만 내가 그런 노력을 하고 있을 때 술집에 손님이 많아져 웨이터들이 그녀에게 쟁반에 든 내용물을 보여 주려고 들르는 바람에 내가 하고 싶은 말을 할 기회가 별로 없었다. 그때 문가에 포도주 병을 쟁반에 받쳐 든 웨이터가 나타났다. 그 웨이터 뒤로 떠들썩한 소리를 내며 한 사내가 들어왔는데, 그는 병이 차 있다며 그 병을 쟁반에서 끌어내렸다. 사내가 다시 나가려 할 때 잭이 문가에 나타났다. 그리고 사내는 그를 보며 탁자 쪽으로 뒷걸음질했다. 웨이터는 맹세코 술병이 비어 있었다고 말했지만 잭은 고개만 끄덕일 뿐이었다.

그때 잭이 그녀에게 다가오며 비상구에 난 창문 밖을 또 내다보았다. 그녀가 앉은 자리 바로 아래쪽에 있는 창문이었다.

"리디아, 저 사람을 어떻게 생각해?"

잭이 물었다.

"글쎄, 취한 것 같은걸요. 그게 전부예요."

"카메론 씨는 저 사람이 어떻게 보이십니까?"

"저 사람은 겉보기만큼 취하지 않은 것 같다는 것 말고는 별다른 생각이 없습니다."

"제 생각과 똑같군요! 나파술을 저렇게 조금 마시고 어떻게 저렇게 취할 수 있을까요? 그리고 왜 이곳으로 다시 온 걸까요?"

그때 그 웨이터가 나갔다가 돌아와서는 그 남자가 계산서를 달라고 한다고 말했다. 그러나 그가 잭의 조끼에 있는 계산서 다발을 꺼내 그의 계산서를 빼내려 할 때 그를 제지하며 잭이 말했다.

"내 말이 있을 때까지 그자에게 계산서를 주지 마. 조한테, 내가 여기서 지켜봤는데 그자가 나가지 않았다고 전해. 어서!"

웨이터는 멍한 표정을 지었다. 하지만 잭의 말대로 서둘러 나갔다. 그리고 잭이 여자를 쳐다보며 말했다.

"다시 올게. 한번 둘러봐야겠어."

그가 나가자 여자는 다시 한 번 길고 떨리는 듯한 한숨을 내쉬었다. 나는 주변을 둘러보았다. 그러나 어느 한 사람 이상한 기색은 없었다. 하지만 모두들 빵을 자르고 잔을 닦고 칵테일 만들 준비를 하는 게 왠지 우스워 보였다. 잭이 낮은 목소리로 뭐라고 중얼거렸다. 나는 무언가 대단한 일이 벌어질 것 같은 이상한 예감이 들었다. 그녀의 짐이 공항에서 검사 중이라는 말과 그녀를 노리는 듯한 사내, 그리고 무엇보다 잭의 행동 그 다음으로 그녀가 담배를 팔러 나왔다가 사람들의 눈을 피해 안으로 들어간 것 같은 여러 가지 단편적인 사실들을 곰곰이 따져 보았다. 그녀는 창문 밖으로 술병을 들고 앉아 있는 술주정뱅이를 계속 내다보았다. 이들의 우두머리로 보이는 조가 문을 막고 서자 적이 마음을 놓는 듯했다.

그때 잭이 돌아왔다. 그는 손가락을 꺾으며 밤에 할 일을 지시했다. 그러나 나는 그가 뒷문을 밀다가 자물쇠의 고리를 거는 것을 눈치 챘다. 그는 무대가 있는 곳으로 다시 나가려다 말고 그녀가 앉아 있는 책상에 멈춰 서서 재빨리 속삭였다.

"그자는 나갔어, 리디아. 차는 뒤에 주차시켜 놨어. 그 술주정뱅이는 내 생각에 당신을 막으려고 그자가 보낸 하수인 같아. 하지만 그자가 지금 당장 공항에 나타날 순 없을 거야."

"택시를 불러 줄 거예요, 잭?"

"택시라고? 내가 데려다 줄게."

그가 내게 다가와 속삭였다.

"카메론 씨, 죄송합니다만 이 귀여운 숙녀가 떠나야 합니다. 목적지는……."

"알고 있어요."

"이 여자는 지금 위험한 상황에……."

"그것도 눈치 챘어요."

"저 서투른 깡패 녀석들이 이 여자를 잡으러 와서 이 여자를 멀리 보내는 겁니다. 이 자리를 깨고 싶진 않지만 카메론 씨께서 저희와 함께 가 주신다면……."

"같이 가겠습니다."

"좋습니다. 선생님은 선생님 차에 타십시오. 길 바로 아래쪽에 있는 프렌드십 공항입니다."

그는 자신이 차를 대기시킬 동안 여자에게 떠날 준비를 하라고 일렀다. 그리고 그녀가 있는 책상으로 와서 옷을 갈아입었다. 그는 서둘렀지만 자신이 돌아올 때까지 기다리라고 말했다. 그는 고개 한번 돌리지 않고 술주정뱅이 옆을 지나 무대가 있는 곳으로 나갔다. 그러나 여자는 자리에 앉은 채로 나를 쳐다보았다.

"당신은 오지 않을 거죠, 그렇죠? 우정은 조금 냉정한 거잖아요."

여자가 말했다.

"나, 빌은 안 그래. 안 그렇고말고."

여자가 높은 의자에서 내려와 내 옆에 서서 내 머리칼을 어루만지며 말했다.

"밤 시간이다 보니 우리가 너무 금방 가까워진 것 같아요."

그러다 잠시 후 말을 이었다.

"난 부끄러워요, 빌. 이런 이유 때문에 떠나야 하다니요. 처음에는 도박이 정말 너무 근사했어요."

그녀가 등불의 줄을 잡아당겨 껐다. 그래서 우리는 반쯤 어둠에 갇혔다. 그녀가 내게 입을 맞추었다. 그러고는 말했다.

"하느님이 당신을 축복하고 지켜 주시길 바라요, 빌."

"당신도, 리디아."

내 뺨으로 그녀의 눈물이 느껴졌다. 여자가 내게서 멀어져 작은 사무실로 들어갔다. 여자가 외투를 입고 머리에 스카프를 두르기 시작했다. 그녀는 너무 예뻤다. 그래서 나는 마지막을 위해 아껴둔 작은 꽃다발을 아직 주지 않았다는 생각이 들었다. 내가 기타를 집어 들고 네바다를 연주하기 시작했다.

여자가 몸을 돌렸다. 그러나 유리알같이 차가운 눈길로 나를 쳐다보는 게 아닌가. 나는 소스라치게 놀라 기타에서 손을 뗐다. 하지만 그녀는 계속 나를 응시했다. 밖에서 차 문 닫히는 소리가 들렸고 그녀는 옆에 있는 창문을 통해 그 소리를 들었다. 결국 그녀는 눈길을 돌리고 베네치아풍의 블라인드 사이로 밖을 내다보았다. 잭이 외투를 입고 모자를 쓴 채로 뛰어 들어와 그녀에게 서두르라고 말했다. 그러나 그는 무언가를 눈치 채고 작은 음성으로 물었다. 하지만 나는 그의 말을 알아들을 수 있었다.

"리디아! 무슨 일이야?"

그녀가 내게 다가왔고 그가 그 뒤를 따랐다. 여자가 나를 손가락으로 가리키며 말을 했다기보다는 내뱉었다.

"이 사람이 하수인이에요. 그게 바로 문제라고요. 이 사람이 네바다를 연주했어요. 우리가 그 노래로 벌써 얼마나 고충을 겪었는지 모른다는 듯이 말이에요. 게다가 배니가 그 소리를 들었어요. 그 사람이 차에서 뛰어나와 지금 창문 바로 아래 있다구요."

"알았어. 가자고."

자초지종을 설명하기에 나는 조금 흥분해 있었고 그래서 시간을 벌기 위해 기타를 내려놓고 두 사람이 나가도록 천천히 의자에서 내려왔다. 하지만 여자는 아직도 할 말이 있는 듯했다. 그에게가 아니라 나에게 말이다. 여자가 내게 얼굴을 들이밀고 그동안

내가 한 말을 비웃듯 감탄사를 토해 냈다.

"오…… 오! 오!"

그런 다음 여자는 잭과 함께 나갔다. 그래서 나도 무거운 발걸음을 옮겼다.

그때 갑자기 문이 부서지며 벌컥 열렸다.

그리고 밖에 앉아 있을 줄 알았던 술주정뱅이가 밖으로 나가는 그녀를 막으려고 가까이 다가왔다. 게다가 술에 취해 가만히 있어야 하는 그자가 펄쩍펄쩍 뛰며 소리까지 질러 댔다.

"배니! 배니! 그 여자가 여기 있어! 나가려고 해! 배니!"

사방에서 여자들이 비명을 지르는데도 그는 계속 고함을 치며 주머니에서 총을 꺼내 천장을 향해 발사했다. 마치 군대에서 군인을 소집하는 소리 같았다. 잭이 그에게 뛰어들며 무대 위로 몸을 날렸고 춤을 추는 미끄러운 무대에서 발길질을 했다. 두 사람은 치고 받는 육탄전을 벌였고 결국 술주정뱅이는 뻗고 말았다.

조가 그의 총을 빼앗으려 할 때 자욱한 연기를 뚫고 누군가 외쳤다.

"잠깐! 총은 그냥 놔둬."

그때 몸집이 크고 목이 짧으며 어깨가 두툼한 데다 홈부르크 모자(챙이 좁은 펠트제 중절 모자.—옮긴이)를 쓰고 더블 코트에 하얀 머플러를 하고 한 손은 주머니에, 다른 한 손은 영화에 나오는 깡패처럼 휘두르며 한 사내가 들어왔다. 그는 모두 잠자코 있으면 아무도 다치지 않을 거라며 이렇게 말했다.

"속임수는 참을 수 없어."

그는 잭이 일어서는 것을 도와주었고 그에게 어떻게 지냈냐고 물었다.

"이봐, 할 말이 있는데……."

잭이 말했다.

"어떻게 지냈냐고 내가 물었잖아."

"잘 지냈어, 로코 씨."

"할 말 없지, 잭? 그럼 내가 하지."

그러더니 그가 그녀에게 물었다.

"리디아, 당신은 어떻게 지냈어?"

"당신이 알 바 아니잖아요."

그러더니 그녀가 갑자기 그가 그의 어머니에게 어떻게 했고 그의 아버지에게 어떤 사기를 쳤으며 자신을 어떻게 유혹했는지 토해 내기 시작했다. 그래서 나는 결국 이 바보가 누구인지 알게 되었다. 그는 잠자코 들었다. 그러나 도중에 내 쪽으로 손짓을 하며 이렇게 물었다.

"저 인간은 누구야?"

"배니, 당신은 알 줄 알았는데."

"당신이 남자 친구야?"

"그렇다고 해도 사실대로 말하진 않지."

나는 거칠게 말하려 했지만 사실 속마음은 떨렸다. 그들은 좀 더 이야기를 나누었고 그는 그 곡 때문에 내가 여기 왔다는 사실을 알게 되었다. 그는 이곳에서 오늘 밤에 나오는 방송 때문에 그녀가 있는 곳을 알아낸 사실이 몹시 재미있는 듯했다. 그러나 그는 계속해서 우리가 나란히 서 있는 곳까지 조금씩 다가왔다. 술 주정뱅이는 바닥에 뻗어 있었고 총은 그의 손 밑에 있었다. 나는 갑자기 배니가 정말 미친놈이고, 곧 그녀를 죽일 거라는 날카로운 직감을 느꼈다. 기타 줄을 힘껏 누르느라 왼손에 온통 굳은 살이 박힌 기타 연주자는 정확한 음을 내기 위해 한 치의 오차도 허용하지 않는 법이다.

나는 면밀히 계산한 다음 행동으로 옮겼다.

나는 주머니에 넣고 있는 그의 한 손을 꽉 눌렀다. 그동안 여자들이 비명을 지르고 남자들은 달려 나가고 치고 받고 싸움이 벌어지는 등 나이트클럽 안은 아수라장이 되었다. 짐작한 대로 그의 주머니 속 손에는 총이 들려 있었다. 하지만 내가 그의 다른 손에 팔을 뻗는 순간 그가 내 손아귀에서 빠져나가 온 힘을 다해 나를 물었다. 그래서 나는 그의 손을 놓치고 말았다. 이제 나는 죽은 목숨이나 다름없었다. 총성이 울렸고 총알이 내 다리에 맞았다. 나는 쓰러졌다. 또 총성이 울렸고 로코가 내 옆으로 쓰러졌다. 그때 술주정뱅이의 총을 든 잭이 가까이 다가오며 또 총을 쏘았다.

나는 의식을 잃었다.

내가 눈을 떠 보니, 그녀가 있었다. 여자는 칼로 내 다리 부위의 옷을 찢어 내고 냅킨으로 지혈을 했다. 그때 아득히 먼 곳에서 외치는 듯한 잭의 음성이 들려왔다. 그가 전화에 대고 뭐라고 소리쳤다. 무대 위 내 바로 옆에는 무언가가 식탁보에 덮여 있었다.

조가 객장 안을 정리하고 일부 사람들이 나이트클럽을 빠져나가며 한동안 시간이 흘렀다. 밴드가 입장했고 나는 한 청년이 기타를 달라는 소리를 들었다. 누군가 그에게 기타를 갖다 주었고 마침내 그때 날카로운 사이렌 소리가 울려 퍼졌다. 그리고 그녀가 하느님께 감사의 기도를 드렸다.

잠시 후 경찰이 잭 그리고 식탁보로 덮인 사람에게 다가왔다. 우리는 둘 다 제정신이 아니었다. 우리는 서로의 품에 안긴 채 나는 웃고 그녀는 울었다.
"리디아, 리디아, 당신은 그 비행기를 타선 안 돼. 메릴랜드에서는 도박이 합법화되었지만 특별히 한 가지만 해당돼. 룰렛은 안 되고 슬롯머신만 허용하거든."

7월 4일의 야유회
Fourth Of July Picnic

렉스 스타우트 _ Rex Stout

    전형적인 영국 미스터리 물이 아직도 재미있게 읽히는 것은 그런 소설이 실로 모든 면에서 공상 과학 소설의 요소를 지니고 있기 때문이다. 괴이한 사건이 등장할 뿐 아니라(하느님, 몇몇 살인 방법을 굽어보소서!) 귀족이 범죄를 해결한다. 이들은 늘 중산모를 쓰고 이륜마차를 탄 채 안개 낀 런던 거리를 쏘다니며 밀실에서 벌어진 수수께끼를 푼다. 네로 울프가 등장하는 렉스 스타우트(1886~1975)의 멋진 소설 세계가 현실적인 측면에서 다른 작품보다 신뢰도가 더 높은 것은 아니다. 하지만 그의 작품은 미국인의 구미에 아주 잘 맞는다. 이 작품에는 독자들의 비웃음을 유도하는 위대한 형사가 등장한다. 그는 밀폐된 세상을 만들어 내고 그곳에 즐거이 우드하우스 같은 사람을 살게 만들었다. 그는 삐딱하고 어떨 때는 대책 없이 상냥하며 호색한 사립 탐정을 화자로 만들어 작품을 이끌어 나간다. 정원사와 미식가를 포함한 모든 이에게 호소하는 작품을 말이다. 스타우트는 한줄 한줄 음미할 수 있는 작품을 쓴다. 그는 작품 쓰는 일을 즐기는 숙련된 장인이었다. 독자들도 그만큼 그의 작품을 읽는 것이 즐겁겠지만 말이다.

1

 모자를 쓰지 않아 짙은 갈색 머리칼이 다 드러난 플로라 코비가 고개를 돌려 짙은 갈색 눈으로 나를 쳐다봤다.
 "내 차를 가져올걸 그랬나 봐요."
 그녀가 말했다.
 "잘 가고 있어요. 한 눈을 감고도 가겠는걸요."
 내가 여자를 안심시켰다.
 "그러지는 마세요. 지금도 불안한걸요. 차가 섰을 때 당신의 사인을 받아도 될까요?"
 여자의 용모가 상당히 수려한 편에 속했으므로 내가 오른팔로 그녀의 어깨를 두르느라 한 손으로 운전하고 있다고 여자가 생각한다 해도 상관없었다. 그녀의 추측이 틀렸지만 말이다. 나는 오래전에 부상을 당해 감았던 붕대를 풀었다. 하지만 뒷좌석에 앉은 네로 울프가 자동차 타는 걸 아주 불안해해서, 내가 운전하지 않는 차에는 타려 하지 않는다는 말까지 할 필요는 없었다. 나는 그를 한결 불안하게 만들 수 있기 때문에 한 손으로 운전할 핑계가 생긴 것이 내심 반가웠다.
 어쨌든 그녀도 그것을 짐작한 것 같았다. 울프가 호화로울 정도는 아니지만 안락한 일상에서 벗어나 바깥 세상으로 나가는 유일한 일은 바로 루스터먼의 식당에 가는 것이었다. 그 식당을 세운 마르코 벅식은 울프의 가장 가깝고도 오랜 친구로 벅식이 죽고 식당이 직원들에게 넘어갔을 때 울프는 그 식당의 이사가 되었다. 또한 벅식은 식당의 수준과 명성을 유지해 달라는 유언을 울프에게 남겼다. 울프는 친구의 유언 대로 불평 한 마디 없이 일주일에 한두 번씩 불시에 식당을 방문했고 때로는 그보다 더 자주 들르기도 했다. 하지만 호텔 지배인인 펠릭스가 독립 기념일에 가는 '미국 식당 노동자 협회(URWA)'의 야유회 때 연설을 해 달라고 부탁했을 때는 내놓고 불평했다. 이제 이 협회를 간단히 URWA라고 부르겠다.

사실 그는 불평만 한 게 아니라 그 요청을 거절했다. 하지만 펠릭스는 계속 졸라 댔다. 어느 날 그가 지원병들과 함께 그의 사무실로 찾아와서 울프는 결국 그의 요청을 받아들였다. 지원병은 처칠 식당의 소스 주방장인 폴 라고와 URWA의 회장인 제임스 코비 그리고 루스터먼 식당뿐 아니라 울프의 집에도 공급되는 얻기 힘든 식자재와 포도주를 수입하는 그리펀, URWA의 이사인 필립 홀트였다. 이들은 야유회 장에서 진행할 프로그램에 대해서도 의논했지만 마르코 벅식이 죽은 뒤에도 루스터먼 식당을 뉴욕 최고의 식당으로 유지할 책임을 맡은 사람이 빠져서는 안 된다는 주장을 늦추지 않았다. 울프는 공작새만큼이나 허세가 강한 데다 그가 누군가를 사랑한 적이 있다면 그건 바로 마르코였으므로 그는 그 제안을 거절하지 못했다. 그의 관심을 끈 일은 또 있었다. 필립 홀트는 울프의 주방장이자 집의 관리인인 프리츠를 놓아주는 데 동의했다. 프리츠는 삼 년 동안 고문 자격으로 루스터먼 식당의 주방을 비정기적으로 방문해 왔고 홀트는 그도 URWA에 가입해야 한다고 압박해 왔다. 울프가 그것을 얼마나 못마땅해했을지 짐작이 갈 것이다.

　울프는 모든 일을 자신이 계획한다고 생각했다. 하지만 울프의 사업과 그의 드문 사교 생활에 관련된 일을 도맡아 하는 것은 바로 나였다. 따라서 7월 4일, 롱아일랜드에 있는 컬프 초원인 야유회 장소로 그를 데려가는 일도 내가 맡았다. 6월 말경에 제임스 코비가 전화를 걸어 자신의 딸 플로라를 소개했다. 나는 컬프 초원으로 가는 길이 아주 복잡하다는 그녀의 말에 롱아일랜드로 가는 길은 모두 아주 복잡하다고 대답했다. 그러자 그녀는 자신의 차에 우리를 태워서 가는 게 나을 거라고 말했다.

　나는 내심 그녀의 목소리가 마음에 들었다. 하지만 생각해 보니, 내 고용주가 한 손으로 운전하는 날 보는 것이 새롭고 흥미진진한 경험이 될 거라는 생각이 들었다. 그래서 그녀에게 반드시 울프의 차로 가야 하며 내가 운전을 해야 한다고 고집을 부렸다. 그녀가 우리와 함께 가겠으며 자신이 길을 안내하겠다고 했을 때 나는 정말이지 다행스러웠다. 일은 그렇게 되었고 롱아일랜드의 공원 도로를 48킬로미터 달려 컬프 초원의 문을 통과했을 때 울프는 입술을 굳게 다물고 아무 말도 하지 않고 있었다. 내가 7킬로미터 지점을 굼벵이처럼 가고 있을 때 그가 딱 한 번 입을 열었다.

　"아치, 길을 아주 잘 아는군."

　"예, 그렇습니다. 하지만 제 한 손을 이렇게 두는 건 충동에 따른 것입니다. 제가 손을 치우지 않는 이유는 충동에 거스르면 제 신경이 곤두서고, 그래서 선생님까지 불안하게 만들기 때문입니다."

내가 시선을 앞에 고정시킨 채 말했다.

거울을 통해 그가 입술을 굳게 다무는 모습이 보였고 내내 그 표정을 풀지 않았다.

나는 컬프 초원의 문을 통과해 플로라 코비가 가리키는 방향으로 차를 돌릴 때만 두 손을 사용했다. 연설이 3시에 시작될 예정이었으므로 2시 45분이면 제 시간에 도착한 셈이었다. 플로라는 천막 뒤쪽에 우리가 주차할 자리를 마련해 두었고 몇 제곱미터에 걸쳐 주차된 차들 사이를 요리조리 뚫고 지나가다 보니, 그녀가 옳았다는 생각이 들었다. 나는 천막에서 2미터밖에 떨어지지 않은 난방기 옆에 차를 세웠다. 그녀가 차에서 뛰어내려 자신이 탔던 쪽의 뒷문을 열었고 나는 내 쪽의 뒷문을 열었다. 울프의 눈이 오른쪽에 있는 그녀에게 갔다가 내가 있는 왼쪽으로 왔다. 그는 갈팡질팡했다. 그는 젊고 예쁜 여자일지라도 편을 들어 줄 사람은 아니었지만 내가 한 손으로 운전한 것에 대한 못마땅한 감정을 어떻게든 표현해야 했을 것이다. 그의 눈이 다시 오른쪽을 향했고 결국 막대한 체중이 나가는 그의 몸을 움직여 플로라가 연 문으로 내렸다.

2

지상에서 1미터 높이의 나무 단 위에 있는 천막은 울프의 사무실보다 그다지 크지 않았다. 하지만 인파로 붐볐다. 내가 천막 앞문을 지나 밖으로 나와 보니, 천막이 끝난 곳에도 같은 높이의 단이 펼쳐져 있었다. 산들바람이 바다 쪽에서 춤을 추듯 불어왔고 햇살도 따사로웠다. 화창한 7월 4일이었다. 단 위의 트인 공간에는 의자가 잔뜩 놓여 있었고 대부분의 의자는 비어 있었다. 1만 명 이상에 달하는 식당 노동자와 초대 손님들 때문에 시야가 가려 잔디의 상태는 잘 보이지 않았다. 1000명 정도의 인파가 연단 쪽에 모여 있었는데, 그들은 연설을 듣기 위해 앞자리에 앉으려는 사람들 같았다. 다른 사람들은 숲 주변이나 일렬로 늘어선 오두막 주변에 흩어져 있었다.

내 어깨 뒤쪽에서 플로라의 목소리가 들렸다.

"사람들이 나오고 있어요. 그러니 마음에 드는 자리가 있으면 잡아 놓으세요. 앞의 여섯 자리는 빼고요. 연사들이 앉을 자리거든요."

나는 당연히 그녀 옆 자리에 앉겠다고 말하려 했으나 사람들이 천막에서 밀치며 쏟아져 나오는 바람에 그 말을 제대로 하지 못했다. 또 울프에게는 그가 한 시간 정도 앉아 있어야 할 의자가 그의 엉덩이 반밖에 안 되니 힘든 시간을 보내야 할 거라고 귀띔해 주는 게 좋을 것 같았다. 나는 천막 입구 가까이 서 있다가 인파가 뜸해졌을 무렵 천막 안으로 들어갔다. 다섯 남자가 천막 한쪽 끝에 있는 간이 침대를 에워싼 채 서 있었고 한 남자가 그 침대 위에 누워 있었다. 왼쪽 옆으로는 네로 울프가 상체를 굽힌 채 탁자 위에 있는 뚜껑 열린 금속 상자의 내용물을 들여다보고 있었다. 옆으로 가서 보니, 손잡이 부분이 뼈로 된 칼 세트가 들어 있었는데 칼은 모두 여덟 자루였고 날의 길이는 15~30센티미터까지 다양했다. 칼날은 번쩍거리지 않았지만 날카로워 보였고 오랫동안 사용했는지 칼날이 조금 닳아 있었다. 내가 울프에게 누구의 목을 벨 예정이냐고 물었다.
"뒤부아 칼이야. 오래된 진짜 뒤부아지. 최상급 제품이야. 이 칼은 코비 씨 거야. 조각 경연 대회에서 쓰려고 가져온 거지. 그리고 당연히 코비가 이겼어. 이 칼을 훔치고 싶은걸. 그런데 왜 모두들 저 사람을 혼자 내버려 두지 않는 거지?"
울프가 이렇게 말하며 고개를 돌렸다.
나도 고개를 돌렸다. 사람들 틈으로 보니, 간이 침대에 누워 있는 사람은 URWA의 이사인 필립 홀트였다.
"저분은 어디 아프신가요?"
내가 물었다.
"뭘 잘못 먹었나 봐. 달팽이인 것 같은데, 상한 달팽이를 먹은 모양이야. 의사가 소화제를 줬대. 그런데 왜 혼자 조용히 소화나 시키게 내버려 두지 않는 거지?"
"제가 알아볼게요."
내가 이렇게 말하며 그쪽으로 갔다.
내가 간이 침대에 다가갔을 때는 제임스 코비가 말하고 있었다.
"의사가 뭐라고 했든 저 사람을 병원으로 옮겨야 한다니까. 안색 좀 보라고!"
땅딸막한 체격에 대머리인 코비는 식당 직원이라기보다 손님처럼 보였다. 바로 그 때문에 그가 URWA의 회장이 된 건지도 몰랐다.
"나도 동감입니다."
딕 베터가 단호하게 말했다. 나는 딕 베터를 사석에서 한 번도 만난 적은 없지만 그는 텔레비전 프로그램에 자주, 사실을 말하자면 너무 자주 나왔다. 내가 그가 나오는 프로그램을 보지 않는다 해도 아무 소용이 없었다. 대부분이 여성인 무수히 많은 미국인들이 그가 방송에 나오는 진행자 중 가장 젊고 잘생겼다고 생각할 터이니 말이다. 그가 이곳에 올 것이며 오는 이유가 무엇인지는 플로라 코비가 알려 준 터였다. 딕 베터의 아버지는 삼십 년 동안 브로드웨이의 한 식당에서 보조 웨이터로 일했고, 그래서 그는 이 자리를 그만두지 않았다.

"안쓰럽긴 하지만 저 사람은 우리 혁업회에서 제일 중요한 이 인무울이야. 물론 회에자양만 빼고 말이야. 그러니 저 사람이 여언다안에 모습을 드러내야 한다구. 모오이임이 끝나기 전에는 그럴 수 있을 거야."

폴 라고가 이렇게 말하며 반대 의사를 밝혔다. 그는 늘어진 테이프에서 나는 소리처럼 독특한 억양을 구사했다. 그는 어깨가 넓고 키가 1.8미터도 넘는 데다 윤나는 검은 머리칼이 잿빛으로 변하는 중년의 나이였지만 끝을 뾰족하게 다듬은 검은 수염은 아직 새카맸다. 그는 소스 주방장이라기보다 한 나라의 대사처럼 보였다.

"제가 실례를 좀 하겠습니다. 저는 이 위대한 협회의 회원이 아니므로 의견을 말할 권리도 없지만 독립 기념일을 기념하는 행사에 절 초대해 주셔서 여기 오게 되었습니다. 필립 홀트는 명망이 높을 뿐 아니라 회원들 사이에 폭넓은 인기를 얻고 있습니다. 그래서 저는 저분이 연단에 오르지 않으면 회원들이 실망할 것이라는 라고 씨의 말씀이 옳다고 생각합니다. 제 의견이 주제넘은 행동으로 받아들여지지 않았으면 합니다."

식재료와 포도주를 수입하는 그리핀이었다. 그는 마른 체격에 키가 작은 사람으로 턱이 길고 좁은 데다 한쪽 눈에 이상이 있었다. 하지만 시내 중심가 건물의 한 층을 모조리 쓰고 있는 사장답게 목소리는 권위적이었다.

천막 밖으로 단 모퉁이에 있는 확성기에서, 가까이 다가와 연설을 들을 준비를 하라고 초원 여기저기에 흩어져 있는 사람들을 부르는 사회자의 음성이 울려 퍼졌다. 간이 침대 주변에 모여 선 사람들이 계속 말다툼을 벌이자 제복을 입고 말없이 옆에 서 있던 뉴욕 주의 경찰이 다가와서 필립 홀트를 보았지만 아무 말도 하지 않았다. 울프도 그를 보기 위해 다가갔다. 나는 매력적인 간호사가 이마를 살살 문질러 주기만 하면 저 자리가 그에게는 명당이라고 말하고 싶었다. 나는 그가 온몸을 떠는 것을 적어도 세 번은 보았다. 마침내 홀트가 옆에 있는 사람들에게 자신을 혼자 두되 자신의 몸을 천막 정면이 바라보이도록 돌려 달라고 말했다. 플로라 코비가 들어와 그의 몸 위로 담요를 덮어 주었고 나는 딕 베터가 그녀를 돕는 것에 눈길이 갔다. 천막 안으로 바람이 들어오자 일행 중 한 명이 자신은 외풍을 맞으면 안 된다고 말했다. 울프가 나에게 뒷문의 덮개를 내리라고 지시했고 나는 그렇게 했다. 하지만 문의 덮개가 내려진 채로 가만히 있지 않아 덮개의 끈을 리본 모양으로 묶은 다음 테이프로 고정시켰다. 그러고 나서 경찰을 포함해서 모두 앞문으로 나가 단으로 갔다. 나는 맨 뒤에 서 있었다. 코비는 탁자 옆을 지나다 멈춰 서서 오래된 진짜 뒤부아 칼이 담긴 상자의 뚜껑을 닫았다.

연설은 한 시간 팔 분 동안 계속되었고 1만 명에 이르는 URWA

의 회원들과 초대 손님들은 점잖은 신사 숙녀처럼 서서 연설을 경청했다. 독자 여러분은 내가 연설의 내용을 그대로 전달해 주길 바랄지도 모르지만 나는 그 내용을 받아 적지 않았을 뿐 아니라 기억해 낼 만큼 열심히 듣지도 않았다. 독수리는 생각만큼 시끄러운 소리를 내지 않았다. 내가 앉은 뒷줄에서는 대부분의 청중을 볼 수 있었고 그건 정말이지 장관이었다.

처음 연단에 선 사람은 낯선 이로 우리가 천막 안에 있을 때 사람들에게 모여 달라고 부탁한 사람 같았다. 그가 몇 마디 인사말을 한 뒤에 제임스 코비를 소개했다. 코비가 연설하는 동안 폴 라고가 자리에서 일어나 중앙 통로를 따라 천막 안으로 들어갔다. 그는 필립 홀트가 모습을 내보여야 한다고 주장했기 때문에 나는 그가 살아 있거나 죽은 그를 끌고 나올 거라고 생각했다. 하지만 아니었다. 그는 금방 다시 돌아왔고 자리에 앉자마자 코비가 연설을 끝내고 라고를 소개했다.

코비가 연설할 때는 앞줄의 얼굴들이 모두 진지해 보였다. 하지만 확성기를 통해 들리는 라고의 억양은 모두를 웃음 짓게 했고 그에 따라 분위기는 한층 열기를 띠었다. 코비가 의자에서 일어나 통로 사이로 걷기 시작했을 때 나는 그가 연설할 때 라고가 자리를 비웠기 때문에 그도 라고가 연설하는 동안 자리를 비우는 거라고 생각했다. 하지만 그렇지도 않은지 그는 라고보다 더 빨리 천막에서 나왔다. 그는 자신의 자리로 돌아가서 라고의 특이한 억양에 귀를 기울였다.

다음 연사는 수입업자인 그리핀이었고 사회자가 그를 위해 마이크를 낮춰 주었다. 확성기를 통해 들려오는 그의 음성은 다른 사람들보다 나았고, 사실 그는 상당히 멋진 연설을 했다. 나는 제일 작은 사람이 가장 멋진 연설을 하는 게 공평하다고 생각했다. 청중에게서 터져 나온 박수갈채 때문에 그는 연설을 끝낸 뒤에도 꼬박 일 분을 더 서 있어야 했다. 그는 사람들의 진정한 열의를 일깨웠다. 그래서 그가 몸을 돌려 천막 쪽으로 난 통로를 따라갈 때까지 사람들의 함성 소리가 가라앉지 않았다. 결국 사회자가 나서서 청중을 진정시켰다. 사회자가 딕 베터를 막 소개하려 할 때 텔레비전 스타인 그가 갑자기 벌떡 일어나 굳은 표정으로 통로를 따라가기 시작했다. 이유는 뻔했다. 그는 그리핀이 필립 홀트를 일으켜 연단으로 데리고 나오면 홀트가 청중의 열띤 반응을 한 몸에 받을 거라고 생각했을 터였다. 그래서 그를 제지하러 가는 것이었다. 하지만 그럴 필요가 없었다. 그가 천막 입구까지 두 걸음을 남겨 두었을 때 그리핀이 혼자 모습을 드러냈다. 베터가 옆으로 물러서서 그를 지나가게 해 준 뒤에 천막 안으로 사라졌다. 그리핀이 앞줄에 자리를 잡으면서 청중의 산발적인 환호가 일었고 사회자는 진행을 하기 위해 사람들을 다시 진정시켰다. 잠시 후에 사회자가 딕 베터를 소개했고 그가 천막에서 나와 마이크로 다가갔다. 이번에는 마이크를 다시 높여야 했다.

베터가 연설을 시작하자 네로 울프가 자리에서 일어나 천막 쪽으로 갔고 나는 눈썹을 치켜올렸다. 물론 그는 홀트 문제에 참견하러 가는 게 아닐 터였다. 하지만 그의 표정을 보니 짐작이 갔다. 좁은 나무 의자에 한 시간 가까이 앉아 있다 보니 기분이 언짢아진 나머지 자신이 마이크 앞으로 불려 나가기 전에 화를 가라앉히려는 것 같았다. 나는 울프가 지나갈 때 따스한 미소를 지어 보인 후에 베터의 연설에 귀를 기울였다. 비누 같은 그의 음성이(말 그대로 비누를 말하는 것이다.) 거품을 이루며 확성기에서 흘러나왔고 나는 이 분 정도 연설을 들은 뒤에 꼬마인 그리핀이 사나이 같은 목소리를 내고 수많은 팬을 거느린 잘생긴 젊은 우상 베터가 거품 내는 크림 같은 소리를 내는 것이 지극히 공평하다고 생각했다. 그때 내 시선을 끄는 것이 있었다. 울프가 천막 입구에서 내게 손가락질을 해보였다. 내가 자리에서 일어나 다가가자 그는 다시 천막 안으로 들어갔다. 나도 그를 따라갔다. 그는 천막을 가로질러 뒷문으로 가더니 덮개를 들고 거대한 몸을 가까스로 빼낸 후에 나를 위해 덮개를 들어 주었다. 내가 뒷문을 빠져나가자 그는 다섯 계단 밑의 바닥으로 내려간 다음 차로 다가가서 차의 뒷문 손잡이를 잡아당겼다. 문은 열리지 않았다. 그가 내게 고개를 돌렸다.

"차 문을 열어."

"뭘 원하시는 거죠?"

내가 선 채로 물었다.

"차 문을 열어. 차에 탄 다음에 말하겠어. 우린 갈 거야."

"말도 안 됩니다. 연설하셔야 되지 않습니까."

그가 나를 쳐다봤다. 그는 내 목소리의 어조를 잘 알았고 나 역시 그의 어조에 통달했다.

"아치, 이상한 짓을 하려는 게 아니야. 합당하고 타당한 이유가 있어. 그건 집으로 가는 길에 설명하겠어. 어서 이 문을 열어."

그가 말했다.

"이유를 듣기 전까지는 안 됩니다. 선생님 차이긴 하지만요."

내가 고개를 저었다. 그런 다음 주머니에서 차 열쇠를 꺼내 그에게 건넸다.

"여기 있습니다. 전 일을 그만두겠습니다."

"좋아. 간이 침대에 누워 있던 사람이 죽었어. 내가 담요를 바로 잡아 주려고 들췄더니 저기 있는 칼들 중 하나가 그의 등에 꽂혀 있었어. 손잡이까지 깊숙이 말이야. 그 사람은 죽었어. 우리가 그냥 여기 있다가 그 사실이 밝혀지면 어떤 일이 벌어질지 잘 알 거야. 우리는 오늘 하루 종일 그리고 밤새껏, 어쩌면 일주일 동안이나 끝도 없이 여기 있어야 할 거야. 그건 참을 수 없는 일이야. 우리는 집에서 심문에 응하면 돼. 망할놈 같으니, 어서 문을 열어!"

그가 험상궂은 얼굴로 말했다.

"그 사람이 어떻게 죽었죠?"

"난 그 사람이 죽었다고 이미 말했네."

"좋습니다. 선생님이 더 잘 아실 겁니다. 더 많이 알고 계시고요. 우린 곤경에 처했습니다. 하지만 저자들은 우리를 집에서 심문하지 않고 이곳으로 다시 끌고 올 겁니다. 저자들은 현관 앞 층계 위에서 우리를 기다리고 있을 거고 우린 집 안에 한 발자국도 들여놓지 못할 겁니다."

나는 열쇠 꾸러미를 다시 주머니에 집어넣었다.

"다음이 선생님 차례이니, 달려 나가십시오. 그러는 게 나을 겁니다. 문제는 우리가 지금 신고할 것이냐 아니면 선생님은 연설을 하고 다른 사람이 발견하게 할 것이냐 하는 것뿐입니다. 선생님이 대답해 보십시오."

그가 노려보던 눈빛을 거뒀다. 그러더니 땅이 꺼져라 긴 한숨을 내쉬었다. 그러고는 잠시 후에 이렇게 말했다.
"연설하겠어."
"좋습니다. 연설을 펑크 내는 것은 부끄러운 짓입니다. 질문이 하나 있습니다. 방금 선생님이 밖으로 나오기 위해 덮개를 들어 올렸을 때 저는 선생님이 붙어 있던 테이프를 떼는 것을 보지 못했습니다. 테이프가 이미 떼어져 있었습니까?"
"그래."
"좋은 단서로군요."
나는 몸을 돌려 계단 위에 올라선 후에 울프가 지나가도록 덮개를 들어 주었다. 그리고 그를 따라 천막 안으로 들어갔다. 그는 천막 안을 가로질러 밖으로 나갔고 나는 간이 침대로 다가갔다. 필립 홀트는 벽을 본 채로 누워 있었고 담요를 목까지 덮고 있었다. 나는 칼의 손잡이가 보일 때까지 담요를 끌어내렸다. 견갑골 끝에서 오른쪽으로 2.5센티미터 지점이었다. 칼날은 완전히 파묻혀 있었다. 나는 그의 한쪽 손이 나오도록 담요를 좀 더 내린 다음 그의 손가락 끝을 십 초간 세게 쥐었다가 놓았다. 손끝은 하얀색 그대로였다. 나는 담요에서 보풀을 떼어 낸 뒤에 그것을 그의 코앞에 대고 삼십 초간 가만히 있었다. 보풀에는 움직임이 전혀 없었다. 나는 담요를 처음 모양으로 덮은 뒤에 탁자 위의 금속 상자로 가서 뚜껑을 열었다. 15센티미터 길이의 칼날이 달린 가장 짧은 칼 한 자루가 보이지 않았다.
내가 뒷문으로 가서 덮개를 올릴 무렵에는 딕 베터의 비누 거품이나 거품 낸 생크림 같은 목소리는 더 이상 들리지 않았고 내가 땅까지 다섯 계단을 내려왔을 때는 초원을 가득 메운 야유회 인파의 환호성이 울려 퍼졌다.

우리가 타고 온 승용차는 계단 아래 오른쪽에서 세 번째 자리에 있었다. 계단 왼쪽으로 두 번째 자리에는 1955년형 플리머스 차로 아까 보아 둔 여자가 아직 그 차에 타고 있는 걸 보니 마음이 놓였다. 그녀는 손질하지 않은 잿빛 머리칼에 사각 턱의 널찍한 얼굴이었으며 운전석이 아닌 조수석에 앉아 있었다.

내가 그녀 옆으로 가서 열린 창문에 대고 말했다.

"죄송합니다만, 제 소개를 할까 하는데요?"

"그러실 필요 없어요, 젊은이. 당신 이름은 아치 굿윈이고 형사인 네로 울프 밑에서 일하고 있잖아요. 좀 전에 그 양반과 함께 여기 나왔었고 말이에요."

여자의 잿빛 눈동자는 피곤해 보였다.

"맞습니다. 제가 뭘 좀 여쭤 봐도 되겠습니까. 여기 얼마나 앉아 계셨습니까?"

"한참 됐죠. 하지만 문제없어요. 여기서도 연설을 들을 수 있으니까요. 네로 울프가 막 연설을 시작하는군요."

"연설이 시작될 때부터 여기 계셨습니까?"

"그래요. 음식을 너무 많이 먹어서 사람들 틈에 서 있고 싶지 않았어요, 그래서 차 안에 앉아 있기로 했죠."

"그렇다면 연설이 시작된 뒤로 계속 여기 계셨나요?"

"그렇다고 말했잖아요. 뭘 알고 싶은 거죠?"

"좀 확인할 게 있어서요. 불쾌해하지 않으셨으면 합니다. 여기 계시는 동안 천막 안으로 들어가거나 나온 사람이 있었나요?"

여인의 피곤한 눈이 조금 깨어났다.

"하, 무언가 없어진 게로군요. 그래도 별로 놀랍지 않아요. 뭐가 없어졌죠?"

"제가 아는 바로는 없어진 건 없습니다. 그냥 어떤 사실을 확인하려는 것뿐입니다. 물론 울프 씨와 제가 나왔다 다시 들어간 건 보셨을 겁니다. 그 밖에 또 누가 들어갔다 나왔나요?"

"날 바보 취급하지 마요, 젊은이. 무언가 없어졌고 당신은 형사 아닌가요."

"좋습니다. 마음대로 생각하십시오. 하지만 괜찮으시다면 사실대로 말씀해 주시겠습니까."

내가 그녀에게 미소를 지어 보였다.

"그렇게 하죠. 아까 말했듯이 나는 연설이 시작된 순간부터 여기 있었고 그 전부터도 여기 있었어요. 그리고 당신과 네로 울프 말고는 천막 안으로 들어간 사람은 아무도 보지 못했어요. 나도 들어가지 않았구요. 난 쭉 여기 있었어요. 나에 대해 궁금하다면 내 이름은 안나 바너, 알렉산더 바너 부인이에요. 남편은 졸러 식당의 급사장으로……."

천막 안에서 비명이 터져 나왔다. 그것은 폐를 잔뜩 짜내는 사력을 다하는 비명 소리였다. 나는 그쪽으로 가서 계단을 올라 덮개를 들추고 천막 안으로 들어갔다. 플로라 코비가 간이 침대에 등을 돌린 채 서 있었다. 그녀는 한 손으로 입을 막고 있었다. 나는 그녀의 처신이 실망스러웠다. 시체를 발견한 여자가 비명을 지르는 건 당연했다. 하지만 울프 씨의 연설이 끝날 때까지는 참았어야 했다.

3

플로라 코비가 비명을 지른 것은 오후 4시가 조금 지난 시각이었다. 내가 천막의 뒷문 덮개에 난 틈으로 밖을 내다본 시각은 4시 34분이었고 세 번째로 내다봤을 때 나는 알렉산더 바너 부인이 타고 있던 플리머스가 사라졌다는 걸 깨달았다. 가방을 든 의료진이 도착해서 필립 홀트가 사망했다는 걸 확인한 시각은 4시 39분이었고 4시 48분에는 과학자들이 카메라와 지문 검사 도구 및 다른 여러 장비를 들고 들이닥쳤으며 울프 씨와 나를 비롯한 다른 사람들은 경찰의 감시를 받으며 단 위에 모여 있었다. 5시 16분에 세어 보니, 제복을 입었거나 입지 않은 주 경찰과 군 경찰이 모두 열일곱 명이었다. 울프 씨가 내게 비통한 어조로 밤을 새우게 될 게 분명하다고 말한 시각은 5시 30분이었다. 5시 52분에는 박스터라는 형사 반장이 쓸데없이 내 사적인 문제를 물고 늘어졌고 나는 최종적으로 그리고 확고하게 이 사건에 아무 도움도 주지 않기로 결심했다. 6시 21분에는 모두 컬프 초원을 떠나 수사 기관으로 향했다. 우리 차에는 네 명이 탔는데, 뒷좌석에는 제복을 입은 경찰과 울프가, 앞좌석에는 사복을 입은 경찰과 내가 탔다. 길을 가르쳐 주는 사람을 옆에 앉힌 꼴이었지만 이번에는 그의 어깨 위로 팔을 두르지는 않았다.

우리는 일대일로 대화를 나누기도 했지만 대부분은 사방이 탁 트인 단 위에서 모두 공개적으로 이야기를 나누었다. 그래서 나는 돌아가는 사태의 내막을 잘 알게 되었다. 그 누구도 다른 사람을 탓하지 않았다. 코비와 라고와 그리핀, 이렇게 세 사람이 연설 중에 천막을 찾은 이유는 거의 똑같았다. 그들은 필립 홀트가 걱정되어 그가 괜찮은지 확인하려 했다고 대답했다. 네 번째 인물인 딕 베터는 나와 같은 생각을 했다. 그것은 그리핀이 홀트를 밖의 연단으로 데리고 나오는 줄 알고 그를 말리려 했다는 것이었다. 한편 사람들을 이렇게 붙잡아 두는 것에 불평한 유일한 사람은 바로 베터였다. 베터는 그날 오후의 일정을 취소하기가 어려우며 6시에 스튜디오에서 리허설을 하기로 되어 있어서 무슨 일이 있더라도 거기 가야 한다고 말했다. 6시 21분에 모두 수사 기관을 향해 떠나자 그는 노발대발했다.

자신이 천막 안으로 들어갔을 때 홀트가 살아 있었는지를 분명히 기억하는 사람은 아무도 없었다. 모두 그가 깊은 잠을 자고 있는 줄 알았다고 말했다. 베터를 제외한 모두가 그 간이 침대로 가서 그의 얼굴을 들여다보았지만 문제가 있는 줄은 몰랐다고 말했다. 필립 홀트와 이야기를 한 사람은 아무도 없었다. 사람들은 "누가 왜 이런 짓을 했다고 생각합니까?"라는 질문에 똑같이 대답했다. 누군가 뒷문을 통해 천막으로 들어와 그를 찌르고 달아났으리라는 대답이었다. URWA의 이사가 위에 탈이 나서 의사가 천막 안으로 찾아왔었다는 걸 모르는 사람은 거의 없었다.

나는 플로라를 열외에 두었을 뿐 아니라 여러분도 그녀가 결백하다고 생각하겠지만 경찰은 그렇게 생각하지 않았다. 나는 어떤 경찰이 동료에게 그녀가 범인일지 모른다고 하는 말을 우연히 들었다. 아픈 사람을 찌르는 짓은 남자보다 여자에게 더 어울린다는 이유였다.

물론 누군가 뒷문으로 들어와 천막 덮개에 변화가 생겼다는 대

목이 중요한 쟁점이었다. 나는 우리가 천막에서 나오기 전에 내가 직접 그 테이프를 붙였다고 말했고 모두 내가 그렇게 하는 것을 보았다고 증언했다. 그러나 빅 베터는 홀트가 덮고 있는 담요를 펴 주느라 보지 못했다고 말했다. 울프와 나는 베터가 연설을 하는 동안 천막에 들어갔을 때 그 테이프가 떨어져 있었다고 증언했다. 이런 추측에서라면 누가 그 테이프를 떼었는지는 중요하지 않았다. 살인자는 틈을 통해 쉽게 외부에서 안으로 들어와 테이프를 뗄 수 있기 때문이었다. 문제는 언제 그랬느냐는 거였다. 그리고 이 문제의 해답을 제시한 사람은 아무도 없었다. 네 사람 모두 자신들이 천막 안으로 들어갔을 때 그 테이프가 붙어 있었는지 안 붙어 있었는지 기억나지 않는다고 말했다.

내가 알기로 우리가 컬프 초원을 떠나기 전까지 밝혀진 정황은 이게 다였다. 우리의 목적지는 내가 전에 살인 용의자가 아닌 신분으로 한두 번 방문한 적이 있는 건물 앞쪽으로 커다란 나무 두 그루와 아름다운 녹색 잔디가 무성한 군(郡) 청사 건물이었다. 우선 우리는 1층에 있는 어느 방으로 안내되었고 한참 기다린 후에 계단을 올라 '지방 검사실' 이라고 쓰여 있는 방으로 들어갔다.

뉴욕 주에서 일하는 지방 검사의 최소한 91.2퍼센트는 자신들이 올버니에 있는 군 청사 건물과 아주 잘 어울린다고 생각할 것이다. 그리고 제임스 딜레니 지방 검사의 소행을 고려할 때 이 점을 잊어서는 안 된다. 그에게는 적어도 우리 넷이나 다섯 명 모두가 선거구에 영향을 미치는 중요한 위치에 있는 정직한 시민으로 보일 터였다. 그는 중대하고 긴급한 사안을 맡은 지역 위원회의 회의를 주최하는 의장 같은 태도로 우리를 대했다. 그러나 나는 그가 울프나 나를 쳐다보거나 우리 두 사람에게 말을 할 때는 그렇지 않다는 걸 눈치 챘다. 우리와 말을 할 때는 그의 미소가 사라졌고 목소리가 날카로워졌으며 눈빛도 싹 달라졌다.

옆 탁자에 속기사가 자리를 잡았고 그는 우리와 아니, 그보다는 그들과 그 문제로 한 시간을 보냈다. 박스터 형사 반장을 비롯해서 그 방에 있던 다른 사람들이 가끔씩 끼어들긴 했지만 말이다. 그런 다음에 그가 속내를 드러냈다.

"그러니까 누군지 모르는 사람이 뒤쪽을 통해 천막으로 들어와서 그 사람을 찌르고 달아났다는 공통된 의견을 갖고 계시군요. 그렇다면 그 사람이 어떻게 칼이 그곳에 있다는 사실을 알 수 있었을까요? 아니, 그럴 필요가 없었을 수도 있습니다. 칼을 보고 난 후에 죽이기로 마음먹을 수도 있고 다른 무기를 갖고 들어왔다가 그 칼을 보고 자신의 목적에 더 적합하다고 생각해서 대신 그 칼을 사용했을지도 모르죠. 두 가지 가설 모두 가능합니다. 이 모든 가설이 가능하며 현재까지 알려진 어떤 사실도 이 가설에 모순되지 않는다는 점을 인정해야겠습니다. 동의하십니까, 반장님?"

"좋습니다. 현재까지는 그렇죠. 지금까지 알려진 사실이 거짓이 아닌 한 말입니다."

박스터도 같은 생각이었다.

딜레니가 고개를 끄덕였다.

"물론, 모든 사실은 확인해 봐야죠. 남자 분들과 코비 양은 언제 통보가 갈지 모르니 관할 구역인 뉴욕 주 안에서 벗어나면 안 됩니다. 그 점을 이해하신다면 유력한 증인처럼 여기 매어 있을 필요는 없을 듯합니다. 여러분의 주소와 연락처를 알고 있으니 말입니다."

그의 시선이 울프를 향하면서 어조가 달라졌다.

"울프 씨, 당신의 경우는 상황이 좀 다릅니다. 당신은 허가를 받은 사립 탐정이고 굿윈 씨도 그렇습니다. 하지만 당신의 화려한 업적이 당신이 무고하다는 사실을 뒷받침해 주지는 못합니다. 뉴욕 시가 당신의 재주를 인정한 데는 좀 더 복잡하고 미묘한 이유가 있겠지만 여기 교외에서 일하는 우리는 그보다 단순합니다. 우리는 재주 부리는 것을 좋아하지 않습니다."

그가 턱을 내리자 두꺼운 눈썹 아래에 있는 그의 눈동자가 위를 향했다.

"제가 당신의 진술을 제대로 이해했는지 점검해 봅시다. 당신은 베터가 연설을 시작했을 때 주머니를 뒤져 연설 내용이 적힌 종이를 찾았으나 종이가 없었다고 했습니다. 당신은 그 종이를 차에 두고 왔다고 생각하고 종이를 가지러 천막 안으로 들어갔다가 차 문이 잠겨 있었고, 그래서 굿윈 씨가 열쇠를 갖고 있다는 생각이 들어서 굿윈 씨를 불러 그와 함께 자동차로 갔습니다. 그러나 굿윈 씨는 그 종이를 당신 사무실 책상 위에 놓고 온 것 같다고 말했습니다. 그러고는 당신과 그는 다시 천막으로 돌아와 단으로 나가 자리에 앉았습니다. 한 가지 주목할 점은 당신이 천막 뒷문을 통해 차가 있는 곳으로 나갈 때 천막의 덮개를 고정시켜 둔 테이프가 떨어져 있었다는 사실입니다. 이렇게 말씀하신 게 맞습니까?"

울프가 목청을 가다듬었다.

"딜레니 씨, 내 무고함 운운한 당신의 말이 도전적인 것 같습니다. 하지만 당신에게 좀 덜 공격적으로 질문해 주었으면 한다고 부탁해 봤자 쓸데없는 짓이겠죠. 그렇습니다, 그렇게 말했습니다."

그는 어깨를 2센티미터 정도 들어 올렸다가 다시 내렸다.

"저는 당신에게 질문을 했을 뿐입니다."

"저는 대답했습니다."

"그러면 됐습니다."

지방 검사의 시선이 이제 내 쪽을 향했다.

"그리고 물론 굿윈 씨의 이야기도 같습니다. 두 분이 의견을 조율할 필요가 있었다면 코비 양이 비명을 지른 뒤 혼란스러운 시간에 충분히 정리할 수 있었을 겁니다. 하지만 당신은 추가 진술을 했습니다. 당신은 당신과 울프 씨가 천막 안으로 다시 들어갔다가 울프 씨가 천막 앞문으로 나간 뒤에 혹시 울프 씨가 그 종이를 책상에서 집어 주머니에 넣었다가 차를 타고 오는 도중에 읽고 차에 놓았을지 모른다는 생각이 들어 다시 뒤로 가서 찾아봤다고 했습니다. 그러느라 당신이 밖에 있을 때 코비 양이 비명을 질렀고요, 맞습니까?"

나는 박스터가 개인적인 문제를 물고 늘어질 때부터 이 사건에 아무 도움도 주지 않기로 결심한 터라 "확인해 보십시오."라고만 말했다.

딜레니가 다시 울프에게 고개를 돌렸다.

"울프 씨, 내가 공격적이라고 이의를 제기하신다면 이렇게 답변하겠습니다. 나로서는 믿기 힘든 점이 몇 가지 있다고 말입니다. 당신처럼 입담 좋은 사람이 그 정도 짧은 연설을 하는 데 메모가 필요했을까요? 게다가 당신이 그 종이를 차 안에 두고 왔다고 생각했는데, 굿윈 씨는 그것을 집에 있는 당신 책상에 두고 왔다고 생각했으며 그랬다가 다시 차 안에 있을지도 모른다고 생각했을까요? 뿐만 아니라 몇 가지 사실에도 유의해야 합니다. 코비 양이 천막 안에 들어갔다가 시체를 발견하기 전에 마지막으로 천막에 들어간 사람은 바로 당신과 굿윈 씨였습니다. 그 점은 시인하시죠. 게다가 다른 사람들은 모두 천막에 들어갔을 때 그 테이프가 붙어 있었는지 안 붙어 있었는지 모르겠다고 진술했습니다. 하지만 당신과 굿윈 씨는 뒷문으로 나갔다가 그 테이프가 떼어져 있다는 걸 발견했다고 확언했습니다."

그가 머리를 곧추세웠다.

"당신은 지난 한해 동안 필립 홀트와 말다툼을 벌여 왔다고 시인했습니다. 당신은 그가 비위 상하게 나왔다고 시인했습니다. 비위 상한다는 것은 당신이 사용한 단어입니다. 그가 고집을 피워 당신의 개인 주방장이 이 협회에 가입할 수밖에 없었다고 말입니다. 당신의 과거 업적을 보면 당신을 비위 상하게 만든 사람은 몸 조심을 해야 할 거라는 생각이 드는군요. 말해 두겠지만 어떤 미지의 인물이 천막 뒤로 들어왔을 가능성이 없다면 이번 경우 판사가 유력한 증인으로 체포 영장을 발부할 때까지 당신과 굿윈 씨는 수감될 가능성이 있습니다. 제가 편의를 좀 봐 드리죠. 지금은 7시 55분입니다. 한 사람을 붙여 당신들을 길 아래쪽에 있는 식당으로 보내 드리겠습니다. 9시 30분까지 이곳으로 돌아오십시오. 모든 세부 사항을 당신들과 함께 검토해 보고 싶습니다, 철저히 말입니다. 다른 분들은 가셔도 됩니다. 하지만 두 분은 남아 계십시오."

그가 손목시계를 본 후에 이렇게 선언했다.

"굿윈과 난 집으로 가겠소. 오늘 밤에는 여기 오지 않을 것이오."
울프가 자리에서 일어서며 단언했다.
"그렇게 나오실 거면 여기 계십시오. 사람을 시켜 샌드위치를 사 오게 하면 되니까요."
딜레니가 눈을 가늘게 뜨며 말했다.
"우리가 지금 구속된 겁니까?"
지방 검사가 입을 열었다가 다물었다가 다시 열었다.
"그렇진 않습니다."
"그럼, 우린 가겠소이다. 당신이 휴일을 망친 데다 골치 아픈 사건을 맡았다는 건 이해하겠소만, 당신이 날 마음에 들어 하지 않고 내 기록을 자의적으로 해석한다는 걸 잘 알겠소. 하지만 난 당신의 일시적인 기분에 내 편의를 양보할 생각은 없소. 내게 죄가 있을 때에만 당신은 날 억류해 둘 수 있소. 그러니 어쩌겠소? 굿윈과 나는 우리가 아는 모든 정보를 제공했소. 어떤 사람이 불쾌하게 굴었다는 이유로 내가 사람을 죽였다거나 굿윈을 시켜 살해하게 했을 수 있다는 당신의 암시는 상당히 미숙하오. 당신은 살인자가 수천 명의 인파 중 한 사람일 수 있다는 사실을 인정해야 하오. 굿윈과 내가 당신이 알아야 할 어떤 정보를 숨기고 있을 거라는 당신의 추측에는 아무 근거도 없소. 그런 근거를 찾아낸 후에 우리에게 연락하시오. 가자, 아치."

그는 몸을 돌려 문 쪽으로 갔고 나는 그의 뒤를 따랐다. 딜레니의 책상이 뒤쪽에 있어 그의 반응을 보지는 못했지만 고개를 뒤로 돌리는 것은 형편없는 전술이 될 터였다. 내가 아는 것이라곤 박스터가 두 걸음 나서다 멈춰 섰으며 다른 경찰은 아무도 움직이지 않았다는 사실뿐이다. 우리는 복도를 지나 현관으로 나와 앞길의 인도로 올라섰다. 총 한 발 맞지 않고 말이다. 우리는 차를 세워 둔 곳까지 반 블록을 더 걸었다. 울프는 공중전화를 찾아 프리츠에게 저녁 먹으러 간다고 알리라고 했고 나는 시내 중심가 쪽으로 차를 몰았다.

휴일인 탓에 차가 많이 막혀 우리는 9시 30분경에야 집에 도착했고 샤워를 하고 저녁 식탁에 앉았다. 우리는 계속 움직이는 차 안에 있었기 때문에 울프는 그 문제에 대해 좋은 소식도 나쁜 소식도 전해 듣지 못했고, 따라서 저녁 식사를 망칠 하등의 이유가 없었다. 그래서 나는 데쳐서 버섯을 곁들인 고기 요리와 브로콜리, 허브로 속을 채운 감자 요리 그리고 샐러드와 치즈로 저녁 식사를 마칠 때까지 아무 말도 하지 않았다. 우리가 사무실로 자리를 옮긴 후에 프리츠가 커피를 가져왔다. 울프가 손을 뻗어 리모컨으로 텔레비전을 켰다가 껐을 때 내가 입을 열었다.

"잠깐만요. 보고할 게 있습니다. 선생님의 만족감을 망칠 생각은 없습니다, 멋지게 그곳을 빠져나왔으니까요. 하지만 문제가 있습니다. 천막 뒷문으로 들어온 사람은 없었습니다. 그들 중 한 명입니다."

"그게 무슨 실없는 소리인가?"

그는 평온한 저녁 식사를 한 후에 주문 제작해 만든 커다랗고 편안한 의자에 책상을 마주하고 앉아 있었다.

"아닙니다, 선생님. 제가 선생님보다 더 똑똑한 체하려는 것도 아닙니다. 제가 한 가지 더 아는 게 있습니다. 천막에서 나와 차로 갔을 때 선생님은 어서 그곳을 뜰 생각에 조급해서서 왼쪽으로 차 안에 여자가 앉아 있는 걸 보지 못하셨지만 저는 봤습니다. 그래서 우리가 천막 안으로 들어갔다가 선생님이 단 앞으로 나가신 뒤에 저는 뜻한 바가 있어 다시 뒤로 가서 그 여자와 이야기를 나눴습니다. 중요한 문제니까 자세히 말씀드리겠습니다."

내가 자세한 설명에 들어갔다. 그것은 한 마디 한 마디 추궁 당하면서 삼자 또는 사자간 대화를 하는 것에 비해 간단한 일이었다. 내가 이야기를 마치자 그가 인상을 잔뜩 찌푸렸다.

"망할 자식."

그가 으르렁거렸다.

"죄송합니다. 우리가 차가 있는 곳으로 간 이유와 연설 내용을 적은 종이 때문에 그랬다는 세부 사항을 조율할 때 말씀드렸어야 했는데, 아시다시피 중간에 방해를 받은 데다 그 뒤에는 적당한 기회가 없었습니다. 저는 바너 부인이 탄 차가 떠나는 것도 보았지만 박스터라는 인간이 제 감정을 상하게 해서 그자들을 돕지 않기로 마음먹었습니다. 물론, 가장 중요한 문제는 선생님이 집에 가고 싶어 하신다는 사실이었습니다. 그자들이 우리 여섯, 아니 플로라까지 일곱 명 중 한 명이 범인이라고 생각하면 우리는 모두 유력한 증인으로 채택되어 7월 4일에는 풀려나지 못할 거고 그러면 얼마나 끔찍하겠습니까. 저는 감방에서 어떻게든 지내겠지만 선생님은 체격이 너무 크시니까요. 저 때문에 선생님이 집에 돌아올 수 있었다는 걸 알면 월급이라도 올려 주실지 압니까? 그렇지 않습니까?"

"입 닥쳐."

그는 눈을 감았다가 잠시 후에 다시 떴다.

"우린 어려운 상황에 처했어. 그들은 언젠가 그 여자를 찾아낼 테고, 아니면 그 여자 스스로 나서서 그런 사실을 밝힐 거야. 그 여자를 어떻게 하지? 이제 그 여자 일을 알게 되었으니 어떻게 한다지?"

"믿을 만한 사람 같았습니다. 그자들은 그 여자의 말을 믿을 겁니다. 선생님도 그러실 거구요. 그 여자가 앉아 있던 계단에서는 천막의 뒷문이 아주 잘 보였습니다. 아무런 장애물도 없고 채 10미터도 떨어져 있지 않았으니까요."

"그 여자가 계속 눈을 뜨고 있었다면 그랬겠지."

"그랬다고 하던걸요. 경찰이 그 여자를 찾아내면 경찰에게도 그렇게 말하겠죠. 어쨌든 저도 그 여자의 말이 옳다고 생각합니다. 선생님과 저를 빼고 천막 안으로 들어간 사람은 아무도 없었다고 말하는 표정이 진실해 보였습니다."

"그 여자 자신이나 아니면 그 여자가 아는 누군가를 보호하려 했을 가능성도 있어. 아니, 그건 말이 안 돼. 시체가 발견된 뒤에도 여자가 한동안 차 안에 있었다면 말이야. 우린 곤란한 상황에 처했어."

"그렇습니다."

내가 그의 눈을 마주 봤다. 하지만 내가 기대했던 고마운 표정은 찾아볼 수 없었다. 그래서 나는 말을 계속했다.

"이 난처한 상황에서 빠져나가기 위해 이렇게 하려고 합니다. 제가 그 여자와 나눈 대화를 말하지 않았다고 해서 증거 인멸 죄를 뒤집어쓸 순 없습니다. 저는 그 여자를 믿을 수 없었고 그 문제를 끄집어내서 우리 상황을 더 곤란하게 만들 필요가 없다고 생각했다고 말하겠습니다. 누군가 뒷문으로 들어갔다고 해서 우리가 용의 선상에서 제외될 수는 없지만 말입니다. 물론 제가 그 여자에게 질문을 했었다는 말은 해야 할 것입니다. 하지만 그것은 간단합니다. 저는 선생님이 연설하러 연단으로 나간 뒤에 그가 죽은 것을 발견하고 그때 여자가 차 안에 앉아 있는 것을 보고 그가 죽었다는 사실을 알리기 전에 그 여자에게 몇 가지 질문했다고 말하면 됩니다. 그러다가 천막 안에서 비명이 들려와서 질문을 제대로 하지 못했다고 말입니다. 그러니까 저는 걱정하지 마십시오. 내일 아침에 저나 선생님이 딜레니에게 전화를 해서 그 사실을 알려도 되고 아니면 그냥 여기 앉아서 그쪽의 공격을 기다려도 됩니다."

"푸우."

그가 한숨을 토했다.

"아멘."

내가 말했다.

그는 큰 소리로 숨을 들이마시고 내쉬었다.

"그 여자가 지금쯤 그 자들과 이야기하고 있을지도 몰라. 아니면 그자들이 그 여자를 찾아냈거나. 자네의 그런 행동은 잘못이 아니라 사실은 칭찬 받을 만하네. 자네가 그 말을 했다면 우리는 오늘 밤 감옥에서 보내야 했을 거야. 하지만 무언가 조치를 취하긴 해야겠군. 지금 몇 시인가?"

내가 손목시계를 봤다. 울프가 고개를 오른쪽으로 돌려 벽시계를 봐도 됐지만 그건 너무 무리한 기대였다.

"11시 8분입니다."

"오늘 밤에 그 사람들을 여기 불러 모을 수 있을까?"

"안 될 것 같은데요. 다섯 사람 모두를 말입니까?"

"그렇다네."

"아침이면 가능할지 모릅니다. 선생님 방으로 불러 모을까요?"

그가 손가락을 들어 코를 문질렀다.

"그렇게 하게. 하지만 지금 당장 연락해서 가능한 한 많은 사람들을 불러 모아야 하네. 시간은 아침 11시로 하고 내가 폭로할 게 있고 그 일을 사람들과 의논해야 한다고 전하게."

"그러면 흥미를 끌 수 있겠는걸요."

나는 이렇게 말한뒤 전화기로 향했다.

4

울프가 손님을 맞으러 화원에서 내려온 시각은 이튿날 11시 2분으로 그때까지는 롱아일랜드 경찰에게서는 아무 연락도 오지 않았다. 하지만 11시 3분에라도 연락이 올 수 있는 상황이었다. 그 날 조간신문에 따르면 딜레니 지방 검사와 박스터 형사 반장은 천막 뒤쪽 덮개가 열려 있던 것으로 보아 누군가 천막 뒤로 들어갔을 수 있음을 시인했다. 안나 바너가 그 신문을 읽었다면(당연히 읽었겠지만) 그녀는 즉시 전화를 걸었을 터였다.

나는 그 전날 밤과 그날 아침에 손님들을 불러 모으느라 전화통에 붙어 있다시피 했다. 그리고 또 한 명이 있었다. 맨해튼 전화번호부에는 알렉산더 바너의 전화번호와 주소가 실려 있었지만 나는 전화하지 않기로 했다. 그리고 52번 가에 있는 졸러 식당에도 전화하지 않기로 했다. 내가 졸러 식당에서 밥을 먹은 것은 단 한 번뿐이지만 여러 해째 그곳을 단골로 다니는 사람을 알고 있었다. 그래서 나는 그에게 전화를 했다. 그는 그렇다고, 졸러 식당에는 알렉스라는 급사장이 있으며 그의 성은 바너라고 알려 주었다. 그는 알렉스를 좋아하기 때문에 자신의 대답으로 인해 그가 곤란한 상황에 처하지 않기를 바랐다. 나는 그런 일은 없을 것이며 사소한 사실을 확인해 보고 싶었을 뿐이라며 그에게 감사를 표했다. 그러고 나서 자리에 앉아 바너의 집 전화번호가 적힌 메모를 응시했다. 전화를 걸고 싶어 손가락이 근질거렸지만 무슨 말을 한단 말인가? 전화를 걸어서는 안 되었다.

나는 10시 30분경에 서랍에서 말리 38구경을 꺼내 총알이 장전되어 있음을 확인하고 옆 주머니에 넣었다. 유혈극을 벌일 생각은 아니었지만 바너 부인 이야기를 꺼내야 했다. 손님 중 살인자는 극히 예민한 상태일 것이고 그러니 재론의 여지가 없었다.

수입업자 그리핀과 소스 주방장 폴 라고는 따로 왔지만 코비와 플로라 그리고 딕 베터는 함께 나타났다. 나는 플로라를 붉은 가죽 의자에 앉힐 생각이었다. 하지만 내가 그들을 사무실로 안내했을 때 수염을 기르고 억센 억양을 구사하며 키가 1.8미터를 넘는 라고가 그 의자를 차지했다. 플로라는 울프의 책상을 마주 보고 있는 낮은 노란색 의자 중 하나에 앉았다. 그리고 그녀의 오른쪽에는 아버지가 왼쪽에는 베터가 앉았다. 연설의 대가인 그리핀은 제일 뒷자리인 내 책상 근처에 앉았다. 울프가 화원에서 내려와 사무실로 들어와서 그들에게 인사하고 자신의 책상 쪽으로 갈 때 베터가 이렇게 말했다. 그러니까 울프가 자리에 앉기도 전에 말이다.

"이 모임이 빨리 끝났으면 합니다, 울프 씨. 내가 굿윈 씨에게 좀 더 일찍 만나면 안 되느냐고 하자 굿윈 씨가 안 된다고 하더군요. 코비 양과 저는 1시 30분에 대본 회의가 있어서 점심을 일찍 먹어야 합니다."

내가 눈썹을 치켜올렸다. 영광스러웠다. 내가 어깨에 한 팔을 두르고 운전을 하고 싶던 여자가 딕 베터와 점심 식사를 함께하다니 말이다.

"필요 이상으로 시간을 끌지는 않겠습니다. 당신과 코비 양은 친구입니까?"

울프가 자리를 고쳐 앉으며 부드럽게 말했다.

"그게 이 일과 무슨 상관이 있습니까?"

"아무 상관도 없을 겁니다. 하지만 지금은 여러분의 모든 것에 관심이 가는군요. 이 나라가 자유를 얻은 기념일인 어제 우리가 가진 모임의 의의를 생각해 볼 때 이런 말을 하고 싶지는 않지만 어쩔 수 없군요. 여러분 중 한 명은 악한입니다. 여러분 중 한 명이 필립 홀트를 죽였습니다."

그들을 주시하면서 누가 기절을 하거나 펄쩍펄쩍 날뛰거나 달아나는지 알아볼 생각이었다. 그러나 아무도 그렇게 하지 않았다. 모두 눈만 동그랗게 뜨고 있었다.

"우리들 중에 한 사람이오?"

그리핀이 물었다.

"돌려서 말하기보다는 노골적으로 이야기를 시작하는 게 나을 것 같습니다. 저는……"

울프가 고개를 끄덕이며 시인했다.

"이건 우습군요. 이건 말도 안 돼요. 어제 지방 검사에게 그런 말씀을 하신 뒤에 이렇게 나오시는 건 아주 황당합니다."

코비가 울프의 말을 가로막았다.

"코비 씨, 이건 황당한 일이 아닙니다. 저도 그러길 바라지만 말입니다. 어제는 제 생각이 틀림없는 줄 알았지만 사실은 그렇지 않더군요. 믿을 만하고 확실한 증인이 생겼습니다. 그 증인은 연설이 시작된 순간부터 시체가 발견된 순간까지 천막의 뒷문으로 들어간 사람은 아무도 없다고 증언했습니다. 게다가 나나 굿윈 씨의 짓도 아니니, 여러분 중 한 명입니다. 그래서 이 문제에 대해 의논해 봐야겠다고 생각했습니다."

"즈응이인이라고 말씀하셨나요? 어엉터어리이입니다."

라고가 늘어진 테이프에서 나오는 소리 같은 특이한 억양으로 말했다.

"그 남자가 누굽니까? 어디 있습니까?"

코비가 궁금한 얼굴로 물었다.

"증인은 여자이며 지금 연락이 가능합니다. 굿윈 씨는 그 여자와 이야기를 나눠 보고 그녀의 자질과 진실함을 전적으로 신뢰하게 되었다고 합니다. 굿윈 씨에게서 이런 평가를 받기는 쉽지 않습니다. 따라서 그녀가 거짓 증언을 했다고 보기는 어렵습니다. 그래서 저는……"

"이해할 수 없군요. 그런 증인이 있었다면 왜 그들이 우리에게 그런 이야기를 하지 않은 걸까요?"

베터가 끼어들었다.

"그들은 그 여자에 대해 모르고 있습니다. 그 여자에 대해 아무것도 모릅니다. 하지만 언제든 그 여자를 찾아낼 수 있을 겁니다. 아니면 그 여자가 그들을 찾아갈 수도 있고요. 그렇게 되면 여러분은 이 문제를 나 아닌 경찰과 논의하게 됩니다. 저도 그렇고요. 여러분이 이 문제를 저와 논의하지 않으면 그리고 그 논의가 생산적이지 않으면 저는 그 여자에 대한 이야기를 딜레니 씨에게 할 수밖에 없습니다. 저는 그러고 싶지 않으며 그건 여러분도 마찬가지일 것입니다. 그 여자의 증언을 듣고 나면 여러분과 저를 대하는 그의 태도가 어제와는 사뭇 다를 것입니다. 여러분께 몇 가지 질문을 하겠습니다."

"그 여자가 누굽니까? 어디 있습니까?"

코비가 물었다.

"저는 그 여자의 신원을 밝히지도 있는 곳을 말하지도 않을 겁니다. 저는 여러분의 표현 방식에 주목하고 있습니다. 특히 코비 씨와 그리핀 씨의 반응 말입니다. 두 분은 제 말을 잘 믿지 않으시는군요. 하지만 그런 일이 아니라면 제가 여러분을 이곳에 모아 놓고 공격할 만한 이유가 뭐가 있겠습니까? 제가 뭣하러 이런 곤란한 상황을 만들거나 지어내겠습니까? 저도 여러분처럼 살인자가 밖에서 들어왔다고 생각하는 편이 훨씬 마음 편합니다. 하지만 이제 그럴 수가 없습니다. 여러분이 저와 굿윈 씨도 의심할 수 있다는 사실은 인정합니다. 그러므로 제가 여러분께 질문하는 것처럼 여러분도 우리에게 질문해 주시기 바랍니다. 하지만 우리 중 한 사람이 필립 홀트를 죽였기 때문에 서로의 질문에 대답하는 것은 우리 모두의 이해에 관계된 일입니다."

사람들이 시선을 교환했다. 하지만 그들이 오 분 전에 교환한 눈빛과는 달랐다. 이제 의심과 회의 그리고 추측이 난무하는 적대적인 시선이 오갔다.

"어떤 질문을 해야 좋을지 모르겠습니다. 우리는 모두 그곳에 있었고 어떤 일이 벌어졌는지도 알고 있습니다. 모두의 진술 내용도 알고 있습니다."

그리펀이 이의를 제기했다.

울프가 고개를 끄덕였다.

"하지만 그때는 우리 모두 우리 안에 범인이 없다고 생각했습니다. 하지만 지금은 그렇지 않습니다. 그럴 수 없습니다. 우리들 중 누군가는 그 사람을 죽여야겠다고 생각할 납득할 만한 사연을 갖고 있을 겁니다. 먼저 한 사람 한 사람의 살아온 내력을 살펴보는 게 어떨까요. 우선 저부터 시작하죠. 저는 몬테네그로(유고슬라비아 연방 공화국을 구성하는 한 공화국—옮긴이)에서 태어나 어린 시절을 그곳에서 보냈으며 열여섯 살에 세상 구경을 해야겠다고 생각해서 여러 가지 일과 역할을 하며 십사 년간 유럽 대부분 지역과 아프리카 약간 그리고 아시아의 많은 곳들을 돌아다녔습니다. 그러다가 1930년에 동전 한 푼 없이 이 나라에 들어와서 이 집을 사고 사립 탐정 일을 시작했습니다. 저는 귀화한 미국인이며 필립 홀트 이야기를 처음 들은 것은 이 년 전쯤으로 제 밑에서 일하는 프리츠 브레너가 제게 그 사람에 대해 불평을 늘어놓았기 때문입니다. 여러분도 알다시피 제가 그 빌어먹을 야유회에서 연설을 하면 필립 홀트가 협회에 가입하라고 브레너를 괴롭히지 않겠다고 한 거죠. 물론 그것이 제가 그 사람을 혼내 주고 싶은 유일한 이유, 그러면서도 죽이고 싶을 정도로 심하지는 않은 이유입니다만 지금은 없어진 이유죠. 굿윈 씨?"

내가 청중 쪽으로 고개를 돌렸다.

"오하이오에서 태어나 공립 고등학교를 다니고 기하학과 축구를 상당히 잘했으며 우등생으로 졸업했습니다. 그러나 별로 영광스럽지는 않습니다. 2주 동안 대학에 다녔지만 유치하다는 생각이 들어 뉴욕으로 와서 방파제를 지키는 일을 하다가 두 사람을 총 쏘아 죽이는 바람에 해고되었습니다. 그러던 중 소개를 받아 네로 울프의 잡일을 해 주다가 정식 직원으로 일할 것을 제의받고 그렇게 해서 오늘에 이르렀습니다. 개인적으로는 프리츠 브레너를 협회에 가입시키려는 홀트의 노력이 괴롭다기보다는 즐거웠습니다. 그것 말고는 그 사람과 아무 관계도 아는 것도 없습니다."

"우리에 대해 궁금한 게 있으면 나중에 질문하십시오. 코비 양?"

울프가 말했다.

"그러니까……"

플로라가 이렇게 말하며 자신의 아버지를 쳐다봤다. 그가 고개를 끄덕이자 그녀가 울프에게 시선을 돌린 다음 말을 계속했다.

"제 내력은 얼마 되지 않습니다. 저는 뉴욕에서 태어나 줄곧 이곳에서 살았습니다. 저는 스무 살입니다. 저는 필립 홀트를 죽이지 않았으며 그럴 만한 이유도 없습니다. 또 무슨 말을 해야 할까요?"

그녀가 손바닥을 위쪽으로 펴 보이며 물었다.

"울프가 말한 증인이 있다면 그런 증인이 정말로 있다면 그들은 모든 사실을 밝혀 낼 것입니다. 예를 들면 당신과 필립에 관한 일 말입니다."

그리핀이 말했다.

플로라가 그에게 경계심 어린 시선을 던졌다.

"우리에 관한 일이 뭐죠, 그리핀 씨?"

"난 모릅니다. 소문을 들었을 뿐이니까요. 하지만 그들은 모든 소문을 추적할 것입니다."

"소문 따위는 집어치우시죠."

딕 베터가 불쑥 이렇게 말했다. 생크림 같은 그의 목소리가 거칠어졌다.

플로라가 울프를 쳐다봤다.

"말씀드릴 수밖에 없겠군요. 필립 홀트가, 그러니까 그 사람이 여자를 좋아한다는 건 공공연한 비밀이었고 제가 여자이며 그래서 제가 필립을 좋아하지 않았다는 것도 모르는 사람이 없을 겁니다. 당신 말처럼 저도 그 사람이 불쾌했습니다. 무언가를 원할 때면 말입니다."

"그러면 그 사람이 당신을 원했단 말입니까?"

울프가 벌컥 화를 내며 물었다.

"그랬던 것 같습니다. 하지만 그게 전부입니다. 그 사람은 해충 같은 인간이었고, 할 말은 이것뿐입니다."

"당신은 그 사람을 죽일 이유가 없다고 말했습니다."

"하느님, 맙소사. 저는 사람을 죽이지 않았습니다! 싫다고 했는데도 계속 추근거린다고 해서 여자가 남자를 죽이진 않습니다."

"무엇이 싫다는 겁니까? 결혼이라도 하자고 했나요?"

"이것 보세요. 당신은 엉뚱한 사람을 괴롭히고 있습니다. 필립 홀트가 여자들을 어떻게 대했는지 모르는 사람이 없습니다. 그 사람은 그 누구에게도 청혼할 사람이 아니며 영원히 그러지 않을 겁니다. 내 딸은 제 앞가림을 할 만큼 충분히 컸고 똑똑합니다. 하지만 남자 등에 칼을 꽂지는 않습니다. 대단히 고맙군, 해리."

그가 그리핀을 보며 말했다.

수입업자는 조금도 당황해하지 않았다.

"짐, 그건 어차피 나올 이야기였어. 그래서 지금 이야기하는 게 낫다고 생각한 거라고."

울프는 코비에게서 시선을 떼지 않았다.

"아버지가 해충 같은 인간에게서 딸을 얼마나 구해 내고 싶었을까 하는 의문이 문득 드는군요."

"그렇게 묻는다면 대답은 아니다입니다. 내 딸은 자신의 앞가림을 할 줄 압니다. 내가 필립 홀트를 죽였을 수도 있다는 이유를 대려면 더 그럴듯한 이유를 대야 할 겁니다."

코비가 코웃음을 치며 대답했다.

"그렇다면 그렇게 해보죠, 코비 씨. 당신은 이 협회의 회장이며 홀트 씨는 이 협회의 임원이었습니다. 그러므로 이 협회의 문제, 특히 재정적인 문제에 관심이 가는군요. 당신이나 홀트 씨가 조사를 기피할 만한 이유가 있습니까?"

"아니오. 마음 내키는 대로 얼마든지 조사하라고 하십시오."

"당신은 소환된 적이 있습니까?"

"없습니다."

"홀트 씨는 소환된 적이 있습니까?"

"없습니다."

"협회의 다른 간부가 소환된 적이 있습니까?"

"없습니다. 또 엉뚱한 사람을 괴롭히시는군요."

코비의 통통한 얼굴과 대머리의 윗부분이 조금 붉어졌다.

"하지만 적어도 아까와는 다른 사람입니다. 딜레니 씨가 작심하고 우리를 조사하기 시작한다면 그는 URWA가 돌아가는 사정에 특히 주목할 것입니다. 우리는 모두 필립 홀트의 살인범일 가능성이 있으며 살인의 도구는 가까운 곳에 있었습니다. 그는 살인의 동기를 추적할 것입니다. 재정적인 것이든 다른 문제든 협회의 운영에 취약점이 있다면 지금 내놓고 논의하는 게 현명할 것입니다."

"아무것도 없습니다. 뒷소문만 빼고는 우리 협회에 아무 문제도 없습니다. 그리고 뒷소문으로 말하자면 회원들이 일으키는 갖가지 일들로 뒷소문이 돌지 않는 협회가 어디 있겠습니까? 우리는 어떤 일에도 그 누구에게도 떳떳합니다."

코비의 얼굴이 조금 더 붉어졌다.

"어떤 소문인가요?"

"상상할 수 있는 모든 소문이죠. 내가 사기꾼이다, 협회의 임원이 모두 사기꾼이다. 우리가 공금을 횡령했다, 우리가 큰손들에게 몰래 무언가를 팔아먹었다, 우리가 연필과 클립을 훔쳤다는 것 등입니다."

"더 구체적으로 말씀해 주시겠습니까? 그중에서 가장 곤란한 소문이 무엇이었습니까?"

코비는 이제 그의 말을 듣고 있지 않았다. 그는 주머니에서 손수건을 꺼내 펴더니 얼굴과 대머리 부위를 닦고는 손수건을 다시 접힌 자국대로 접어 주머니에 넣었다. 그런 다음 울프를 쳐다봤다.

"구체적인 내용을 안다면 그건 소문이 아닙니다. 그건 철저히 협회의 내부 문제지만 여기서 누설할 수밖에 없었으며 여기서 처음 누설하는 것입니다. 조사해 보니, 상인들이 협회의 간부와 회원들에게 상납한 것과 관련된 비리가 있었습니다. 필립 홀트가 속한 부서와는 관련이 없지만, 그가 이런 비리 몇 가지에 관련되어 있었다는 소문이 돌았고 그가 이 소문을 듣고 화를 낸 일이 있었습니다."

"당신이 표적이 된 비리 사건은 없었나요?"

"없습니다. 난 협회원들과 직원들의 절대적인 신뢰를 받고 있습니다."

"상인들 말씀을 하셨는데, 수입업자도 포함되나요?"

"그렇죠, 수입업자들과 상인들이죠."

"비리에 관한 그런 소문 중에 그리핀 씨의 이름이 언급된 적이 있나요?"

"이사회의 허락을 받지 않고는 그 누구의 이름도 밝히지 않겠습니다. 내부 기밀이니까요."

"대단히 고맙네, 짐. 지금 주고받자는 건가?"

그리핀이 조금도 감사하지 않은 듯한 목소리로 말했다.

"실례합니다. 12시가 다 되어 가므로 코비 양과 저는 가 봐야겠습니다. 지금 나가서 점심을 먹어야 회의에 늦지 않으니까요. 어쨌든 저는 지금 이게 바보 같은 짓이라고 생각합니다. 자, 갑시다, 플로라."

딕 베터가 자리에서 일어서며 말했다. 그녀가 잠시 머뭇거리다 의자에서 일어났다. 베터가 걸음을 옮겼다. 그러나 울프가 자신의 이름을 부르는 소리를 듣고 고개를 돌렸다.

"왜 그러시죠?"

울프가 자신의 회전의자를 돌렸다.

"죄송합니다. 당신이 시간에 쫓기고 있다는 사실을 잊지 말았어야 했는데 말입니다. 오 분 동안만 말씀해 주시겠습니까?"

텔레비전 스타가 관대한 미소를 지었다.

"제가 살아온 내력 말씀이십니까? 찾아보시면 될 텐데요. 두어 달 전의 《TV 가이드》와 《클락》을 보시면 됩니다. 날짜는 기억할 수 없지만 말입니다. 이건 어리석은 짓입니다. 정말 우리들 중 한 사람이 살인자일 수도 있습니다. 당신의 행운을 빌지만, 이렇게 해서는 아무 소득도 얻지 못할 겁니다. 제 생각을 말씀드려도 될까요?"

"말씀하셔도 됩니다, 베터 씨. 하지만 심문을 하면 당신이 거짓말을 했거나 중대한 어떤 문제를 고의로 누락했다는 사실이 밝혀질 것입니다. 당신이 이야기한 잡지를 읽으면 당신이 코비 양에게 관심이 있다는 사실을 알 수 있습니까?"

"바보 같은 소리군요."

그가 2000만 명에 이르는 그의 팬들이 좋아하지 않을 말투와 언어로 말했다.

"베터 씨, 당신은 물론 나의 이런 질문을 우습게 여길 수 있지만 일단 경찰이 당신에게 관심을 가지면 경찰에게는 그러지 못할 것입니다. 제가 좀 전에 당신과 코비 양이 친구인지 물었고 당신은 그게 이 일과 무슨 관계가 있느냐고 반문했습니다. 그리고 저는 아무 관계도 없을 수 있다고 대답했습니다. 하지만 필립 홀트가 그녀를 집요하게 괴롭혔다는 사실을 안 지금은 관계가 있을 수도 있다는 생각이 드는군요. 어느 정도로 괴롭혔는지는 아직 모르지만 말입니다. 당신과 코비 양은 친구입니까?"

"그럼요, 친구고말고요. 점심 식사를 함께하니까요."

"그녀를 사랑하십니까?"

그의 미소에서 관대한 표정이 사라졌다. 하지만 아직 미소를 짓고 있기는 했다.

"그건 미묘한 문제군요. 나는 공인이어서 말조심을 해야 합니다. 내가 그렇다고, 코비 양을 사랑한다고 하면 내일 신문에 일제히 실릴 것이고 1만 통의 전보와 100만 통의 편지를 받게 될 것입니다. 내가 아니라고, 그러니까 코비 양에게 관심이 없다고 하면 내 바로 옆에 있는 코비 양에게 무례한 짓이 될 것입니다. 그러므로 대답하지 않겠습니다. 이리 와요, 플로라."

"한 가지 더 질문이 있습니다. 당신의 아버지가 뉴욕의 한 식당에서 일하고 있다는 걸 압니다. 그분이 코비 씨가 말한 비리에 관련되어 있는 건 아닌가요?"

"그런 일은 맹세코 없습니다. 바보 같은 이야기 계속 나누십시오."

그는 몸을 돌려 플로라를 데리고 문 쪽으로 갔다. 나는 자리에서 일어나 복도를 지나 현관까지 가서 두 사람이 나가도록 문을 열어 주었다가 닫았다. 그러고는 문에 사슬 모양의 고리를 건 후에 사무실로 돌아왔다. 울프가 이야기하고 있었다.

"라고 씨, 이제 당신만 남았습니다. 당신은 경찰 앞에서 쩔쩔매고 싶지는 않을 것이며, 그건 나도 마찬가지입니다."

소스 주방장이 붉은 가죽 의자에서 몸을 곧게 폈다. 그의 코밑에 난 수염의 뾰족한 양쪽 끝도 함께 펴지는 듯했다.

"이건 소옥이임수우요."

그가 말했다.

"아닙니다. 효과만 있다면 속임수를 쓰는 것도 반대하지 않지만 이건 단지 유감스러운 상황에 대해 솔직한 대화를 나누는 것뿐입니다. 속임수가 아닙니다. 당신은 필립 홀트와의 관계에 대해 이야기하기가 싫으십니까?"

"난 시일마앙스럽습니다. 물론, 당신이 타암저엉 일을 하고 있다는 건 알고, 그건 모르는 사람은 없습니다. 하지만 내가 보기에 당신의 어업저억은 뛰어난 요오리이 솜씨에 있습니다. 당신이 만든 프으레엥탕 소스와 굴 피이카안테 그리고 아티초크 요리 등을 보십시오. 난 피에르 몬더가 당신에 대해 무슨 말을 했는지 알고 있습니다. 그래서 당신 사무실에 와서 살인 같은 추한 일에 대해 이야기하는 게 시일마앙스럽습니다."

라고가 말했다.

"나도 당신만큼이나 이런 이야기는 하고 싶지 않습니다. 피에르 몬더가 나에 대해 좋은 말을 해 준 것 같아 다행이군요. 이제 필립 홀트와의 관계에 대해 말씀해 주시겠습니까?"

"계속 그렇게 마알쓰음하신다면 다앙여언히이 말씀드려야죠. 하지만 뭐라고 해야 할까요? 아무 과안계에도 아니었습니다."

"그 사람을 모르시나요?"

"그 사람을 마안났었죠. 다른 사람들이 만나듯이 말입니다. 내가 그 사아라암을 알았을까요? 다른 사람을 어떻게 압니까? 내가 당신을 아나요?"

라고가 두 손을 펴고 어깨를 들어올리며 반문했다. 그의 눈썹도 따라 올라갔다.

"하지만 당신은 2주 전까지 날 한 번도 보지 못했습니다. 홀트 씨에 대해서는 분명 무언가 알고 있을 겁니다. 그는 당신이 활동한 협회의 중요한 임원이었으니까요."

"난 그 혀업회에서 활동하지 않았습니다."

"어제 야유회 때 연설하지 않으셨나요."

라고가 고개를 끄덕인 후에 미소 지었다.

"예, 그랬었죠. 하지만 그건 내가 주우바앙에서 일해 왔기 때문이지, 혀업회에서 활동했기 때문은 아니었습니다. 소오스으에 있어서는 내가 최고라고 말할 수 있죠. 그런 우수함 때문에 내가 여언서얼했던 것 아니겠습니까? 그렇죠, 코비 씨?"

그가 고개를 돌리며 물었다.

URWA의 회장이 고개를 끄덕였다.

"그렇습니다. 우리는 최고의 요리에 대한 강의를 할 생각이었고, 그래서 라고 씨에게 부탁했습니다. 내가 아는 한 이분은 협회 모임에 한 번도 나오지 않았습니다. 우리는 이분이 나오길 바랐지만 그래도 안 나오시더군요."

그가 울프에게 말했다.

"나는 주우바앙에서 일하는 사람입니다. 나는 예에수울가아입니다. 사아업에 관련된 일은 잘 모릅니다."

라고가 말했다.

"당신이 들은 비리 중에 라고의 이름이 오르내린 적이 있습니까?"

울프가 코비에게 물었다.

"아니요. 아까 이름을 밝히진 않겠다고 했었죠. 하지만 그렇지 않습니다. 라고의 이름은 들은 적이 없습니다."

"제가 그리핀 씨에 대해 물었을 때는 그렇지 않다고 말씀하지 않으셨습니다. 그 문제에 대해 하실 말씀은 없습니까?"

울프가 수입업자에게 고개를 돌렸다.

나는 그때까지 그리핀의 왼쪽 눈에 문제가 있다는 걸 잘 몰랐다. 상처의 흔적은 없고 기능에도 문제가 없는 것 같았지만 초점이 조금 벗어난 듯했다. 한쪽 각도에서, 그러니까 내 책상 쪽에서 보면 정상으로 보였지만 말이다.

그가 좁고 긴 턱을 들어올렸다.

"원하시는 게 뭡니까?"

"제가 원하는 건 신경 쓰지 마십시오. 대답을 듣고 싶을 뿐이니까요."

"아, 그러시다면 전 할 이야기가 없습니다. 어떤 비리에 대해서도 아는 게 없습니다. 제가 원하는 건, 그 증인을 만나 보는 것뿐입니다."

"아까 말씀드렸듯이 현재로서는 그 증인을 공개할 수 없습니다. 아직도 못 믿으시는 겁니까?"

울프가 고개를 저으며 물었다.

"전 계속 믿음이 가질 않습니다. 그 증인을 만나서 그 여자가 하는 말을 듣고 싶습니다. 당신이 그 여자 이야기를 꾸며 낼 만한 이유가 있는 것 같지는 않습니다. 내가 짐작하기에 특별히 이유가 있는지는 모르지만요. 어쨌든 당신은 우리와 같은 배를 타고 있습니다. 하지만 그 여자를 보기 전에는 믿을 수 없습니다. 그때 가서 믿든지 말든지 하겠습니다."

"믿게 되실 겁니다. 그런데 당신과 필립 홀트의 관계는 어땠습니까? 그 사람을 안 지는 얼마나 되었으며 어느 정도로 아십니까?"

"아, 터무니없는 짓거리 같으니! 내가 그 사람과의 관계에서 그 사람을 죽일 만한 일이 있었다면 그걸 당신한테 곧이곧대로 털어놓겠습니까? 그 증인이라는 여자나 공개하시죠? 싫으십니까? 그럼 저도 싫습니다. 당신들, 짐은? 라고는?"

그리펀이 자리에서 벌떡 일어서며 말했다.

그걸로 만남은 끝이 났다. 울프는 코비와 라고를 좀 더 붙잡고 이야기를 나눌 수 있었다. 하지만 그런 애는 쓸 필요가 없다는 것이 분명했다. 그들은 이제 울프가 어떻게 할 것이며 증인은 어떻게 할 것이며 왜 증인을 만날 수 없으며 울프가 그녀의 말을 믿는 이유가 무엇이며 그리고 그가 그 여자를 만나 사실을 확인할 것인지 등에 대해 몇 가지 질문을 했다. 그리고 그런 질문에서 아무것도 알아내지 못했다. 그들은 그다지 우호적이지 못한 분위기에서 헤어졌다. 나는 그들을 보낸 후에 사무실로 돌아와 울프의 책상 앞으로 가서 섰다. 그는 팔짱을 낀 채 의자 뒤로 기대앉아 있었다.

"이십 분 후면 점심 시간이군요."

내가 쾌활하게 말했다.

"즐겁게 먹긴 틀렸군."

울프가 투덜거렸다.

"그렇습니다. 시키실 일은 없으십니까?"

 "푸우, 이런 방법으로는 역부족이야. 아무것도 알아낸 게 없어. 사람들을 모두 모아 놓고 살해된 사람과의 관계와 비리를 모두 밝혀 낸다……. 그 자리에서 일어난 일, 그러니까 그날이나 최근에 한 말이나 행동 때문에 살인이 일어났을 거라고 생각해선 안 돼. 그 사람을 죽여야 했거나 죽이고 싶은 이유는 일주일 전이나 한 달 전, 심지어는 일 년 전에 일어난 것 때문일 수도 있어. 그러다가 어제 그 천막 안에서 적당한 기회를 만난 거지. 살인자가 누구든 제일 먼저 천막에 들어갔던 라고든 아니면 그 뒤에 순서대로 천막 안에 들어갔던 코비나 그리핀이나 베터든 그 순간은 상당히 유혹적인 기회였다는 게 분명해. 그 사람은 거기 누워 꼼짝 못하고 있고 무기도 옆에 있었어. 살인자는 천막 안에 들어갈 그럴듯한 기회를 만들어 냈을 거야. 그리고 최대한 의심스러운 정황을 만들기 위해 덮개에 붙어 있던 테이프를 떼어 낸 거지. 범인이 천막에서 나온 직후 시체가 발견됐다 해도, 그러니까 몇 초 뒤에 발견됐다 해도 살인자가 대답하지 못할 질문은 없게 되는 셈이지."

 울프가 팔짱을 풀고 주먹 쥔 손을 책상 위에 올려놓았다.

 "아니야, 당황해서는 안 돼. 살인 동기는 다른 것들과 복잡하게 얽힌 채 묻혀 있을 수도 있고 역사 속에 묻혀 있을 수도 있어. 몇 달이 걸릴지도 몰라. 무슨 대책을 세워야겠어."

 울프가 투덜거리며 말했다.

 "맞습니다. 그것도 빨리 말입니다."

 "대책이 나오지 않을 수도 있어. 사울과 프레드와 오리를 전부 불러 모아. 모두 모아서 무얼 할지는 모르지만 말이야. 그리고 날 좀 혼자 있게 해 줘."
 나는 내 책상으로 가서 수화기를 집어 들었다.

5

 울프가 화원에서 난초와 함께 보내는 4시에서 6시까지 오후에 잠깐 나온 것은 내 기억에 다섯 번밖에 없었다. 그러니까 이번이 다섯 번째인 셈이다.
 그의 생각에 진전이 있었다 해도 나는 그 사실을 알 수 없었다. 외부의 도움이 필요할 때 연락할 수 있는 우리의 멋진 삼총사, 사울과 프레드와 오리에게 대기하라고 지시한 것을 제외하면 외부에서 올 사람은 아무도 없었다. 점심 식사를 마친 후에 책상으로 돌아온 울프는 책상 위의 종이를 만지작거리며 그 주에 모아 둔 서랍 안의 병뚜껑을 세었다. 그는 종을 울려 프리츠에게 맥주를 가져오라고 했다. 그러나 마시지 않은 채 읽고 있던 알베르 카뮈의 「가을」을 집어 들어 서너 장 뒤적이다 다시 내려놓았다. 그 사이에 그는 짬짬이 새끼손가락으로 책상 위의 먼지를 닦아 냈다. 내가 오후 4시 뉴스가 나오는 라디오를 켜자 뉴스를 끝까지 다 듣고 나서 그는 엘리베이터를 타고 옥상으로 올라갔다.
 잠시 후, 그러니까 한 시간쯤 뒤에 나는 새끼손가락으로 책상 위의 먼지를 닦고 있는 나 자신을 발견했다. 나는 여기 밝히고 싶지 않은 말을 몇 마디 중얼거린 뒤에 우유를 마시러 부엌으로 갔다.

5시 15분에 현관의 벨이 울렸고 나는 자리에서 벌떡 일어나 현관으로 달렸다. 그러나 곧 사내답지 못한 짓이라 생각하고 발걸음을 늦췄다. 안에서만 보이는 현관 거울을 통해 보니, 현관 앞 계단에 키 크고 호리호리한 남자가 서 있었다. 그는 머리끝에서부터 발끝까지 가느다란 체격에 갈색 양복은 다림질을 해야 할 것처럼 구겨진 데다 갈색 밀짚모자를 쓰고 있었다. 나는 심호흡을 한 뒤에 사슬을 건 채로 5센티미터 정도만 문을 열었다. 그럴 법한 행색도 아니었지만 딜레니 지방 검사나 박스터 형사 반장이 보낸 사람 같지는 않았다.
　내가 문틈으로 물었다.
　"누구시죠?"
　"네로 울프 씨를 만나고 싶습니다. 제 이름은 바너, 알렉산더 바너입니다."
　"알겠습니다."
　내가 사슬을 풀고 문을 활짝 열었다. 그가 문지방을 넘어섰다.
　"모자를 주시겠습니까? 이쪽입니다."
　그가 내게 모자를 주었고 나는 모자를 선반에 올려놓았다. 나는 그가 사무실로 들어가 붉은 가죽 의자에 앉기를 기다렸다가 이렇게 말했다.
　"울프 씨는 지금 다른 일을 하고 계십니다. 손님이 오셨다고 말씀드리죠."
　나는 복도로 나와 부엌으로 가서 문을 닫고 화원으로 인터폰을 했다. 보통은 십오 초나 이십 초 정도 기다려야 하는데 이번에는 삼 초 만에 울프 씨의 성난 듯한 음성이 들렸다.

"예?"

"손님이 오셨습니다. 알렉산더 바너 급사장입니다."

잠시 침묵이 흐른 뒤에 그가 말했다.

"들여보내."

"벌써 들어와 계십니다. 그 손님을 어떻게, 6시까지 붙잡아 둘까요?"

"아니야. 내려갈게."

좀 더 긴 침묵이 흐른 뒤에 그가 말했다.

아까도 말했듯이 그것은 내가 울프와 함께 보낸 오랜 세월 동안 단 다섯 번 벌어진 일이었다. 나는 사무실로 돌아와 손님에게 뭘 마시겠느냐고 물었고 그는 필요 없다고 대답했다. 그로부터 이 분 뒤에 울프가 탄 엘리베이터가 내려오는 소리가 들렸다. 엘리베이터가 멈춰 서고 문이 열렸다 닫히는 소리 그리고 그의 발걸음 소리가 났다. 그는 사무실 안으로 들어와서 붉은 가죽 의자를 한 바퀴 돌아 손님에게 손을 내밀었다.

"바너 씨? 저는 네로 울프입니다. 이렇게 뵙게 되어 반갑습니다."

그는 분명 과장된 반응을 보이고 있었다. 그는 악수하는 것을 혐오해서 악수를 거의 하지 않았다. 그가 자신의 의자에 앉은 뒤에 바너에게 너무도 우호적인 시선을 보내 그에게 아첨하는 것처럼 보일 지경이었다.

"말씀하실까요, 선생님?"

"제 자신을 속이게 될까 두렵습니다. 전 제 자신을 속이고 싶지 않습니다. 이 신사 분이 아치 굿윈 씨이신가요?"

그가 내 쪽으로 고개를 돌리며 물었다.

"그렇습니다, 선생님."

"그렇다면 더욱 곤란하지만 어쩔 수 없군요. 어제 컬프 초원에서 일어난 비극적인 사건에 관해 드릴 말씀이 있어 찾아왔습니다. 신문 기사에 따르면 경찰은 살인자가 천막 뒷문으로 들어와 그 사람을 찌르고 다시 그쪽으로 나갔다는 추측에 무게를 두고 있더군요. 저는 불과 한 시간 전에 롱아일랜드로 전화를 걸어 아직도 그런 추측에 무게를 두고 있느냐고 물어봤고 그렇다는 대답을 들었습니다."

그가 말을 멈추고 목청을 가다듬었다. 나는 그런 그의 목을 졸라 버리고 싶었다. 그가 말을 계속했다.

"심문 받은 사람들 중에 당신과 굿윈 씨도 끼어 있는 것으로 보도가 되었고, 그래서 굿윈 씨가 당시에 천막 밖 차 안에 있던 제 아내와 나눈 이야기를 당신에게 하지 않았다는 결론을 내렸습니다. 당신이 연설을 하다 비명 소리가 났을 때 저는 앞쪽 인파 속에 있었고 소란이 벌어지자 제 차로 가서 쉽게 그곳을 빠져나왔습니다. 저는 시끄러운 걸 좋아하지 않거든요. 아내는 집에 도착할 때까지 굿윈 씨와 나눈 이야기를 제게 하지 않았습니다. 운전하는 도중에 제게 그런 이야기를 하는 게 현명하지 못하다고 생각했답니다. 아내 말이, 굿윈 씨가 차로 다가와 창문을 열고 자신과 이야기를 나눴다고 하더군요. 이분이 제 아내에게……"

"그 이야기를 제게 하지 않았을 거라는 선생님의 추측은 틀렸습니다. 저는 그 이야기를 들었습니다."

울프가 한 손가락을 흔들어 보이며 말했다.

"뭐라고요! 말씀을 드렸다고요?"

"그렇습니다. 그러니까……"

"그렇다면 제 아내가 연설을 하는 동안 뒤쪽에서 천막으로 들어간 사람이 분명 아무도 없었다고 한 말을 알고 계셨단 말입니까? 당신과 굿윈 씨만 알고 계신가요? 분명합니까? 제 아내가 이 분께 한 말을 알고 계셨습니까?"

"선생님의 부인 되시는 분이 이 사람에게 한 말을 알고 있었습니다. 하지만……"

"그런데 그 말을 경찰에 하지 않으셨군요?"

"예, 아직 안 했습니다. 앞으로 할 것……"

"그렇다면 선택의 여지가 없군요. 생각보다 더 좋지 않은 상황입니다. 아내가 즉시 그쪽에 이 사실을 알리는 방법밖에 없습니다. 그러면 옆에 서 있는 분과 다른 분들 모두가 곤란해질 것입니다. 끔찍하지만 할 일은 해야 합니다. 법치국가에서 법은 지켜져야 하니까요."

그가 몸을 돌려 문 쪽으로 갔다.

나는 자리에서 일어났다. 그를 멈춰 세우고 꼼짝 못하게 하는 것은 식은 죽 먹기였지만 울프의 표정을 보니 그럴 수가 없었다. 그는 마음이 놓인 듯한 표정이었다. 아니, 어떻게 보면 기쁘기까지 한 얼굴이었다. 나는 그를 쳐다봤고 현관문이 닫히는 소리가 들릴 때까지 계속 그를 응시했다. 나는 복도로 나와 그가 모자를 챙겨 갖고 나가는 것을 확인했다. 그런 다음 돌아와서 울프의 책상 앞에 섰다.

"좋아 보이시는군요. 맛있는 크림이라도 드셨나요? 제게도 좀 주십시오."

내가 말했다.

울프가 숨을 깊이 들이마셨다가 내쉬었다.

"그게 아니라네. 난 너무나 창피해서 견딜 수가 없었다네. 그래서 전화벨이 울릴 때마다 놀라서 펄쩍펄쩍 뛰었지. 내가 자네에게서 온 전화를 얼마나 빨리 받았는지 기억하나? 정말이지 화원에서 레난테라 임슈티아나(국제적으로 멸종 위기에 있는 난초과의 한 종.—옮긴이)를 돌보기도 싫을 지경이었다네! 이제 우리가 어디 서 있는지 알게 되었네."

그가 말했다.

"그렇습니다. 종착지가 어딘지도 알게 되었습니다. 만일 저였다면 그 사람을 붙잡아 두고 이야기했을……"

"입 닥치게."

나는 그의 말대로 했다. 내가 고집을 부리지 말아야 할 때가 있었다. 그리고 가장 중요한 사실은 그가 의자 뒤로 몸을 기댄 채 눈을 감고 입을 움직이기 시작했다는 점이었다. 그는 입을 내밀었다가 집어넣고 또 내밀었다가 집어넣고…… 를 반복했다. 그것은 그의 머리가 엄청난 장애에 부딪쳤음을 뜻했다. 나는 그가 어려운 문제와 싸우며 입술을 그렇게 계속 움직이는 것을 한 시간 가까이 지켜본 적도 있었다. 나는 전화가 가까이 있었으면 좋겠다고 생각하며 내 책상으로 가서 앉았다.

이번에는 한 시간이나 걸리지 않았다. 팔 분쯤 지났을 때 그가 눈을 뜨고 몸을 곧게 펴며 말했다.

"아치, 그 사람이 자네에게 자기 아내가 어디 있는지 말했나?"

"아니요. 그 사람은 제게 아무 말도 하지 않았습니다. 선생님이 오실 때까지 입을 꼭 다물고 있었습니다. 여자는 저쪽 길모퉁이에 있는 드러그스토어의 공중전화 앞에 앉아 있었을 수도 있겠죠."

"그렇다면 우리는 반드시 이 문제를 해결해야 하네. 우리가 모두 끌려 들어가기 전에 필립 홀트를 죽인 범인을 찾아내야 한다구. 살인 동기며 증거는 다음에 밝혀 내도 되네. 지금 할 일은 범인을 찾아내서 딜레니 씨에게 넘기는 것일세. 사울은 어디 있나?"

"집에서 전화를 기다리고 있습니다. 프레드와 오리는……"

"사울만 있으면 돼. 사울에게 전화를 걸어서 우리가 곧 간다고 하게. 베터 씨는 어디서 회의를 하고 있나?"

"MXO스튜디오인 것 같습니다."

"가서 그 사람을 데려오게. 코비 양도 함께 있으면 데려오고. 다른 사람들도 불러 모으게. 딜레니 씨한테서 연락을 받기 전에 그 사람들을 불러 모아야 하네. 모두 지체없이 사울의 집으로 모이게 하게. 가능한 한 빨리 말일세. 그 사람들에게 증인을 만나서 궁금한 것을 물어보게 될 거라고 전하게. 아주 급하네. 그 사람들이 제안에 따르지 않으면 내가 직접 통화하겠네. 그리고……"

나는 수화기를 들고 다이얼을 돌렸다.

6

사람들이 모두 모였고 울프가 범인을 알아내는 데는 십오 분도 채 걸리지 않았다. 나라면 운이 좋아도 보름은 족히 걸렸을 것이다. 당신이 게임을 즐긴다면 지금 의자 뒤로 몸을 기대고 눈을 감은 채 입술을 내밀었다 집어넣으며 얼마 만에 좋은 생각이 떠오르는지 알아봐도 좋을 것이다. 당신은 울프와 내가 아는 것을 모두 알고 있으므로 승산은 충분하다. 하지만 직접적으로 누군가를 꼼짝 못하게 할 증거를 대거나 그 사람의 이름을 불러서는 안 된다. 당신이 지금까지 알고 있는 사실을 어떻게 활용해서 범인을 지목할 것인지가 문제이다. 울프는 그렇게 했고 여러분이 울프보다 더 노련하지는 못할 것이다.

키는 평균보다 작지만 재치로 다른 이들을 압도하는 사울 팬저는 렉싱턴 가와 3번 가 사이에 있는 38번 가의 개조된 주택 꼭대기 층에서 혼자 살았다. 그곳은 거실과 침실 그리고 간이 부엌과 목욕탕이 하나씩 있는 집이다. 7월의 이른 저녁인 7시인데도 블라인드를 내리고 불을 모두 밝힌 거실은 상당히 넓어 보였다. 한쪽 벽에 창문이 있고 한쪽 벽에는 책이 빽빽이 꽂혀 있으며 다른 두 벽에는 그림이 걸려 있고 광물 덩어리에서부터 바다코끼리의 엄니까지 온갖 잡동사니가 여기저기 흩어져 있는 선반이 매달려 있었다. 거실 한쪽 구석에는 그랜드 피아노가 있었다.

울프가 사람들을 둘러보며 말했다.

"오래 걸리지 않을 겁니다."

울프는 바닥에 놓인 스탠드 옆에 있는, 사울의 집에서 가장 큰 의자에 앉았다. 그가 앉아도 넉넉할 만큼 큰 의자였다. 나는 그의 왼쪽 앞에 놓인 높은 의자에 앉았고 사울은 그의 오른쪽에 있는 그랜드 피아노 의자에 앉았다. 다섯 손님이 앉은 의자는 둥근 모양으로 울프를 마주 보고 있었다. 물론 살인자가 사울이나 내 옆에 앉게 좌석을 배치하는 게 당연하고 바람직하겠지만 누가 범인인지 모르니 그럴 수도 없는 노릇이었다. 범인이 누군지 모르기는 울프도 마찬가지였다.

"증인은 어디 있습니까? 굿윈이 그 여자가 여기 온다고 했는데요."

그리핀이 물었다.

울프가 고개를 끄덕였다.

"압니다. 굿윈은 가끔 대명사를 혼동해서 사용할 때가 있습니다. 증인은 여기 있습니다."

그가 엄지손가락으로 피아노 의자 쪽을 가리켜 보였다.

"저기 있습니다. 확실하게 믿을 수 있는 사울 팬저 씨입니다. 그런데……"

"여자라고 말씀하셨잖아요!"

"여자 증인도 있습니다. 여러분이 법정에 서면 다른 증인들도 만나게 될 것입니다. 굿윈 씨가 말한 긴급한 상황은 팬저 씨가 여러분께 설명해 드릴 것입니다. 그 전에 몇 가지 드릴 말씀이 있습니다."

"증인의 말을 먼저 들읍시다. 그 다음에 설명하십시오. 당신 이야기는 벌써 들었으니까요."

딕 베터가 말했다.

"간단히 하겠습니다. 천막 뒷문의 덮개에 붙어 있던 테이프에 관계된 문제입니다. 아시다시피 굿윈 씨는 우리가 단 앞으로 나가기 전에 그걸 붙여 두었습니다. 하지만 굿윈 씨와 제가 나중에 천막 안으로 들어가니 뒷문 덮개가 열려 있었습니다. 누가 그랬을까요? 밖에서 천막 안으로 들어간 사람의 짓은 아닙니다. 왜냐하면 증인이 아무도 뒤로 들어가지 않았다고……"

울프가 줄곧 평온한 표정으로 이렇게 설명했다.

"우리가 만나고 싶은 사람은 바로 그 증인입니다. 굿윈 씨가 그 여자가 여기 있다고 했습니다."

제임스 코비가 끼어들었다.

"곧 그녀를 만나게 되실 겁니다, 코비 씨. 제 말을 끝까지 들어 주십시오. 따라서 테이프를 떼어 낸 사람은 천막 앞문으로 들어간 사람, 즉 여러분 네 명 중 한 명입니다. 왜일까요? 그것은 살인자가 뒷문으로 들어온 사람이 필립 홀트를 죽인 것처럼 상황을 만들어 내기 위해 꾸며 낸 일일 가능성이 큽니다. 이것은 단순한 추측이 아니라 어느 정도 확실한 사실입니다. 그래서 저는 가능하다면 테이프를 떼어 낸 사람이 누군지 알아내는 게 가장 좋다고 생각했습니다. 팬저 씨의 도움을 받기로 한 것은 그 때문입니다. 사울, 말씀해 주시겠어요?"

울프가 사울 쪽으로 고개를 돌렸다.

"전부 설명해야 합니까, 울프 씨? 제가 이것을 얻은 경위까지요?"

사울은 한 손을 피아노 의자 위에 놓인 검은 가죽 가방에 올려놓고 있었다.

"지금 그럴 필요는 없네. 나중에 이분들이 알고 싶어 하면 말씀드리도록 하지. 자네가 그걸 어떻게 얻었는지보다는 지금 무얼 갖고 있는지가 더 중요하니까 말일세."

"알겠습니다. 제가 이걸 얻게 된 연유는 말씀드리지 않는 편이 좋을 듯합니다. 왜냐하면 누군가를 곤란하게 만들 수 있기 때문입니다."

사울이 가방 뚜껑을 열고 안에서 무언가를 꺼냈다.

"곤란하게 만들 수 있다는 게 무슨 뜻인가요? 그러면 그 사람이 곤란해진다는 건 자명한 사실인데요."

내가 끼어들었다.

"좋아요, 아치, 좋다고요. 제가 갖고 있는 건 천막 뒷문의 덮개에 붙어 있던 테이프에서 채취한 지문입니다. 흐릿한 것도 있지만 모두 네 사람의 지문이 찍혀 있었습니다. 그중 두 개의 선명한 지문은 굿윈 씨의 것이고 신원을 알 수 없는 사람의 것이 두 개 묻어 있습니다. 그러니까 여러분의 지문을 채취해서……"

그가 가방 쪽으로 고개를 돌리고 안에서 무언가를 꺼낸 후에 다시 사람들 쪽을 쳐다봤다.

"너무 성급하네, 사울. 자네는 이게 어떻게 된 연유인지, 그리고 굿윈 씨가 긴급한 사안이라고 말한 이유가 무엇인지 잘 알고 있지 않나. 그 테이프를 떼어 내지 않은 사람은 분명 지문 채취에 반대하지 않을 것이네. 만일 누군가 반대한다면 그 사람은 어떤 결론을 내려도 불평하지 못할 것이네. 물론, 여러분 모두의 지문이 이 사진에 나타난 신원 미상의 두 지문과 일치하지 않을 수도 있습니다. 그럴 경우에는 아무 결론도 내릴 수 없게 됩니다. 팬저 씨는 지문을 채취할 수 있는 도구를 갖고 있으며 이 분야의 전문가입니다. 말씀드린 대로 해도 되겠습니까?"

울프가 사람들의 표정을 예의 주시하며 말했다.

사람들이 시선을 교환했다.

"빌어먹을, 어쨌든 내 지문은 이미 기록되어 있습니다. 그렇게 하시죠."

베터가 말했다.

"내 것도요. 반대하지 않습니다."

그리핀이 말했다.

"또 소옥이임수입니다!"

폴 라고가 갑자기 폭발하는 듯한 음성으로 외쳤다.

모두의 눈이 일제히 그에게로 쏠렸다.

"아닙니다, 라고 씨. 속임수가 아닙니다. 팬저 씨로서는 지문을 얻은 과정을 공개하지 않는 편이 좋지만 당신이 고집을 부린다면 말씀드리겠습니다. 저는 여러분이 마음을 놓고……."

"저 사람이 지이문을 채취하는 게 소옥이임수라는 뜻이 아닙니다. 내 말은 테에이프를 떼어 낸 사람이 살인자라는 당신 말이 어엉터어리라는 겁니다. 반드시 그렇지는 않습니다. 그건 거어지잇말입니다! 내가 천막 안으로 들어갔다가 그 사람을 보니, 고옹기이가 잘 통하지 않아서 숨을 잘 쉬지 못하는 것 같기에 공기가 통하도록 그 테에이프를 떼어 냈습니다. 그런데 당신이 내 지문을 가져다 그 사진의 지문과 같다고 하면 그게 증거가 됩니까? 전혀 그렇지 않습니다. 그렇지 않고말고요! 그래서 이것도 소옥이임수라고 말하는 겁니다. 이 위대한 자유의 나라에서……."

소스 주방장이 꼬았던 다리를 풀고 말했다.

나는 그를 더 당황하게 만들 생각이 없었다. 그의 몸에 손가락 하나 대지 않았다. 나는 주머니에 말리 38구경을 갖고 있었고 사울도 총을 갖고 있었다. 따라서 그가 무슨 짓을 하려고 들면 즉시 제지할 수 있었다. 하지만 불가피한 상황이 아닌 경우에, 특히 사람들 앞에서 총을 사용하는 것은 바람직한 행동이 아닌 데다 그가 내게서 3.5미터 정도 떨어져 있었으므로 나는 자리에서 일어나 그에게 다가갔다. 사울도 그 순간에 같은 생각을 했고 우리 둘이 그에게 다가가는 광경은, 우리는 깨닫지 못했지만 그에게는 상당히 부담스러운 상황이었을 것이다. 내가 두 번째 걸음을 떼어 놓았을 때 그가 의자에서 일어나 문 쪽으로 내달았다.

물론 우리는 그의 몸에 손을 댈 수밖에 없었다. 내가 사울보다 민첩하기 때문이 아니라 사울이 더 멀리 있었기 때문에 내가 먼저 그에게 다가갔다. 내가 그의 몸을 감쌌는데도 그는 상당히 잘 싸웠다. 그는 사울의 사타구니를 발로 찼고 전기 스탠드를 넘어뜨렸으며 머리통으로 내 코를 박았다. 그가 내 팔을 물었을 때 '알았어. 그렇게 해줄게.' 하는 생각이 들었다. 나는 주머니에서 말리를 꺼내 그의 귀 위쪽을 가격했고 그는 쓰러졌다.

몸을 돌리다가 나는 딕 베터가 누군가를 두 팔로 감싸고 있는 것을 보았다. 그의 품에 안긴 여자는 그를 발로 차지도 이로 물지도 않았다. 사람들은 긴박한 순간에 본심을 드러내는 법이다. 텔레비전 스타 같은 대단한 공인도 예외가 아니었다. 이튿날 그 일에 대한 기사는 단 한 줄도 나지 않았다.

7

나는 폴 라고가 두 달 뒤 법정에 섰을 때 지문 때문에 벌어진 일 말고는 아무 증거도 없는 상황이었다는 걸 알고 어떤 생각을 했을

지 많이 궁금했다. 그도 물론 그때는 그것이 속임수에 지나지 않았다는 사실을 알게 되었다. 사울도 어느 누구도 그 테이프에서 지문을 채취하지 않았으며 그가 계속 입을 다물고 협조하는 척했다면 아직도 연기를 할 수 있었을 터였다.

나는 언젠가 만일 일이 그렇게 돌아가면 어떻게 할 생각이었느냐고 울프에게 물은 적이 있다.

"그런 일은 일어나지 않았어."

울프가 대답했다.

"만일 그런 일이 일어났다면요?"

내가 물었다.

"푸우. 그런 일은 생각할 가치도 없어. 살인자가 테이프를 떼어낸 건 거의 확실한 사실이었어. 테이프에 찍힌 자신의 지문이 공개될 가능성이 높은 상황에서 그는 무슨 말이든 해야 했어. 그는 어떻게 해서 거기에 자신의 지문이 찍혔는지 설명해야 했어. 확실한 증거가 밝혀지기를 기다리기보다 자발적으로 뭔가 하는 편을 택한 거지."

그가 말했다.

"그렇다면 훌륭한 속임수였던 셈이군요. 하지만 그래도 만일 일이 그렇게 돌아가지 않았으면 어떻게 할 생각이었느냐고 묻는다면요?"

나는 계속 그 질문을 물고 늘어졌다.

"그러면 나는 계속해서 그런 희박한 추론은 재고할 가치도 없다고 대답하겠네. 만일 자네 어머니가 생후 석 달 된 자네를 호랑이 우리 안에 버린다면 어떻게 하겠나? 자네는 어떻게 했겠나?"

나는 생각해 보고 말씀드리겠다고 대답했다.

동기로 말하자면 세 가지 추측이 있을 수 있지만 내가 여태껏 밝힌 내용 중에서 살인 동기를 찾는다면 결코 진실을 알 수 없을 것이다. 그날 울프의 사무실에서는 필립 홀트가 죽은 이유에 근접한 말 한 마디 나오지 않았다. 그게 바로 형사들이 위궤양에 걸릴 수밖에 없는 이유이다. 아니, 내 말이 틀렸을 수도 있다. 필립 홀트가 여자를 좋아한다는 말이 나왔으며 살인 동기는 분명 그 말과 관련이 있으니 말이다. 그가 좋아한 여자 중에는 폴 라고의 아내가 있었다. 남편 나이의 반 정도밖에 안 되는 매력적인 푸른 눈의 젊은 여성 말이다. 필립 홀트는 그녀를 좋아했으며 플로라 코비와 달리 그녀도 그를 좋아했고 그러한 감정을 내비쳤다.

폴 라고가 그것을 달가워했을 리 만무했다.

우리 시대의 삶
Life in Our time

로버트 블록 _ Robert Bloch

　　예전의 서스펜스 소설과 새로운 서스펜스 소설을 가르는 분기점은 바로 「사이코」로, 이는 책과 영화에 모두 해당된다. 하지만 사이코가 나온 후에는 장르 구분이 없어졌다. 서스펜스 소설(순수한 미스터리 물과는 달리)은 어떤 것도 다룰 수 있으며 또 그래 왔다. 이 모든 것의 창시자는 겸손하고 우호적이며 매우 재치 넘치는 로버트 블록(1917~1994)으로, 그는 「스카프(The Scarf)」, 「유괴범(The Kidnapper)」, 「살인자의 밤(The Night of the Ripper)」 같은 서스펜스 명작을 비롯해서 많은 소설로 유명한 재능 있는 작가이다. 블록이 쓴 작품에는 소설보다 단편이 훨씬 낫다고 말하는 이들도 있다. 그는 생전에 여러 권의 작품집을 펴냈다. 블록의 소설은 의외의 이야기 전개로 정평이 나 있다. 그는 독자의 기대를 배반하는 데서 희열을 느끼며 작품에 종종 예기치 못한 유머를 삽입하기도 한다. 노먼 베이츠와의 음울한 투쟁에서조차 블록은 독자를 한두 번 웃음 짓게 하는 데 성공했다. 단편 소설 작가로서의 그의 탁월한 역량은 이 작품에서도 유감없이 발휘되었다.

해리의 타임캡슐이 도착했을 때 질은 그것을 손님 숙소로 가져가게 했다.

알고 보니 타임캡슐이란 것은 공기가 안으로 들어가지 못하게 납땜을 하고 단단히 봉한, 뚜껑 달린 커다란 금속 상자에 지나지 않았다. 질은 적잖이 실망을 했다.

또한 그녀는 해리에게도 이미 철저히 실망한 상태였다. 문학 학사 겸 과학 학사이자 문학 석사 겸 박사인 해리슨 크라머 교수에게 말이다. 그는 간판만 요란할 뿐 속 빈 강정이었다. 사람들은 이처럼 이것저것 잡탕인 유별난 학력에 대해 그녀에게 입을 모아 말했다.

"그렇게 훌륭한 분과 결혼하시다니 얼마나 좋으실까!"

맙소사, 저들이 실상을 안다면!

그것은 해리가 질보다 열다섯 살이나 많기 때문만은 아니었다. 렉스 해리슨과 리처드 버턴, 케어리 그랜트 그리고 로렌스 올리비에를 보란 말이다. 하지만 해리는 영화배우 스타일은 아니었다. 거리가 멀어도 너무 멀었다! 그렇다고 우스꽝스러운 과학 영화에 나오는 빈센트 프라이스드라큘라나 코믹한 사이언스 픽션 영화에 자주 등장하는 남자 배우처럼 정신 나간 과학자 스타일은 더 더욱 아니었다. 그는 아무것도 아니었다. 정말 아무것도 아니었다.

물론 질은 그와 결혼하기 오래전부터 그런 사실을 알고 있었다. 그러나 해리는 어머니에게 물려받은 훌륭한 저택과 온갖 전리품들을 갖고 있었다. 질은 그가 어느 정도 달라질 것을 기대했다. 실제로 그녀는 동성연애자인 어느 인테리어업자의 도움으로 집 안을 어느 정도 볼 만하게 바꿔 놓았다. 그러나 해리를 바꿀 수는 없었다. 그도 인테리어업자의 힘을 빌려 아름답게 가꿔야 했지만 그를 변화시키는 건 불가능했다.

게다가 힘겹게 해리에게 허락을 받고 집 안을 한 번 장식했을 뿐 다른 전리품에는 손도 댈 수 없었다. 해리는 오락이나 외출 또는 여행에는 도통 관심이 없었고 질이 검은담비 털로 만든 모피코트 이야기를 꺼내면 작은 목소리로 "터무니없는 사치."라고 중얼거렸다. 그런 식이었다! 그는 현대 미술이나 연극을 좋아하지 않았으며 술을 마시지도 담배를 피우지도 않았다. 게다가 텔레비전조차 보지 않았다. 그리고 언제나 면으로 된 잠옷만 입고 잠을 잤다.

두 달이 지나자 질은 미쳐 버릴 것 같았다. 궁지에 몰린 질이 리노(미국 네바다 주 서부의 도시로, 이혼 절차의 용이함으로 유명하다.—옮긴이) 생각을 하기 시작했을 때 릭이 나타났다. 릭은 그녀의 변호사이며 적어도 처음에는 그렇게 관계가 시작되었다. 하지만 그는 다른 의도를 품고 있었다. 특히 그는 해리가 세미나 장이나 먼 대학에서 강의하는 길고 긴 오후 시간을 노렸다.

질은 리노에 대한 생각을 금세 잊어버렸다. 릭은 멕시코로 가서 속성 이혼을 하면 모든 문제가 한꺼번에 해결된다고 말했다. 그는 재산 공유법에 따라 기다릴 필요도 없이 그녀가 그의 재산의 반을 가질 수 있도록 해 주겠노라고 장담했다. 말다툼 한번 하지 않고 스물네 시간 이내에 모든 일이 처리되므로 두 사람은 애정의 도피

행각을 벌이듯 함께 떠나기만 하면 되었다. 이혼이 되었습니다, 탕. 재혼을 선언합니다. 탕탕.

따라서 질은 떠날 만한 적당한 시간만 물색하면 되었고 해리가 타임캡슐 이야기를 꺼낸 다음부터는 그나마도 문제 될 게 없었다.

"내가 이 일의 완전한 책임자야. 우리의 현재 문화를 대변할 대상 선택은 모두 나에게 있다고. 책임감이 크긴 하지만 난 이 모험을 기꺼이 받아들였어."

"대체 타임캡슐이라는 게 뭐예요?"

질은 궁금했다.

해리는 장황하고 지루하게 설명했다. 하지만 그녀는 대체로 의미만 파악했을 뿐 귀 기울여 듣지 않았다. 이야기인즉슨 해리가 온갖 잡동사니를 이 상자 안에 넣고 봉한 뒤에 언젠가, 지금으로부터 천년 후쯤 누군가 이것을 우연히 발견해서 열어 보면 우리가 어떤 문화를 누리고 살았는지 알게 될 거라는 것이었다. 대단할 것도 없는 일이었다! 그러나 해리의 태도를 보면 올림픽에서 금메달이라도 딴 듯했다.

"새로 짓는 휴머니티 빌딩의 토대에 이 캡슐을 넣을 거야."

해리가 그녀에게 말했다.

"휴머니티가 뭔데요?"

질이 물었지만 해리는 두 사람이 말다툼할 때 늘 짓는 표정인 너 같은 멍청이는 처음 본다는 식으로 그녀를 흘깃 쳐다볼 뿐이었다. 다른 때 같으면 그 자리에서 싸움을 벌였겠지만 그는 새 건물의 개관식은 5월 1일에 거행될 예정이며 자신은 개관식의 연설문을 쓰는 등 그날의 행사를 전부 주관하느라 바쁘다는 말만 덧붙였다.

질의 관심은 오직 5월 1일이라는 날짜뿐이었다. 그날은 금요일이었고 해리가 개관식 연설을 하느라 매어 있는 동안 비행기를 타고 국경을 넘으면 될 터였다. 그래서 질은 릭에게 전화를 걸어 그 사실을 알려 주었다. 릭은 좋아, 물론이지, 완벽해 라고 대답했다.

"앞으로 열흘밖에 남지 않았으니 준비할 게 많을 거예요."

질이 릭의 주의를 환기시켰다. 질은 별 생각 없이 한 말이었지만 그 말은 사실이었다. 그녀는 생각보다 할 일이 많았는데, 그것은 해리가 갑자기 그녀에게 관심을 보였기 때문이었다. 그는 엄청난 관심을 보였다.

"날 좀 도와줘야겠어. 당신 취향을 참고로 해야 할 것 같아. 물론 나도 나름대로 생각해 둔 게 있긴 하지만 당신이 타임캡슐 안에 들어갈 물건들을 추천해 주면 좋겠어."

처음에 질은 그가 자신을 놀리는 줄 알았다. 하지만 그는 진심이었다.

"이 일은 정직하게 추진되어야 해. 보통은 순전한 과시용 물건들을 집어넣지. 모든 것의 '최고'만을 선별한 다음 예전에는 이렇게 살았노라고 자랑을 덧붙이는 식이야. 하지만 내 생각은 달라. 난 자랑하기 위한 물건이 아니라 이 시대를 대변해 줄 물건을 집어넣고 싶어. 예술 작품이나 어떤 사실이 아니라 이 시대 문명의 산물 같은 것 말이야."

질은 여기서부터 해리의 말을 이해하지 못했다.

"모든 것에는 우리 시대의 사회적 태도에 대한 힌트가 담겨 있어. 우리가 숭앙하는 척하는 게 아니라 우리 다수가 실제로 생각하고 누리는 것 말이야. 그래서 당신이 필요한 거야, 여보. 당신은 다수를 대표하잖아."
 질은 이때부터 그의 말뜻을 이해했다. 그래서 물었다.
 "텔레비전과 대중음악 같은 걸 말하는 거예요?"
 "바로 그거야. 당신이 제일 좋아하는 음악이 뭐지? 요즘 순위에 오른 암수한몸의 그 사인조 말이야."
 "무슨 말이죠?"
 "미안. 그러니까 노래하는 그룹 있잖아."
 "아, 푸들스 말이군요!"
 질은 가서 '푸들스 다시 짖다'라는 음반을 가져왔다. 그녀는 이들의 노래를 들으면 정말이지 흥분이 되었다. 하지만 해리는 그런 노래를 혐오한다고 생각해 온 터였다. 그런데 지금 그는 만면에 웃음을 띠고 있었다.
 "좋았어! 바로 이거야."
 해리가 외쳤다.
 "하지만……"
 "걱정 마. 하나 더 사 줄 테니."
 그는 그 음반을 자신의 책상에 올려놓았다.
 "자, 이제 텔레비전 이야기를 좀 해 줘. 어떤 프로그램을 좋아하지?"
 그녀는 그의 얼굴에서 정말로 진지하다는 사실을 확인하고 그에게 「미국, 어디에선가」에 대한 이야기를 들려주었다. 그것은 평범한 교외의 작은 마을에서 벌어지는 이야기를 다룬 드라마이지만 등장인물들은 범상치 않다. 아들 하나 딸 하나로 모두 두 자녀를 둔 평범한 부부가 나오는데, 알고 보면 남자는 디스코텍을 운영하는 이혼녀와 놀아나고 여자는 정신과 의사에게 열정을 품고 있다. 사실 그 의사는 그녀의 치료에 관심이 있는 게 아니라 고등학교 체육관에 불을 지른 그녀의 아들을 분석하는 사람이었다. 딸아이는 부모가 교감과의 은밀한 관계를 눈치 챌까 두려움에 떨었다. 딸아이는 아직 알지 못하지만 교감은 사실 그녀의 집안과 원수지간이었으며 뇌수술을 받은 그녀의 남자 친구는 어머니에게 '불온한 감정'을 품고 있었다…….

복잡한 줄거리였지만 해리는 더 이야기해 보라고 질에게 졸라 댔으며, 이내 미소를 지으며 고개를 끄덕였다.

"좋았어! 몇 주분을 구할 수 있는지 알아봐야겠는걸."

"정말 그런 걸 넣을 생각이에요?"

"물론이지. 그 드라마가 오늘날 미국인의 삶을 충실히 반영한다고 생각하지 않아?"

질은 그의 말에 동의할 수밖에 없었다. 그는 요즘 사람들이 살아가는 방식을 보여 줄 만한 물건도 타임캡슐 안에 넣을 생각이었다. 신경 안정제, 각성제, 세금 고지서와 고속도로 지도 등. 그는 여러 가지 숫자도 확보해 두었다. 우편번호, 전화번호, 사회 보장 번호, 지로 번호, 신용 카드 번호 그리고 공공요금 고지서 번호 등.

그러나 그는 다른 물건도 넣을 생각이었다. 그래서 앞으로 이틀 동안은 아내의 도움을 받아야 했다. 해리는 질이 셰이디론 공동묘지에서 산 기념품을 갖고 오라고 했다. 그것은 '호두 속의 셰이디론'이라는 이름의, 뚜껑 열리는 플라스틱 호두였다. 그 안에는 관광객이 선호하는 풍경을 보여 주는 다양한 색의 컬러 전단 열두 개가 들어 있었다. 또한 이 모든 것을 통째로 친구에게 우편으로 보낼 수도 있었다. 해리는 이것도 타임캡슐 안에 넣었다. 중산층 중년 남성의 심장 폐색, 그러니까 심장 마비 발생률에 관한 보험 통계표가 실린 종이로 싸 가지고 말이다.

"책은 어떤 걸 읽지?"

해리가 물었다. 잠시 후 그의 손에는 스티브 슬래시가 등장하는 최신 페이퍼백이 한 권 들려 있었다. 이 책에서 스티브는 포트사이드수에즈 운하 북단에 있는 지중해의 항구 도시의 평화를 지키라는 은밀한 사명을 띠고 파견된다. 그는 유도 허리띠에 휴대용 화염 발사기를 숨겨 두었다가 사내 다섯을 죽인 후에 손톱에 방사능을 숨긴 또 다른 비밀 스파이 야스미나와 사랑에 빠진다……

질에게는 그 책이 한 권밖에 없었다. 하지만 해리는 그 책마저도 가져가 버렸다. 그녀의 소유물 중에 그의 탐욕스러운 작은 손아귀를 벗어날 수 있는 건 아무것도 없었다.

"무슨 음식을 만들지?"

해리는 모든 것을 알고 싶어 했다. 그것은 이미 조리된 일회용 음식으로 냉동 크레페류였다. '최고 식품표 인스턴트 크레페'에 대해 무슨 할 말이 있겠는가.

"당신 남동생 사진은 어디 있지?"

스터드의 사진은 정말 평범한 것으로 비트족처럼 수염을 기르고 '지옥의 천사들'에 가입한 날 자신의 오토바이 옆에 서 있는 모습이었다. 그러나 해리는 그 사진도 집어넣었다. 동생의 사진을 KKK단에서 서약하는 사람들의 사진과 함께 집어넣는 것을 보니 질은 별로 기분이 좋지 않았다.

그러나 지금 당장은 해리의 기분을 맞춰 주어야 했다. 질이 현재의 상황을 설명하자 릭이 말했다.

"협조해, 내 사랑. 정말 괴상한 짓이긴 하지만 덕분에 우리를 귀찮게 하지는 않잖아. 우리는 계획대로 비행기표를 사고 짐을 꾸려서 떠나야 한다고."

문제는 질의 아이디어가 바닥난 것이었다. 그녀가 릭에게 이런 사정을 털어놓자 릭이 웃으며 말했다.

"내가 몇 가지 알려 줄 테니 그자에게 전하라고. 그자는 정말 별난 인간이야. 당신 남편 말이야. 난 그자가 뭘 원하는지 정확히 알아."

재미있는 것은 릭이 정말로 그가 원하는 게 무엇인지 안다는 사실이었다. 그는 해리처럼 정신 나간 수재는 아니었지만 정말 똑똑한 사람이었다. 그래서 질은 릭의 이야기를 귀담아 들었다가 집으로 돌아와서 해리에게 전했다.

"부조리 연극의 견본은 어때요?"

질이 물었다. 해리는 안경 너머로 그녀를 뚫어지게 쳐다봐서 순간 엉뚱한 소리를 한 건 아닌지 걱정스러웠다. 그러나 잠시 후에 그는 미소를 지으며 좋아했다.

"완벽해! 또 제안할 건 없어?"

해리가 말했다.

"글쎄, 어떤 새로운 연극에 관한 기사를 읽었는데, 모두 그 이야기를 하더라고요. 이 연극은 자신이 아기를 임신했다고 생각해서 낙태 시술자를 찾아가는 남자 이야긴데 낙태 시술자는 신비주의자이고 이 모든 일이 온실 안에서 벌어진대요……."

"좋아! 그 책을 한 권 사야겠어. 다른 건 없어?"

해리는 정신없이 달려 나갔다.

릭의 도움을 받은 게 천만다행이었다. 질은 그의 지도에 따라 날카로운 브레이크 같은 소음을 내거나 아무 소리도 내지 않는 '개조한' 피아노로 연주한 콘서트 음반 이야기를 들려주었고 해리는 그것도 마음에 들어 했다. 그는 '피로'나 '건선'에 대한 신문 광고를 커다랗게 확대한 류의 팝아트 작품도 좋아했다.

이튿날 그녀는 「해프닝」의 테이프를 권했다. 그것은 불안해하는 환자들을 위해 개인 요양소에서 벌어진 진짜 공연을 담은 것으로 해리는 이것을 진심으로 좋아했다.

그 다음 날에는 발음하기도 힘들 만큼 긴 제목의 새로운 외국 영화에 대해 알게 되었다. 릭이 그녀에게 자세히 알려 주었는데, 그 영화는 그녀가 한 번도 들어 본 적 없는 유고슬라비아 감독이 만든 파격적인 영화로, 영화를 만드는 사람에 관한 영화를 만드는 어떤 사람의 이야기인데, 영화 속 장면이 영화의 일부인지 아니면 실제로 일어난 일인지 분간하기 힘든 내용이라고 했다.

해리는 이것도 마음에 들어 했다. 그것도 아주 많이 말이다.

"당신 대단한데. 솔직히 말하면 난 당신이 이렇게 많은 것을 알 거라고는 생각지 못했어."

해리가 말했다.

질은 그에게 특별한 미소를 지은 후 자신만의 즐거운 생활로 돌아갔다. 해리가 책과 비디오 등 목록에 적힌 온갖 물건들을 사느라 시내를 누비고 다녔기 때문에 그것은 별로 어렵지 않았다. 릭이 말한 대로였다. 두 사람은 필요한 물건을 사고 계획만 세우면 되었다.

"떠나기 전날까지 비행기표를 끊지 않을 거야. 발각되면 안 되니까. 내가 알아낸 바로는 해리가 그 타임캡슐을 기념식이 있는 날 아침에 그곳으로 옮길 거야. 그러니까 그자가 집을 비운 사이에 당신은 짐을 챙기면 돼."

릭은 정말 굉장했다. 모든 게 그의 말대로였다.

이번에도 그랬다. 기념식 전날 해리는 타임캡슐에 잡동사니들을 집어넣느라 손님 숙소에서 오후 내내 바쁘게 보냈다. 도토리를 파묻는 멍청한 다람쥐 같았다. 제아무리 멍청한 다람쥐도 천년 후에 다른 다람쥐가 파 보기를 바라며 먹이를 묻지는 않을 터였다.

해리는 지난 이틀간 그녀를 한번 쳐다볼 시간도 없을 정도로 바빴다. 하지만 질은 조금도 화가 나지 않았다. 저녁 식사 시간 무렵 질이 해리를 부르러 갔다. 그런데 그는 배가 고프지 않다며 타임캡슐을 그 건물의 토대로 옮길 운송업체를 알아봐야겠다고 말했다. 그곳에 가서 커다란 구멍을 판 다음 타임캡슐을 넣고 개관식이 있는 내일 아침까지 그것을 지켜야 했다.

그것은 질의 예상보다 더 반가운 소식이었다. 그래서 해리가 운송업체를 알아보러 나가자마자 질은 릭에게 전화를 걸어 이 사실을 알렸다. 그는 바로 비행기표를 끊겠다고 말했다.

물론 질도 옷을 차려입어야 했다. 그녀는 거들과 아름다운 브래지어를 갖춰 입었고 굽 높은 구두를 신었다. 그런 다음 화장실로 가서 스프레이를 뿌려 머리 모양을 가다듬고 속눈썹을 붙이고 이를 닦고 화장을 하고 향수를 뿌린 후에 새로운 장식용 손톱까지 붙였다.

한껏 멋을 낸 그녀는 거울로 자신의 모습을 확인하고 가슴 뿌듯해했다. 몇 달 만에 처음으로 진정한 자신이 된 느낌이었다. 게다가 지금부터는 릭과 함께 늘 이렇게 살게 될 터였다.

릭이 집으로 온 후 두 사람은 침실에서 짜릿한 시간을 보냈다. 그러나 바로 그때 해리가 차를 타고 나타났다. 질은 차가 집 앞에 멈춰 서는 소리를 듣자마자 릭에게 뒷문으로 나가라고 일렀다. 해리는 적어도 몇 분간은 운송업체 사람들로 정신이 없을 터였다.

질은 방해꾼들이 사라질 때까지 침실에 있기로 했다. 그녀는 줄곧 창밖을 내다보았으나 이제 너무 어두워져서 잘 보이지 않았다. 그러나 밖에서 아무 소리도 들리지 않는 것으로 해리가 운송업체 사람들을 손님 숙소로 데려간 게 틀림없었다.

질은 결국 그곳으로 갔다.

방에는 운송업체 사람은 한 사람도 보이지 않고 해리뿐이었다.

"그 사람들은 아침 일찍 오라고 했어. 추운 밖에서 밤새 떨고 있는 게 바보 같은 짓이라는 생각이 들어서 마음을 바꿨지. 게다가 아직 타임캡슐을 봉하지도 않았어. 두 가지 더 넣을 게 있어서 말이야."

해리가 말했다.

그는 주머니에서 작은 병을 꺼내 타임캡슐로 가져갔다.

"이것도 넣을 거야. 물론 설명서가 떨어지지 않게 조심해야지. 그래야 후손들이 분석할 테니까."

"빈 병이군요."

질이 말했다.

"그렇지 않아. 매연이 들어 있지. 그래, 고속도로의 매연 말이야. 나는 후손들이 우리에 대해 모든 것을 다 알길 바라. 우리의 현재 문화가 최후의 숨을 쉬고 있는 이 지독한 공기까지 말이야."
해리가 고개를 저으며 설명했다.
그는 그 병을 캡슐 안에 집어넣었고 다음에는 그 옆의 탁자에서 다른 것을 집어 들었다. 책상 위에는 뚜껑을 봉할 납땜용 재료가 놓여 있었다. 펌프로 안의 공기를 모두 빨아낸 후에 플러그를 꽂으면 되었다. 그가 타임캡슐은 밀폐되고 방음이 되며 두랄루민알루미늄 합금으로 밀봉한다고 설명했다. 그러나 지금 질의 귀에 그런 말이 들어올 리 없었다. 그녀는 그의 손에 들린 것에서 눈길을 떼지 못했다.
그것은 건전지로 작동되는 전자 칼이었다.
"20세기의 또 다른 유물이지. 우리의 타락을 상징하는 또 다른 도구야. 이 전자 칼로 어머니는 미리 조리해서 냉동시킨 부활절 칠면조를 자르셨어. 아버지와 번드르르하고 그럴듯한 가짜 축복의 말을 나누면서 말이야."
해리는 이렇게 말하며 칼을 휘둘렀다.
"그 사람들은 이해할 거야. 미래의 후손들은 이것을 모두 이해할 거라고. 그들은 우리 시대의 삶이 어땠는지 알게 될 거야. 우리가 월든 호수의 물을 말려 버린 후에 그곳을 피와 땀과 눈물로 다시 채웠다는 사실을 말이야."
질은 그에게 좀 더 가까이 다가서며 칼을 자세히 살펴봤다.
"칼날이 녹슬었는걸요."
"녹슨 게 아니야."
해리가 고개를 저으며 말했다.
질은 그때까지 차분하게 행동했다. 그러나 그것은 커다란 금속 상자의 한쪽 모서리 안을 들여다보기 전까지였다. 안에는 릭이 누워 있었다. 릭은 몸을 쭉 뻗은 채 누워 있었고 책과 음반과 사진과 테이프 위로 붉은 피가 흘러내렸다.

"내가 기다리고 있다가 집 뒤쪽으로 빠져나오는 이놈을 잡았지."
해리가 말했다.
"그렇다면 당신은 알고 있었군요, 모두 다……."
"한참 됐지. 모든 사태를 파악하고 계획을 세울 만큼 오래됐다고."
"무슨 계획이오?"
해리는 아무 말 없이 어깨만 으쓱해 보였다. 그리고 칼을 치켜들었다.

잠시 후 타임캡슐에는 20세기의 삶을 증언할 마지막 표본이 담겼다.

치의 마녀
Chee's witch

토니 힐러먼 _ Tony Hillerman

  토니 힐러먼은 1970년에 아메리칸인디언 문화를 탐구한 미스터리 물 「은혜로운 길(*The Blessing Way*)」을 발표하면서 범죄 소설의 완전히 새로운 하부 장르를 창출해 냈다. 전에도 아메리칸인디언들이 범죄 소설에 등장하긴 했지만 힐러먼은 그의 작품에 등장하는 나바호 족(아타파스카 족계 아메리칸인디언으로, 남부 여러 주의 보호 지역에서 사는 미국 최대의 부족 집단을 이룬다. —— 옮긴이)의 정체성에 넓이와 깊이를 부여했다. 이들 틈에서 자라면서 아메리칸인디언 기숙 학교를 졸업한 힐러먼은 성인이 된 후에도 대부분의 시간을 이들과 함께 보냈다. 이렇기 때문에 그의 소설에 나오는 등장인물들과의 진실한 교감과 순수한 작품 의도는 다른 작가가 모방할 수 없을 정도이다. 힐러먼의 작품은 모두 훌륭해서 대표작을 고르기는 쉽지 않다. 하지만 그중에서도 「귀 기울인 여인(*Listening Woman*)」과 「스킨워커(*Skinwalker*)」 두 작품을 꼽을 수 있다. 그는 또한 20세기 서스펜스 장르의 발전사를 회고하는 『20세기 최고의 미국 미스터리 걸작선』을 편집하기도 했다.

에스키모인들에게 눈은 너무도 중요해서, 이들은 상태에 따라 눈을 묘사하는 단어가 아홉 개나 된다. 나바호 부족 경찰의 경장인 지미 치는 뉴멕시코 대학에서 인류학을 공부할 때 그런 이야기를 들은 적이 있다. 그는 지금 나바호 족이 사용하는 마법에 관한 수많은 단어에 대해 생각하다 그런 사실을 떠올렸다. 트소 노파가 자주 사용하는 단어는 '안티'로 이는 궁극적이며 절대적인 악을 뜻했다. 사실 그것은 이미 행해진 어떤 행위로 살인을 일컬음이 분명했다. 트소 노파가 사실을 제대로 알고 있다면, 불구로 만들기도 해당할 터였다. 나바호 족을 구성하는 쉰 개 씨족에서 전해 내려오는 마법에 관한 신화를 모두 믿는다면 식인의 풍습, 근친상간 심지어는 사간(死姦)까지 믿어야 했다.

치가 모는 픽업 트럭의 라디오에서 흘러나오던 갤럽의 중고차를 광고하는 젊은 나바호 족의 목소리가 고민과 걱정에 싸인 마음을 노래하는 윌리 넬슨의 노랫소리로 바뀌었다. 발라드풍인 이 곡이 치의 마음에 젖어 들었다. 그는 피곤하고 목이 말랐으며 온몸이 땀투성이였다. 게다가 걱정거리까지 있었다. 그의 픽업 트럭은 바람 한 점 없는 더위에 레인보 고원을 가로지르는 구불구불한 길에 뽀얀 흙먼지를 날리며 다른 차가 남긴 바퀴 자국을 따라 덜컹거리며 달렸다. 트럭은 흙먼지를 뒤집어써서 뽀얗게 되었다. 지미 치도 그랬다. 그는 해가 떠오를 때부터 애리조나(유타)뉴멕시코 주 경계 지역의 화물차 로와 자갈길을 320킬로미터 정도 달렸다.

치의 마녀 113

말썽이 생기기 전에 틱노즈파스의 트소시 북쪽 호간(통나무나 나뭇가지를 엮고 진흙이나 떼 등을 입힌 아메리칸인디언 나바호 족의 주거지.—옮긴이)에서 벌어진 마녀 이야기를 먼저 점검하는 것이 그의 일과였다. 그것은 일상적이면서도 당연한 일이었다. 모진 추위가 휘몰아치는 겨울, 모래 폭풍이 불어 대는 봄, 비가 내리지 않아 건조한 열기를 뿜어 대는 여름. 희망이 사라지고 일이 잘 풀리지 않으면 분노가 커지면서 마녀에 관한 소문이 떠돌았다. 당연했다. 모진 추위가 휘몰아치는 겨울, 모래 폭풍이 불어 대는 봄, 비틀린 여름. 트소시 부족이 여름 호간에서 겪는 어려움은 아이가 병을 앓는 것과 우물물이 알칼리성으로 변하는 것이다. 모두 뻔히 예견되는 일이다. 트소시 부족 사람들은 모두 카엔타의 관저로 살러 온 시티나바호가 바로 스킨워커(나바호 인디언 족에서 전해 내려오는 사악한 마녀로, 악령에 사로잡혀 밤에 짐승 가죽을 쓰고 돌아다니며 초인적인 능력으로 사람들을 병들게 하거나 죽게 만드는 마법을 부린다.—옮긴이)라고 생각했다. 대체 왜 시티나바호란 말인가? 그것은 모두가 그를 마녀로 생각하기 때문이었다. 그들은 어디서 그 이야기를 처음 들었을까? 멕시칸워터에 있는 무역소로 온 사람들이 그런 말을 했다. 그래서 치는 토하치워쉬 너머 서쪽, 레드 메사와 래빗 이어를 지나 멕시칸워터 방향으로 차를 몰았다. 그는 물건을 사거나 물통을 채우거나 누군가를 방문하기 위해 들른 이들이 마침내 위험을 무릅쓰고 낯선 자신에게 마법에 대해 말하도록 유도하기 위해 그늘진 베란다에서 오랜 시간을 보냈다. 그들은 치가 속한 '천천히 걷는 자들'에게는 낯선 '진흙 족'과 '염소를 기르는 자들' 그리고 '서 있는 바위' 족이었지만, 결국 이들 중

몇 명이 이야기를 조금 들려주었다.

　마녀는 레인보 고원에서 활약 중이었다. 애들라인 에치티네 암말은 머리가 둘 달린 망아지를 낳았다. 호스틴 머스킷은 마녀를 보았다. 그는 작은 미루나무 숲을 걷고 있는 남자를 보았지만 가까이 다가가자 올빼미 한 마리가 날아갔다. 루돌프 비스티네 아들들은 양 떼를 몰고 추스카 고지대에 있는 목초지로 가다 숫양 세 마리를 잃어버렸다. 양의 시체를 찾고 보니, 늑대 인간의 커다란 발자국이 주변에 어지럽게 남아 있었다. 로즈메리 니시비티의 딸은 커다란 개가 자신의 말들을 괴롭히는 것을 보고 22구경 총을 쐈다. 그러자 개가 늑대 가죽을 뒤집어쓴 남자로 변해 반은 뛰고 반은 날면서 달아났다. '말을 두려워하는 자'라는 이름이 붙은 한 노인은 자신이 사는 겨울 호간의 지붕 위에서 마녀 소리가 들리더니 스킨워커가 시체 가루를 던져 넣어 굴뚝에서 먼지가 떨어지는 것을 보았다. 이튿날 노인은 그자를 죽이기 위해 나바호 늑대의 발자국을 1.5킬로미터 정도 추적했다. 하지만 그쯤에서 발자국은 사라지고 없었다. 이 이야기들의 특이한 내용은 별로 없다. 마녀를 본 이들이 많다는 것과 시티나바호가 마녀임을 암시하는 내용이 반복되는 점만 제외하면 말이다. 그러나 그때 치가 예기치 못한 일이 일어났다. 그 마녀가 사람을 죽인 것이다.

　윈도록(미국 애리조나 주 북동부 어패치 군에 있는 광대한 나바호 인디언 보호 구역의 중심지.—옮긴이)경찰의 연락관이 급한 연락 사항을 전하기 위해 윌리 넬슨의 노래를 중단시켰다. 그녀는 직접 치를 찾았다. 치가 응답하자 여자가 그의 위치를 물었다.

　"데네헛소 남쪽 24킬로미터 지점, 집 쪽인 튜바 시 방향, 먼지투성이에 목이 마르고 배가 고프며 피곤함."

"전할 내용이 있음."

"두 시간 뒤에 튜바 시에 도착하길 바람. 제 시간에 도착하면 영원히 받지 못할 수많은 시간 외 근무 시간을 더 늘리는 비극은 피할 수 있음."

"FBI의 수사관인 웰스 씨가 당신을 만나고 싶어 합니다. 오후 8시에 카엔타 홀리데이 여관에서 그 사람을 만날 수 있습니까?"

"무슨 일입니까?"

치가 물었다. 연락관의 이름은 버지 엔디치니로 목소리가 아주 예뻤다. 치는 나바호 족 경찰의 윈도록 본부에서 그녀를 처음 본 순간 그녀에게 매혹되었다. 그러나 불행히도 버지는 치의 아버지와 같은 씨족인 솔트시다 씨족 출신이었고, 그래서 그는 즉시 그녀에 대한 마음을 접었다. 생각하는 것만으로도 나바호 족에서 전해 내려오는 근친상간에 대한 복잡한 금기를 어기는 셈이었다.

"무슨 일인지는 모릅니다. 이 시간과 장소를 말해 주거나 아니면 다른 시간을 정하라는 이야기뿐이었습니다."

버지의 목소리는 극히 사무적이었다.

"웰스 씨의 이름은 뭡니까?"

치가 물었다. 그가 아는 FBI의 웰스는 제이크 웰스뿐이었다. 치는 제이크가 아니길 빌었다.

"이름은 모릅니다."

버지가 대답했다.

"좋습니다. 그곳으로 가겠습니다."

치가 말했다.

도로는 어느덧 내리막길로 접어들어 나바호인들이 '아름다운 계곡' 이라고 부르는, 침식 작용으로 생긴 거대한 황무지가 시작되었다. 태양 언저리가 구름에 가리운 서쪽 멀리 샌프란시스코 산과 코코치노 산지 너머로 저녁의 열기 속에 적란운 한줄기가 길게 늘어서 있었다. 호피 족들은 그 구름을 불러 축복해 달라고 비는 니만카치나 춤을 추었다.

치는 예정보다 조금 늦게 카엔타에 도착했다. 때 이른 땅거미가 깔려 일몰을 배경으로 떠 있는 구름이 시커멓게 보였다. 사막을 가로질러 점점 짙어지는 습기를 실어 나르는 산들바람이 희미한 냄새를 몰고 왔다. 그것은 세이지와 크레오소트 나무 그리고 흙냄새였다. 여관 접수원이 웰스는 284번 방에 있으며 이름은 제이크라고 알려 주었다. 치는 이제 개의치 않았다. 제이크 웰스는 거슬리는 점이 있긴 하지만 영리했다. 그는 치도 함께 다닌 FBI 특별학교에서 최고 점수를 받은 친구로 민첩하고 강인한 지성의 소유자였다. 마법에 관해 웰스가 알아낸 사실을 들을 잠시 동안은 치도 그를 참아 줄 수 있었다.

"잠겨 있지 않습니다. 들어오십시오."

웰스의 목소리였다. 그는 패드를 댄 침대의 머리쪽 판자에 몸을 기댄 채 웃옷을 벗고 신발을 신은 채로 한 손에 잔을 들고 있었다. 그는 치를 한번 힐금 보고 나서 텔레비전 수상기로 시선을 돌렸다. 그는 치의 기억대로 키가 컸고 눈은 선명한 푸른빛이었다. 그는 텔레비전에서 시선도 떼지 않은 채 치에게 잔을 흔들어 보였다.

"식섭 섞어서 드십시오."

그가 드레스룸 안 싱크대 옆에 있는 병을 머리로 가리키며 말했다.

"어떻게 지냈나, 제이크?"

치가 물었다.

그러자 웰스의 푸른 눈이 다시 치를 향했다. 그 순간 그의 눈에 담겨 있던 의문이 씻은 듯이 사라졌다.

"아, 학교에서 함께 공부했던 친구로군."

그가 왼쪽 팔꿈치로 체중을 옮기며 다른 손을 뻗었다.

"제이크 웰스네."

치도 손을 내밀어 악수했다.

"치네."

웰스는 몸의 무게 중심을 다시 옮긴 후에 치에게 자신이 마시던 잔을 내밀었다.

"자네 걸 준비하면서 내 것도 좀 더 채워 주게나. 그리고 저 소리 좀 줄여 주게."

웰스가 말했다.

치가 텔레비전 소리를 줄였다.

"술은 30퍼센트만 넣어 주게."

웰스가 두 손으로 30을 만들어 보이며 말했다.

"그렇다면 여기가 자네 구역이군. 자네가 카엔타 지역을 맡고 있나? 윈도록에서 자네와 이야기를 해 보라고 하더군. 자네가 오늘 사막 지역을 추적할 거라면서 말이야. 무슨 일을 하고 있나?"

"별일 아니네."

치가 대답했다. 그는 물 한 잔을 따라서 들이켰다. 거울에 비친 그의 얼굴은 먼지투성이였고 입과 눈 주위에는 먼지로 허연 줄이 그어져 있었다. 잔에 붙은 스티커를 보니, 인디언 보호 구역에서는 알코올 음료 소유를 금한 법이 생각났다. 그 법은 나바호 부족 의회가 정한 것이었다. 치가 자신의 물 잔을 다시 채운 후에 웰스가 마실 음료를 섞어 주었다.

"사실 난 마법 사건을 다루고 있다네."

"마법이라구? 정말인가? 어떻게 다루는 건가? 주문이라도 외워야 하나?"

웰스가 웃으며 치에게서 잔을 받아 들고 살펴봤다.

"그런 건 아니라네. 사안에 따라 다르지. 몇 년 전 번트워터 주변에 사는 어린 여자 아이가 병에 걸려 드러누운 적이 있었다네. 아이의 아버지가 새총으로 세 사람을 죽였지. 그 아버지라는 사람 말에 의하면 그자들이 시체 가루를 날려 딸이 병이 났다고 하더군."

"정신 이상자에 대한 재판 절차를 밟아야 할 사건이군."

웰스가 치를 보며 말했다.

"그런 경우도 있지. 어떤 경우든 마녀 이야기가 나돌면 신경이 날카로워진다네. 특히 올해 같은 흉년에는 그런 일이 더 많이 일어나지. 그런 소문을 들으면 사태가 더 악화되기 전에 그런 일이 벌어진 연유를 알아내야 해."

"그렇다면 자네도 진짜로 마녀가 있다고 생각지는 않는 거로군."

"대부분의 경우는 그렇지."

치가 대답했다.

"대부분이라고?"

"자네가 직접 판단해 보게. 오늘 들은 이야기를 해 주지. 자네가 추리를 좀 해 보게나. 시간은 있나?"

웰스가 어깨를 으쓱해 보였다.

"내가 진짜 하고 싶은 이야기는 시몬 베게이라는 사람에 관한 것일세. 이 사람에 대해 들어 본 적은 있나?"

웰스가 짓궂은 표정으로 치를 응시했다.

"있네."

치가 대답했다.

"아니, 이런. 듣지 말았어야 하는데. 그 사람에 대해 얼마나 아나?"

"석 달 전쯤 등장했을 걸세. 카엔타 병원 옆에 있는 미국 보건국 관저로 이사 왔지. 이방인이었고 사람들과 잘 어울리지 않았어. 이 인디언 보호 구역 어딘 가에 있는데, 나는 자네 같은 연방 정부 소속 공무원들이 그 사람을 세상과 격리시키기 위해 이곳으로 보냈다는 걸 알게 됐네."

"그 사람에 대해 안 지는 얼마나 됐나?"

웰스가 미간을 찌푸리며 물었다.

"꽤 됐지."

치가 대답했다. 그는 베게이가 이곳에 온 지 일주일도 안 되어 그의 존재에 대해 알게 되었다.

"그 사람은 증인일세. 경찰이 로스앤젤레스에서 차량 절도 조직을 덮쳤다네. 거대한 사건에 전국적인 망을 갖춘 조직이었지. 이 자들이 사람들을 고용해서 값비싼 자동차를 훔친 다음 그 차를 몰고 곧장 배까지 돌진해서 남아메리카 대륙에 차를 내려놨다네.

이 베게이라는 사람은 이렇게 고용된 일꾼들 중 하나라네. 대단한 사람은 아니지. 소년기까지 거슬러 올라가며 범죄 기록을 뒤졌지만 모두 하찮은 것뿐이었으니까. 하지만 이 사람이 거물 몇 명의 범죄 증거를 목격했다는 사실을 내가 알아냈고, 그래서 검찰 측에서 그 사람과 밀약을 맺었다네."

"그래서 재판이 끝날 때까지 그 사람을 여기 숨겨 둔 건가?"

이렇게 묻는 치의 말소리에는 분명 개운치 않은 무언가가 담겨 있었다.

"사과를 숨기려면 다른 사과들 틈에 내려놔야 할 것 아닌가. 더 좋은 장소가 어디 있겠나?"

웰스가 반문했다.

치는 반짝반짝 윤을 낸 웰스의 구두를 쳐다봤다. 다음에는 윤이 라곤 나지 않는 자신의 부츠를 내려다봤다. 그는 검찰의 어리석음을 한탄했다. 나바호 보호 구역처럼 한적한 곳에 새로운 인물이 나타나면 즉시 사람들의 이목을 끌기 마련이었다. 만일 그 이방인이 나바호인이라면 사람들은 즉시 이런 의문을 품게 될 것이다. 저 사람은 어느 씨족 출신이며 어머니와 아버지는 어느 씨족 출신일까? 저 사람의 친척은 누구일까? 시티나바호는 이처럼 중대한 의문에 답해 주지 못했다. (치가 여러 번 되풀이해서 말했듯이) 그는 사람들과 잘 어울리지 않았다. 그러면 즉시 그 사람은 연방 정부에서 40년 전에 시카고와 로스앤젤레스 그리고 다른 도심 지역에 재정착시키려고 애쓴 수백 나바호 가정 중 한 곳에서 태어난 '이주 나바호인'일 거라는 추측을 불러일으키게 마련이었다. 그는 이방인이었다. 마녀 이야기가 돌면 그는 이곳 사람들의 의심을 받게 되어 있었다. 치는 자리에 앉은 채 자신의 부츠를 내려다보며 그것이 시티나바호가 스킨워커라는 결론의 유일한 근거인지 따져 보았다. 아니면 누가 무엇을 보았단 말인가? 누가 살인범을 보기라도 했단 말인가?

"사과는 뒷말을 할 줄 모르지."

치가 말했다.

"베게이에 대한 뒷소문이라도 들었단 말인가?"

웰스는 이제 두 발을 바닥에 댄 채 일어나 앉았다.

"물론이지. 그 사람이 마녀라는 소문을 들었네."

치가 대답했다.

"자세히 말해 보게나."

웰스가 형식적인 웃음을 지어 보이며 재촉했다.

치도 말이 간절히 하고 싶어졌다. 하지만 베게이에 대한 이야기로 들어가려면 그 전에 웰스가 한참 동안 들어야 할 이야기가 있었다.

"에스키모인들은 눈을 뜻하는 단어를 아홉 개나 사용한다네."

치가 이야기를 시작했다. 그는 웰스에게 인디언 보호 구역과 그 부근 지역에서 마법이 얼마나 다양한 의미를 갖는지에 대해 설명했다. 광란의 마법, 성적 정복을 위해 사용하는 마법, 왜곡된 마법, 저주의 의식, 두 개의 심장이 등장하는 '희망 안개' 씨족의 멋진 마법, 주니 마력 모임, 마녀라기보다 유령에 가까운 나바호 족의 '친디' 그리고 마지막으로 안티 마법인 '나바호 늑대'에 이르기까지 말이다. 나바호 늑대는 나바호 족의 전통적인 금기를 모두 어기며 시체 가루를 이용해 희생자를 죽이는 늑대 인간을 일컫는 말이다.

웰스가 잔을 흔들어 얼음 부딪치는 소리를 내며 손목시계를 들여다봤다.

"자네가 말한 베게이에 대한 이야기로 들어가기에 앞서, 두 달 전쯤부터 어떤 소문이 들려오기 시작했다네. 대단한 건 아니지만 가뭄이 들면 그런 이야기가 퍼지기 마련이거든. 최근에는 평소보다 더 심해졌다네."

치가 이 고원 지대에 퍼진 불쾌하고 끔찍한 이야기 몇 개를 들려주었다. 그는 오늘 들은 이야기도 털어놓았다. 그는 멕시칸워터로 가는 길에 트소시인들로부터 '시티나바호'가 마녀이며 그 마녀가 사람을 죽였다는 이야기를 들은 터였다.

"사람들 말이 두어 달 전 봄에 그 일이 일어났다고 하더군. 트소 씨족 사람들이 그 사건에 대해 알고 있다는 거야."

치는 살인에 대한 언급으로 웰스의 흥미가 되살아났다는 것을 감지했다.

"난 거기 갔었네. 그리고 트소 씨족 노파를 만났다네. 에마 트소라는 사람이었지. 그 노파 말이 사위가 양을 찾으러 나갔다가 이상한 냄새가 나서 찾아보니, 마른 웅덩이 속 캘리포니아산 장미 덤불 속에 시체가 있었다고 하더군. 그런데 마녀가 그 사람을 죽였다는 거야."

"어떻게……."

치는 웰스의 질문을 무시했다.

"내가 그 노파에게 마녀가 죽인 걸 어떻게 아느냐고 물었지. 그러자 손이 이렇게 뻗어 있었다고 대답하더군. 누군가 가죽을 벗기고 손바닥과 손가락 피부를 벗겨 냈다는 거야."

치가 두 손바닥을 펼쳐 보이며 설명했다.

웰스가 눈썹을 치켜올렸다.

"그것은 마녀가 시체 가루를 만드는 데 필요한 것이라네. 그들은 지문과 각 개인의 독특한 손금이 있는 부위의 피부를 벗겨 낸다네. 그러니까 손바닥과 손가락 그리고 발바닥 피부를 벗겨 내는 거지. 거기다 남자 성기의 귀두와 목과 해골을 연결하는 작은 뼈들을 잘라 내 말린 뒤에 가루로 만들어 독으로 사용한다네."

"이제 곧 베게이 이야기로 들어가겠지, 맞나?"

웰스가 물었다.

"베게이 이야긴 벌써 나왔네. 모두들 그 사람을 마녀로 여기고 있거든. 그 사람이 바로 시티나바호라네."

"자네가 그렇게 말할 줄 알았네. 시티나바호라, 분명한가?"

웰스가 말했다. 그가 한쪽 눈을 손등으로 문질렀다.

"그렇다네. 게다가 그 사람은 이방인이네. 사람들은 이방인을 수상하게 여기지."

치가 말했다.

"사람들이 베게이 주변에라도 모여드나? 그 사람을 비난하구? 협박을 하나? 그런 일이 벌어진단 말인가?"

"그런 식은 아니라네. 누군가의 가족이 살해당하지 않는 한 말일세. 자네가 마녀를 대하는 방법은 가수를 불러 특별한 치유의 의식을 치르는 것 정도가 아닌가. 그러면 마법의 힘이 역류되어 마녀가 죽게 된다네."

웰스가 인내심이 바닥난 듯한 몸짓을 해보였다.

"뭔지는 모르지만 이 베게이라는 사람을 겁먹게 만든 일이 일어난 모양이군. 모르겠네."

웰스가 버번 위스키와 이야기하듯 자신의 잔을 응시하며 중얼거렸다.

"그 사람의 행동에 특이한 점이 있나?"

치가 물었다.

"난 그 사람이 평소에 어떻게 행동하는지 전혀 모른다네. 이 사건은 내 담당이 아니었다네. 그 사람을 맡았던 요원이 은퇴 비슷한 걸 하는 바람에 내가 꼼짝없이 후임자가 된 걸세. 하지만 나였다면 여기서 잠복하다가 그 사내가 나타나면 함께 고향으로 가 버렸을 걸세. 그러면 그를 만나는 게 반갑지 않겠나. 문제는 빨리 해결하는 게 좋다네. 모든 경우가 다 그렇지."

그가 잔에서 시선을 떼어 치를 쳐다보며 말했다.

"그 요원은 그러지 않았나?"

"초조해하는 것 같았어. 당연한 일이긴 했지만 말일세. 다루기 힘든 자들 때문에 고생하게 될 판이었거든."

웰스가 고개를 저으며 대답했다.

"나라도 신경이 곤두서겠군."

치가 말했다.

"어쨌든 중대한 문제는 아닌 것 같아. 그는 천한 신분이네. 현재 미국 검사 협회에서 그 문제를 담당한 사람 말이 그자를 속이든 말든 아무렇게나 처리해도 된다고 하더군. 그 문제를 맡은 검사보가 안전을 기하기 위해 그 사람을 숨기기로 결정했다는 거야."

웰스가 말했다.

"베게이는 실상을 잘 모르는 모양이지?"

"그런 것 같네. 게다가 그쪽에서 더 나은 증인을 여러 명 확보했다네."

"그렇다면 뭐가 걱정이지?"

웰스가 웃음을 터뜨렸다.

"내가 그 어리석은 인간을 데려가면 그들이 그 사람을 증인석에 세울 거고, 그는 나도 모르는 온갖 질문에 대답해야 할 걸세. 그러면 '미국 지역 검사회'는 멍텅구리가 되는 거지. 미국 검사가 그런 몰골이 되면 그는 그 일에 대한 책임을 FBI 요원 한 명에게 뒤집어씌울 걸세. 따라서 자네 생각이 어떤지 묻고 싶네. 여긴 자네 영역이네. 게다가 이 사건을 담당한 경찰이고 말이야. 누군가 내 증인에게 접근했다는 게 자네 의견인가?"

웰스는 하품을 하면서 말을 계속했다.

치는 그 질문에 대답하지 않았다. 그는 즉시 대답을 떠올렸지만 그들이 할 마음만 있으면 가능한 일이었다. 치는 식사도 못하고 샤워도 못한 자신을 웰스가 늦게까지 잡아 두는 진짜 이유를 알고 싶었다. 그것은 웰스의 보고서에 두 문장을 추가하기 위해서였다. 그는 사람들이 증인에게 접근할 가능성을 해당 지역의 나바호 족 경찰에게 점검했다고 쓸 터였다. 또한 치가 앞으로 할 말이 보고서의 다음 문장이 될 게 뻔했다. 웰스는 몸을 사리라는 연방 법률 제1조에 따를 터였다.

"내 마법 사건의 나머지를 듣겠나?"

치가 어깨를 으쓱해 보이며 물었다.

웰스는 스탠드가 놓인 탁자에 술잔을 내려놓고 신발을 벗었다.

"그게 이 일과 관련이 있나?"

"누가 알겠나? 어쨌든 남은 부분도 얼마 되지 않는다네. 결정은 자네가 하게. 요점은 에마 트소의 사위가 발견한 시체를 우리가 이미 수거했다는 사실일세. 몇 주 전에 이미 보고서가 나왔다네. 시체를 수습해다가 부검을 의뢰했거든. 부검 결과 시체는 삼십대로 추정되는 나바호 족 남자의 것으로 밝혀졌다네. 하지만 신원은 확인할 수 없었다네."

"그 사람은 어떻게 죽었나?"

"살인의 흔적은 없었어. 경찰이 시체를 수습할 무렵에는 시체가 부패한 데다 동물들이 뜯어먹어서 남은 것도 별로 없었거든. 대부분 뼈와 연골 정도였던 것 같네. 에마 트소의 사위가 발견하기 전에 이미 오랜 시간이 지났던 거지."

"그렇다면 왜 이곳 사람들은 베게이가 그 사람을 죽였을 거라고 생각하는 거지?"

웰스가 하나 남은 신발을 마저 벗고 화장실로 향하며 물었다.

치가 수화기를 들고 카옌타 병원으로 전화를 걸었다. 야간 당직자가 전화를 받았고 그녀가 서류 더미를 뒤지는 동안 치는 잠자코 기다렸다. 웰스가 칫솔을 들고 화장실에서 나왔다.

"내가 부검 기록을 읽어 달라고 했어."

치가 수화기의 송화구를 막고 설명했다.

웰스는 드레스룸에 딸린 개수대에서 이를 닦기 시작했다. 치가 들고 있던 수화기를 타고 야간 당직자의 목소리가 들려왔다.

"그게 전붑니까? 추가된 사항은 없습니까? 아직 신원도 밝혀지지 않았구요? 여전히 원인도 모르는 상태입니까?"

치가 물었다.
"그렇습니다."
"신발은 어떻습니까? 신발은 신고 있었나요?"
"잠깐만요. 네. '10D' 크기의 신발에 모자 그리고……"
"목이나 두개골에 대한 언급도 없습니까? 제가 듣지 못한 부분은 없는 거죠? 없어진 뼈도 없고요?"
상대는 잠시 아무 말도 없었다.
"목이나 두개골에 대한 사항은 없습니다."
"아, 그렇군요. 감사합니다."
치가 말했다. 그는 기분이 좋았다. 날아갈 것 같았다. 마침내 모든 것이 제자리를 찾은 느낌이었다. 마녀에 대한 악령은 이것으로 끝이었다.
"제이크, 마녀 사건에 대해 좀 더 할 말이 있네."
치가 말했다.
웰스는 입 안을 헹구고 있었다. 그가 물을 뱉어 내고 기뻐하는 치를 쳐다봤다.
"아까는 이런 생각을 하지 못했는데, 자네는 마녀 사건을 끌어안고 고생할 필요가 없네. 그 시체가 자연적인 원인으로 죽었다고 해 두면 일할 거리가 없어지는 것 아닌가. 하지만 살인이라 해도 자네 담당은 아닐세. 인디언 보호 구역에서의 살인은 FBI 관할이니까. 우리가 출동해서 자네를 위해 그 마녀를 찾아 주지."
웰스가 빙긋 웃으며 말했다.
치는 여전히 먼저투성이인 자신의 부츠를 내려다봤다. 식사 시간을 놓친 지 한 시간 남짓 지났을 때면 늘 그렇듯이, 치는 이제 별로 배가 고프지 않았다. 하지만 샤워를 하고 싶은 마음은 간절했다. 치가 모자를 집어 들고 자리에서 일어섰다.

"이제 집에 가야겠네. 그 마녀 사건에서 자네가 모르는 건 방금 내가 부검 결과에 대해 들은 내용뿐일세. 시체는 신발을 신고 있었고 두개골 아랫부분에서 없어진 뼈도 없다고 하더군."

치가 말했다.

치가 문을 열고 선 채로 뒤를 돌아다보았다. 웰스가 여행 가방에서 잠옷을 꺼내고 있었다.

"그렇다면 내게 할 충고가 뭔가? 마녀 사건에 대해 나한테 무슨 말을 하고 싶은가?"

"사실을 말하자면, 치, 난 마녀에 관심이 없다네. 어렸을 때부터 그랬다네."

웰스가 말했다.

"하지만 이번 일은 사실 마녀 사건이 아닐세. 신발을 신고 있는 걸로 봐서 발바닥 피부를 떼어 내지 않은 거고 목에서 없어진 뼈도 없지 않나. 시체 가루를 만들려면 그런 부위가 필요하거든."

치가 진지한 표정으로 설명했다.

웰스가 러닝셔츠를 머리 위로 뒤집어써서 입었다. 치는 서둘렀다.

"이제 작은 의문이 하나 남았네. 자네들이 시체 가루를 만들 재료를 가져가지 않는다면 왜 그 사람의 손 피부가 벗겨진 걸까?"

"난 샤워하러 가야겠네. 내일 베게이를 로스앤젤레스로 데려가야 하거든."

웰스가 말했다.

바깥 기온은 많이 떨어졌다. 서쪽에서 비 냄새를 담은 산들바람이 불어왔다. 유타 주의 경계 부근과 코코치노 산지 그리고 레인보 고원 위쪽에서 번개가 번쩍거렸다. 큰비를 내릴 비구름이 이동하고 있었다. 그 때문에 하늘이 시커멓게 변했다. 치는 천둥 소리를 들으며 비 냄새를 들이마시고 기쁨에 몸을 떨며 어둠 속에 서 있었다.

치는 트럭에 올라타고는 출발했다. 그들은 이 사건을 어떻게 짜 맞춘 것이며, 그 이유는 무엇일까? 베게이를 아는 FBI 요원이 은퇴할 준비를 한 것일 수도 있었다. 아니면 우연한 사고를 수습한 것일 수도 있었다. 증인을 아는 검사보를 제거하면 일이 한결 간단해질 터였다. 그러니까 그를 정부 기관과 관계없는 자리로 옮기는 것 말이다. 그러면 이 하찮은 증인이 시몬 베게이가 아니라는 사실을 아는 사람은 하나도 남지 않게 되는 셈이었다. 그런데 그는 누구인가? 어쩌면 그들이 로스앤젤레스에서 차를 훔쳤다고 진술할 다른 나바호인을 구했는지도 몰랐다. 그래서 그런 것 같았다. 치가 대학에 입학한 첫해에 모든 백인이 똑같은 분홍빛 피부에 주근깨 그리고 엷은 색 눈동자를 지닌 것처럼 보였듯이, 대부분의 백인에게 나바호인들은 모두 상당히 비슷해 보일 터였다. 그렇다면 그 사기꾼이 뭐라고 할 것인가? 치는 미소 지었다. 그는 검찰 측을 의심하게 만들고 웰스의 말처럼 미국 지역 검사회를 명칭으로 만들 치명적이며 '합당한 의혹'을 진술할 터였다.

치는 빗속을 뚫고 카엔타 서쪽으로 32킬로미터를 달렸다. 큼직하고 차가운 빗방울이 픽업 트럭 지붕을 두드려 댔고 고속도로는 긴 수로로 변했다. 내일이면 시골길은 다닐 수 없게 될 터였다. 도로가 마르고 유실된 부분이 복구되는 대로 그는 트소시 호간과 트소 지역으로, 그리고 그 소문이 순식간에 퍼질 다른 모든 지역으로 갈 것이다. 그래서 마녀는 FBI에 구금되었으며 레인보 고원에서는 영원히 사라졌다고 사람들에게 알릴 것이다.

예비 심문
Voir Dire

예레미야 힐리 _ Jeremiah Healy

예레미야 힐리는 고사 직전에 있던 80년대 미스터리 문학계에 새 바람을 몰고 온 사설탐정 작가이다. 사설탐정인 존 프랜시스 쿠디가 등장하는 「둔한 화살(*Blunt Darts*)」이라는 그의 데뷔 소설은 문단에 만만찮은 새 작가가 등장했음을 널리 알렸다. 그 후로 그는 우울한 탐정을 주인공으로 내세운 십여 편 이상의 소설을 발표했다. 그가 쓴 책과 소설은 사설탐정 분야를 새로운 경지로 끌어올린 의미 있고 철학적인 작가라는 명성을 그에게 안겨 주었다. 그는 훌륭한 주류 소설의 질과 깊이를 더 나은 장르로 끌어올린 작가에 속한다. 최근 작으로는 「셰일라 퀸의 스토킹(*The Stalking of Sheilah Quinn*)」이 있으며, 쿠디가 등장한 최근의 미스터리 물로는 「단 한 명의 선한 변호사(*The Only Good Lawyer*)」가 있다.

1

 버나드 웰링턴은 아무 데나 오줌을 싸다 들킨 늙은 개처럼 애처로운 표정이었다.
 나는 그가 책상 앞에 놓인 등 높은 회전의자에 편히 기대앉는 모습을 지켜보았다. 어스름한 황혼을 배경으로 퇴창을 통해 그의 모습과 가구의 그림자가 비쳐 보였다. 1미터 88센티미터인 내 키보다 2센티미터나 더 큰데도 모두들 그를 이삼 센티미터 정도 더 작게 보았다. 법률 서적에 머리를 박고 사십 년 가까운 세월을 보낸 탓에 어깨도 굽고 자세도 망가진 탓이었다. 홀아비가 된 그의 검은 머리 꼭대기, 그리고 짧은 구레나룻과 관자놀이 언저리에는 흰 눈이 평화롭게 내려앉아 있었다. 그는 머리와 두 손이 지나치게 컸고 좋은 스카치를 오랫동안 마신 탓에 쉰 듯한 목소리를 냈다. 보스턴의 명문가 출신인 그는 오래전인 그 시절 하버드를 나왔음에도 불구하고 기업 변호사가 아니라 범죄를 대변하는 일을 택한 사람이었다.
 청명한 10월의 어느 월요일 점심 시간 무렵, 그는 내 자동 응답기에 자신의 사무실에서 5시에 만나자는 메시지를 남겨 두었다. 그러니까 법원에 다녀온 다음이 되는 셈이었다.
 내가 의뢰인이 앉는 의자에 앉자 웰링턴이 오른손 중지로 등이 높은 의자 팔걸이의 가죽 장식을 만지작거리기 시작했다.

"존 프랜시스 쿠디, 오랜만이군."

나는 다섯 달 전 무장 강도 짓을 한 그의 피고인을 위해 필요한 기초 조사를 해 준 뒤로 그를 보지 못했다.

"무슨 일이시죠, 버나드?"

"마이클 모네티 사건을 맡았어."

한창 성공 가도를 달리던 모네티가 '사업 동료'에 대한 살인 미수 혐의로 몇 달 전에 기소되었을 때, 《글로브》와 《헤럴드》 3면에는 그와 관련된 기사가 실렸다.

"그 사람에 대한 공판이 곧 열릴 예정이죠."

내가 말했다.

"지난 금요일 오후에 배심원을 선임했다네."

"사설탐정을 부르기엔 조금 늦은 것 아닙니까?"

"보통의 경우라면 그렇지. 하지만…… 존, 시간 좀 내줄 수 있겠나?"

그의 말투로 미루어 볼 때 뭔가 문제가 있는 게 틀림없었다.

"물론입니다."

웰링턴은 헛기침을 몇 번 했다. 그것은 그가 법정에서 목소리를 높이지 않고도 사람들의 관심을 집중시키는 방법이었다.

"자네도 알다시피 매사추세츠 주는 미국 내에서도 배심원 예정자에 대한 변호사 예비 심문(voir dire)을 허용하지 않는 몇 안 되는 주에 속하지 않나."

나는 프랑스어로 '사실을 말하다.'라는 뜻을 지닌 그 용어에 대해 배우던 법과 대학 1학년 시절을 떠올렸다.

"하지만 판사가 그 사람들에게 기초적인 심문을 하지 않습니까?"

"맞다네. 하지만 변호사는 배심원 명부가 올라가기 전에 개인적으로 배심원을 만날 수 없으니 전단적 기피(이유를 댈 필요가 없는 특정 배심원의 기피.—옮긴이)를 행사하기 위한 충분한 정보나 지침을 얻을 수 없지 않나. 배심원에 대한 일상적인 질문만으로는 직업과 결혼 상태, 자녀의 나이 같은 기초적인 정보밖에는 얻지 못하지. 그래서 이렇게 새로운 실험을 하는 거라네."

"실험이라니요?"

"우리의 훌륭한 주 의회에서는 세 개의 군에서 배심원 선별 제도를 시범적으로 실시하는 법안을 통과시켰다네. 그 제도에 의하면 모든 변호사는 총 삼십 분 동안 전체 배심원의 성향과 기질 등에 대해 질문할 수 있다네."

나는 그 말에 대해 잠시 생각해 보았다.

"긴 시간은 아니지만 모네티처럼 쓰레기 같은 범죄자를 변론할 때는 상당한 도움이 되겠군요."

웰링턴은 상처를 받은 것 같았다.

"내 고객은 쓰레기가 아니라네, 존."

"어느 훌륭하신 판사님이 보석금을 받고 그 사람을 내보냈는지 기억이 나질 않는군요."

"재판이 있을 때마다 청중석 앞줄에 그의 가족과 친척들이 떼지어 앉아 있는 걸 보면 좀 우스꽝스럽긴 하지. 그 자랑스러운 아버지는 한때 벽돌공이었고 헌신적인 어머니는 은퇴한 교사라네. 마이클의 누나는 정식 미용사로 성공했고 마이클이 한때 자랑하고 다녔던 육촌 형제는 그 '리치'처럼 스탠딩 코미디를 하지……."

"버나드?"

"뭐지?"

그는 잠시 아무 말 없이 있다가 물었다.

"그 사건의 최종 변론 때 '이 사람은 좋은 집안 출신이다.' 라는 말은 삼가셔야겠는걸요."

그는 돌처럼 굳은 표정이었다. 웰링턴은 사무실에 있을 때보다 법정에 있을 때가 더 보기 좋았다. 하지만 그는 마침내 인색한 어조로 "그러지."라고 말했다.

"저…… 악의로 한 말은 아닙니다. 하지만 왜 지금 절 끌어들이려 하시는지 아직도 잘 모르겠습니다."

웰링턴은 조금 부드러워진 표정으로 몸을 뒤로 젖혀 의자의 머리 받침에 머리를 기댔다. 그가 까다로운 문제의 전략과 전술을 수도 없이 고민했던 듯, 의자의 가죽 팔걸이는 금이 가고 엉망으로 벗겨져 있었다.

"존, 배심원 중 어느 한 사람 때문에 고민이라네."

"무슨 말씀이십니까?"

"이번 사건이 새로 실시되는 시범 사업에 해당하는 바람에 나는 정말 멋진 질문들로 내가 할 예비 심문의 목록을 작성했다네. 하지만 명단에 오른 남자 배심원 예정자 전원에 대해, 마이클은 자신이 작성한 질문을 해야 한다고 고집을 부린다네."

"그 사람이 작성한 질문이라고요?"

"그렇다네. 내 고객은 배심원들 중에 군대에 복무했거나 구속된 적이 있거나 또는 '전략적으로 민감한' 산업에 종사했던 사람이 있는지 알고 싶어 한다네."

나는 이해가 되질 않았다.

"'구속된 적이 있는지'는 물어볼 수 있을지 모르지만 모네티의 다른 질문들이 그가 살인 미수로 기소된 것과 무슨 관계가 있습니까?"

"아무 관계도 없어, 존. 게다가 마이클의 그런 태도 때문에 내가 예비 심문을 이용해 배심원들이 그에 대해 동정심을 갖게 하려는 계획도 무산되고 말았지."

"그래서 그 사람들에게 어떤 일이 있었습니까?"

"남자 배심원들 말인가?"

"그렇습니다."

"두 사람은 사실상 구속된 적이 있었고, 검찰 측이 그 두 사람에 대해 전단적 기피를 행사했지."

"그러니까 모네티의 질문이 사실상 탈락시킬 사람을 알아내는 데 도움이 된 거로군요?"

"이번에도 그렇다네. 하지만 명단에 남은 남자들 중 한 사람은 군대에 있었고 다른 사람은 해군에 있었다네. 마이클은 내게 그 두 사람을 빼라고 했다네."

웰링턴은 그 일을 회상하자 불쾌해진 듯했다.

"이유가 뭡니까?"

"말하지 않더군."

나는 모네티가 무슨 계략으로 그러는지 여전히 짐작이 가질 않았다.

"다른 배심원들은 어떻습니까?"

웰링턴은 잠시 눈을 감았다.

"한 사람은 128번 가에서 방위 시설의 싱크탱크로 일한 적이 있었는데, 내 고객은 그 사람도 빠지길 바랐다네. 하지만 마이클의 모든 심문에 부정적으로 답한 세 남자는 결국 배심원으로 확정되었지."

"검사도 당신도 그 사람들을 빼지 않았으니까요."

"맞아. 하지만 난 그 세 사람 중에서 아서 듀랜드 씨를 빼 버리고 싶었다네."

"그 사람이 바로 당신을 '괴롭히는' 배심원인 모양이군요."

내가 잠시 생각하다 말했다.

웰링턴이 고개를 끄덕였다.

"나는 처음부터 그 사람이 마음에 들지 않았네. 배심원에 대한 자료를 보니, 듀랜드 씨는 실업 상태에 결혼한 적도 아이도 없었어. 직접 만나 보니 남루한 옷을 입은 데다 자리에 앉아서 몸을 비비 틀고 코를 긁는 버릇이 있더군. 뿐만 아니라 머리와 수염을 길게 기르고 다듬지도 않은 데다 눈빛도 정신 나간 사람처럼 흐릿하네."

웰링턴이 몸을 비비 틀고 코를 긁는 버릇을 서투르게 흉내 내가며 말했다.

"이해가 안 됩니다. 이 듀랜드라는 사람은 그 마지막 눈빛 부분 때문에 모네티의 완벽한 배심원 감인 것 같은데요."

그는 또 상처를 받은 듯한 표정을 지었다.

"마이클이 100달러짜리 면도기를 쓰고 1000달러짜리 양복을 입는다는 것만 빼면 그렇지. 어쨌든 난 듀랜드 씨가 마음에 안 들었지만 내 고객은 그 사람을 그대로 둘 것을 끝까지 고집했다네."

"그래서요?"

"그래서 우리는 배심원을 선출하는 것을 금요일 오후에 끝냈다네. 명단의 맨 마지막에 있던 듀랜드 씨도 한자리를 차지하게 되었지. 그런 후에 배심원단은 주말에 집으로 돌아갔다네."

웰링턴이 한숨을 내쉬며 말했다.

"격리 명령도 받지 않고요?"

"'단순한' 살인 미수이기 때문이라네, 존. 그래서 우리가 오늘 아침에 다시 만났는데, 어떤 일이 있었겠나?"

웰링턴이 더 깊은 한숨을 내쉬며 물었다.

"모르겠는걸요."

"모든 배심원이 모였다네. 듀랜드 씨도 포함해서 말이야. 하지만 증언 첫날이어서 그런지 아직 그 사람들을 잘 모르는 상태라네."

"그 사람들을 모른다고요?"

"그렇다네. 재판을 며칠 하고 나면, 배심원단의 얼굴과 좌석 번호가 불로 달구어 찍은 것처럼 선명하게 머리에 남는다네. 처음에 변호사 예비 심문을 하지 않았다 해도 말일세."

"검사가 세운 증인이 증언을 하는 동안 그 사람들의 표정을 유심히 살펴서 그런 것 아닙니까?"

"증인에게 반대 심문을 할 때도 그렇지. 하지만 소송 첫날 아침에는 사람들 틈에서 배심원을 다섯 명도 제대로 골라내지 못한다네."

"이 듀랜드라는 사람은 예외겠군요."

웰링턴은 의자에서 일어나 몸을 숙였다.

"그렇기도 하고 그렇지 않기도 하지. 내가 힐금 보니 옷차림은 예전 그대로지만 머리를 깎고 수염도 깎았더군. 게다가 법정을 돌아다닐 때 보니 그의 시선이 날 따라오더군. 이제는 듀랜드가 정말로 집중하고 있다는 걸 보여 주듯이 말일세. 아, 여전히 의자에 앉아 안절부절못하며 코를 긁어 대긴 했지만, 하지만 뭔지는……잘 모르지만 마음에 걸리는 게 있다네."

나는 고개를 저었다.

"버나드?"

"왜 그러나?"

"제게 숨기는 게 있나요?"

웰링턴은 다시 의자에 몸을 기댔고, 이번에는 의자를 20도 각도로 천천히 회전시켰다.

"존, 나는 이십 년 동안 가끔씩이긴 하지만 상당히 많은 시간 동안 마이클을 대변해 왔다네. 그가 초기에 저지른 사건에 내가 초인적인 노력을 기울이긴 했지만, 한 번 중죄 판결을 받은 과거 내력 때문에 이번에는 종신형을 선고받을 것 같아."

"그래서요?"

웰링턴은 이번에는 얼음처럼 차가운 한숨을 내쉬었다.

"게다가 이 년 전쯤에 마이클은 충성스러운 직원 두 사람을 시켜 증인 보호 제도를 실시해 달라고 누군가를 설득하려 한 적이 있다네."

맙소사.

"똑똑한 놈이로군요."

"마이클은 증언의 내용을 바꾸면 적어도 불일치 배심(의견이 엇

갈려 판결을 못 내리는 배심원단.——옮긴이)을 이끌어 내서 검사가 재심을 시행하지 않거나 두 번째 배심원들이 '무죄'를 선고하는 결과를 얻으려 한 거지."

"그렇다면 모네티의 계략이 효과가 있었나요?"

"아니, 대신 호된 교훈을 얻었다네."

나는 그 문제에 대해 곰곰이 생각해 보았다.

"그러니까 모네티가 아서 듀랜드에게 완력을 사용하지 않을까 걱정된다는 말씀이시군요."

웰링턴은 눈을 감았다.

"지난번에 마이클이 그런 행동을 시도한 적이 있는데, 사건 전체가 그야말로 거의 끝장날 뻔했지. 다행히 증인이 검사 대신 날 불렀지만 말이야."

"당신을 불렀다고요?"

"자신의 '정신적 고통'을 '현금으로 위로받기' 위해서였지."

나는 버나드를 어느 정도 안다고 생각했다.

"돈을 지불하지 않으셨겠군요."

그는 깜짝 놀라는 표정을 지었다.

"물론 아니지. 하지만 그 결과 우리는 검사가 처음 제안했던 것보다 30퍼센트나 더 조건이 나쁜 유죄 답변 흥정을 받아들일 수밖에 없었다네. 난 마이클에게 '다시는 그러지 마라.'고 했고, 그래서 계속 그의 변호사로 일하고 있지."

나는 웰링턴의 윤리적인 기준을 좋게 여기지 않았다.

"그래서 제게 뭘 원하시는 겁니까?"

그는 갈라진 머리 받침에 다시 머리를 누이고, 가죽으로 된 가장자리 장식을 손톱으로 좀 더 뜯어냈다.

"잘 모르겠네, 존. 내일 법정에 올 수 있다면, 배심원석에 앉은 듀랜드 씨를 좀 관찰해 주게나. 그런 다음에 그를 좀 따라가 주게. 그래야 마이클이 지켜야 할 선을 또 넘었는지 감을 잡을 수 있을 것 같네."

"지금 사설탐정에게 현직 배심원을 미행해 달라고 부탁하시는 겁니까?"

"자네에게 더 좋은 생각이 없다면 말일세."

나는 솔직히 이 일을 거절할 생각이었다. 하지만 궁지에 몰린 듯한 버나드의 애처롭고 비굴한 표정을 보니 차마 그럴 수 없었다.

"내일 점심 시간 후면 괜찮겠습니까?"

내가 물었다.

"더 일찍은 안 되겠나?"

"아침에는 만날 사람이 있습니다."

버나드 웰링턴은 누구냐고 물어보려 했으나 무언가를 기억해 내고는 입을 다물었다.

2

아내가 있는 산비탈에는 가을을 맞아 노란빛이나 오렌지빛으로 옷을 갈아입은 나무 한 그루 없었다. 하지만 잔디는 여름의 녹색 옷을 벗고 소금으로 표백한 것처럼 갈색으로 변해 있었다. 항구의 물 위를 부는 바람은 아직 따스했다. 베스와 내가 자라고 결흔한 남부 보스턴의 이곳에서 갈매기들이 울어 대며 먹이를 찾고 있었다. 우리는 아직 함께 살고 있다.

말하자면 그렇다는 말이다.

나는 아내의 묘가 있는 곳을 찾아, 무릎이 안 좋아 오래 서 있을 경우를 대비해 갖고 다니는 작은 접의자를 폈다. 묘비에는 언제나처럼 이런 글이 쓰여 있었다. "엘리자베스 메리 데블린 쿠디." 글자는 너무도 선명했다.

존, 왜 일하지 않죠?

나는 미소를 지으며 의자에 앉았다.

"왜, 당신의 진취적인 남편한테 고객 한 명 없을까 봐 그래?"

베스는 잠시 아무 말도 하지 않았다. 고민이 있군요.

"현명한 아내를 속일 수 있는 남자는 아무도 없다니까."

속이려 애쓸 필요 없어요. 이야기해 줄래요?

나는 이미 이야기를 하고 있었다.

여느 때처럼 아내는 참을성 있게 들어 주었다. 그러고는 이렇게 말했다. 그렇다면 당신한테 진짜 문제가 되는 게 뭐죠, 그 고객인가요, 아니면 그 사건인가요?

"둘 다 조금씩. 버나드 웰링턴은 아무 문제없어. 난 그 사람이 자신의 가치관을 그렇게 완강히 고집하는 게 감탄스러울 뿐이야. 하지만 마이클 모네티를 위해 일하고 싶지는 않아. 게다가 중죄 사건을 담당한 현직 배심원을 미행하다 내 면허를 잃고 싶지도 않고."

하지만 당신은 모네티가 아니라 웰링턴 씨를 위해 일하는 거잖아요, 안 그래요?

"법적으로는 그렇지."

실제로도 그래요. 게다가 당신이 무얼 알아내든 그 제도를 더 나쁘게 만드는 게 아니라 더 좋게 만드는 거잖아요. 그러니까 사실은 당신이 나쁜 짓을 하는 게 아니라고요.

나는 반론을 펴지 못했다.

"신통한 결과를 못 얻어 내도 내 편이 되어 줄 거지?"

아내는 또 침묵을 지켰다. 그러나 이번에는 억지 미소를 지으며 이렇게 말하는 듯했다. 할 수 있다면 하죠, 존 쿠디. 할 수 있다면 하죠.

우리의 머리 위로 비둘기가 날아갔다. 누군가 이렇게 말했다.

"아멘."

나는 보스턴커먼의 공공 지구 맞은편에 있는 트레몬트 가의 내 사무실로 돌아가서, 마이크로소프트의 컴퓨터에 접근할 수 있는 클레어라는 친구에게 전화를 걸었다. 전화벨이 세 번 울리자 그녀가 전화를 받았고 나는 그녀의 데이터베이스로 아서 듀랜드를 찾아봐 달라고 부탁했다. 클레어가 내게 전화를 주기로 했고 나는 부탁한 결과를 자동 응답기에 남겨 달라고 했다. 그런 다음 사무실 문을 잠그고 아래층으로 내려가서 '지하 거리 공원'으로 향했다.

마이클 모네티는 보스턴이 아닌 케임브리지에서 자신의 동료를 죽이려 했다. 따라서 재판은 우리가 사는 황폐한 서퍽 군이 아니라 상대적으로 현대적인 찰스 강 건너편의 미들섹스 고등 법원에서 열렸다. 나는 녹색 지하철을 타고 케임브리지 동부의 레크미어 역에서 내렸다. 그러고는 높다란 잿빛 건물을 향해 세 블록을 걸었다. 나는 로비에 있는 금속 탐지기를 통과한 뒤에 엘리베이터를 타고 6층으로 갔다.

법정에는 엄숙한 빛깔의 카펫이 깔려 있었고 번쩍거리는 떡갈나무 벤치가 줄지어 놓여 있었으며 천장은 돔형이었다. 처음 이 일을 할 때의 경험으로 나는 그 돔형 천장이 콘서트 장처럼 소리가 흩어지지 않게 만든다는 사실을 알고 있었다. 일반석에 앉은 청중들도 증인석에서 들려오는 증인의 말소리를 듣기 위해 신경을 곤두세울 필요가 없었다. 사실 변호인석을 포함해 모든 곳에서 속삭이는 소리가 법정 전체에 또렷하게 들렸다.

점심 시간이었으므로 나는 청중석 기소인 측 줄의 통로 쪽 자리에 앉아 있었다. 통로 맞은편 벤치의 맨 앞줄에는 모네티의 가족으로 보이는 사람들이 앉아 있었다. 손에 상처 자국이 있는 할아버지와 단호한 태도로 앉아 있는 할머니 사이에 부모의 특징을 골고루 물려받은 듯한 오십대가량의 여성이 앉아 있었다. 두 번째 줄에 있는 사람들은 일제히 고개를 끄덕이거나 어깨를 끌어안으며 서로를 위로했다.

갑자기 일반석 난간 앞쪽 가까이에 있는 옆문이 열리며 버나드 웰링턴이 들어왔다. 그의 뒤로 옷을 말끔하게 차려입은 삼십대 후반의 남자가 따라 들어왔고 한 명은 여자이고 한 명은 남자인 두 집행관이 법정까지 그를 호위했다. 그의 사건을 다룬 언론 보도를 본 덕분에 나는 마이클 모네티를 알아볼 수 있었다. 그도 가족과 닮긴 했지만 다른 가족은 건전해 보이는 반면에 마이클은 더블 재킷에 몸을 꾸겨 넣은 능숙한 살인마 같은 인상을 풍겼다.

버나드 웰링턴은 나와 시선을 맞췄고, 모네티는 변호인석에서 가족이 있는 쪽으로 의자를 돌려 앉았다. 그는 미소를 지으며 가족에게 걱정하지 말라고 말했다. 감옥 음식은 그다지 나쁘지 않고 예전에는 더 형편없었다며 가족의 점심 식사는 어떻게 했냐는 등등의 이야기였다. 돔형 천장 덕분에 모든 이야기가 고스란히 전해 들렸다.

속기사가 자신의 자리에 앉았고 법정의 서기도 벤치 앞 지정석으로 갔으며 판사가 판사실 문을 열고 모습을 드러냈다. 모두 자리에서 일어났다. 판사는 아프리카계 미국인 여성으로 상당히 젊어 보였다. 모두 다시 자리에 앉았을 때, 마이클 모네티를 법정까지 호위한 여자 집행관이 다른 옆문으로 가서 그 문을 두드렸다. 잠시 후에 배심원들이 나와 벽에 붙은 직사각형 모양의 배심원석에 자리를 잡았다. 그들도 모두 자리에 앉자 여자 집행관은 배심원석과 청중석 끝 쪽에 있는 전화 탁자 가까이에 자리를 잡았다.

그때 웰링턴이 일어서서 판사에게 시간을 좀 달라고 부탁했다. 판사는 그의 부탁을 들어 주었고, 그러자 그는 난간 문을 열고 나와 내가 있는 통로 쪽으로 왔다.

그는 몸을 앞으로 숙인 채 내 귀 가까이에 입술을 들이댔다. 그러고는 연인에게 입맞춤을 하듯 나지막한 음성으로 속삭였다.

"고마워, 존. 듀랜드는 12번 석에 앉았어. 자네와 저 법정 직원 가장 가까운 자리 말이야."

나는 고개를 끄덕이고 웰링턴 씨가 변호인석으로 돌아가기를 기다렸다. 모네티가 메모지에 무언가를 적더니 버나드의 소매를 잡아끌었다. 나는 약간의 시간 간격을 두었다가 배심원석의 우리 쪽 끝에 있는 여자 집행관의 자리를 넘겨다보았다. 그녀 너머로 앞줄의 마지막 의자에 깡마른 사내가 왼손 검지로 코를 긁적거리고 있었다. 짙은 색 머리칼은 정말로 자른 지 얼마 안 된 것처럼 보였고 오래 입어 옷깃이 닳은 양복저고리에 넥타이 없이 색깔이 있는 셔츠 차림이었다. 순간 그 사내는 의자에 앉은 채 몸을 조금 움직이더니 코를 긁던 손을 동그랗게 모아 입에 대고 오른쪽 옆에 앉은 젊은 여자 배심원에게 뭐라고 속삭였다. 그러자 여자가 황급히 한 손을 입에 갖다 대고 웃음을 터뜨렸다.

판사는 이번이 처음이 아니라는 듯한 눈빛으로 두 사람을 응시했다. 그때 빨간 머리칼에 주근깨투성이의 얼굴을 한, 기껏해야 열여섯 살 정도 되어 보이는 소년 같은 검사가 자신의 증인을 증인석으로 불렀다.

경찰의 증거 분석관인 그 여자는 범죄 현장에서 발견된 머리칼과 섬유의 보풀 그리고 실 등에 대해 유창하게 증언을 했다. 나는 그녀를 보다가 이따금씩 고개를 돌려 배심원석을 살폈다. 얼핏 보기에도 아서 듀랜드는 귀 기울여 듣고 있음이 분명했다.

증거 분석관의 증언이 끝난 후에 검사가 남성 탄도학 전문가를 내세웠다. 그는 피해자의 연부 조직에서 마이클 모네티가 이 주의 법을 위반하고 사용한 9밀리 구경 시그소어에서 나온 총알 세 발을 제거했다고 증언했다. 나는 탄도학 전문가가 증인석에서 내려올 때 법정을 빠져나왔다. 나는 건물 밖으로 나와 걷든 택시를 타든 대중 교통 수단을 이용하는 배심원인 듀랜드를 미행하기 좋은 곳에 서 있을 생각이었다.

5시가 조금 지나자 듀랜드가 법정 문을 통해 사람들과 함께 쏟아져 나왔다. 그가 레크미어 역으로 가는 동안 그의 구두에서는 싸구려 컴퓨터 키보드를 두드리는 듯한 탁탁거리는 소리가 났다. 그는 지하철을 타지 않고 알링턴 하이츠 버스에 올라탔고, 나도 버스를 갈아타는 '다른' 통근자들 틈에 섞여 아무렇지도 않게 같은 버스에 올라탔다. 버스는 이스트 케임브리지에서 섰다가 서머빌에 섰으며 듀랜드는 알링턴에 도착하기 1.5킬로미터 전쯤에 있는 허름한 주거 지역에서 내렸다.

 나도 그를 따라 버스 계단을 내려와 문 밖으로 나왔고 그를 길 맞은편에서 미행하기 위해 길을 건넜다. 그는 쓰레기통마다 쓰레기가 넘치도록 쌓여 있는 뒷골목 입구를 두어 개 지나쳤다. 비교적 넓은 옆길이 나오자 듀랜드는 그곳으로 들어갔다. 교차로에서 보니 나무로 지은 3층짜리 집들이 늘어선 주거 지역이었다.

 나는 그가 연보라색 집 앞에 멈춰 설 때까지 기다렸다. 듀랜드가 거리 위쪽에 비스듬히 정차한 차를 향해 고개를 끄덕이지 않았다면 나는 그들을 알아보지 못했을 게 분명했다.

 베이지 색 포드 앞좌석에 두 사람이 앉아 있었다. 타이어에 흰 판을 댄 크라운 빅토리아였다. 거리가 멀어서 얼굴은 잘 보이지 않았지만 운전석에 앉은 사내는 빨대로 커다란 패스트푸드 컵에 담긴 음료수를 빨아먹고 있었다. 조수석에 앉은 동료는 캐럴 버넷이 독백을 마칠 때 하듯 귓불을 한 번 잡아당겼을 뿐 꼼짝도 하지 않았다.

 이어서 듀랜드는 집 앞 계단참을 올라 3층짜리 연보라색 집 안으로 들어갔다. 나는 계속 걸었다. 하지만 내내 그 주변을 맴돌았다.

이제 크라운 빅토리아는 내게서 거리 아래쪽으로 약간 떨어진 위치에 있었다. 하지만 유감스럽게도 사이에 트럭이 한 대 있어 번호판은 보지 못했다. 오랫동안 내 경험으로 그렇게 생긴 자동차를 많이 본 터였다.

대부분 검은 판을 댄 타이어를 달고 있긴 하지만, 사복을 입고 아무 표시도 안 된 차에 탄 경찰을 주 곳곳에서 흔히 볼 수 있었다.

나는 마이클 모네티가 이전 소송 때처럼 배심원의 표를 사려는 어리석은 계략을 꾸미고 있지 않다면 배심원인 아서 듀랜드를 특별 보호하는 이유를 납득할 수 없었다. 사실을 알려면 시간이 좀 더 지나야 할 터였다.

나는 길 건너편으로 자리를 옮겼다. 이제 두 사람의 머리는 잘 보였지만 차 번호판은 여전히 보이지 않았다. 운전석에 앉은 사내가 음료수를 먹다 말고 옆의 동료에게 고개를 돌려 무슨 말인가를 했다. 운전석에 앉은 사내는 까슬까슬한 직모였고 옆의 사내는 짙은 색 곱슬머리였다. 그 정도가 두 사람 눈에 띄지 않고 내가 알아낼 수 있는 최대한의 인상 착의였다.

나는 조용한 어느 집의 현관을 발견하고 그곳에 자리를 잡았다.

거의 자정이 다 되었을 때,(나는 아무것도 먹지 못한 상태였다.) 운전석에 앉은 사내가 다시 동료 쪽으로 고개를 돌렸고, 동료는 고개를 끄덕이며 자신의 귀를 한동안 잡아당겼다. 그러더니 마침내 크라운 빅토리아에 시동을 걸고 사라졌다.

하지만 내가 차의 번호판을 보지 못할 만큼 빠르지는 않았다.

3

술 취한 목소리였다.
"누구……."
"클레어, 나야. 존 쿠디."
내가 수화기에 대고 말했다.
"몇 시야?"
"내 시계론 아침 7시야."
"7시라고? 7시는 농부나 일어나는 시간이야, 쿠디. 우리 같은 사이버 전문가들은 12시쯤 일어난다고."
그녀의 목소리가 점점 날카로워졌다.
"미안해, 클레어. 오늘 할 일이 많아서 그래. 그런데 어젯밤 12시 넘어서까지 네 메시지를 듣지 못해서 말이야."
"잠깐 기다려."
숨죽여 "제기랄."이라고 내뱉는 소리가 전화선을 타고 들려왔다. 그러고는 클레어의 목소리가 점점 또렷하고 가까워졌다.
"빌어먹을 전화 같으니. 번호를 보고 선별해서 받을 걸 그랬어. 내가 너희들을 위해 이 온갖 잡동사니를 찾아 주는데 너희들은 나한테 그 반이라도 갚아 봤어?"
"클레어, 넌 천금 같은 친구야."
"천금같이 무겁다는 뜻이야?"
"아니……."
"지난달에 2.5킬로그램 뺐어. 하지만 그다지 좋게 들리진 않는걸."

"칭찬이야, 클레어."

"뭐?"

"비꼬는 말이 아니라 칭찬이었어. 천금같이 소중한 친구라는 뜻이야."

"좋아, 그렇다면 돈을 줄 때도 그 사실을 잊지 마. 어디 보자……. 어디 보자……. '아서 듀랜드', 맞지?"

부스럭거리는 종이 소리가 들렸다.

"맞아."

"좋아. 중간 이름을 모르는 상태여서 모두 몇 명인지는 확실치 않지만 스프링필드에 세 명, 우스터 북부에 두 명, 아버지와 아들인 것 같아. 그리고 우리 서머빌에는 한 명뿐이야."

"클레어. 서머빌에서 사는 사람을 가르쳐 줘."

"그 사람은 아서 지 듀랜드야. '조지' 할 때 '지' 말이야. 어디 보자……. 군 복무 기록도 구속된 기록도 없어."

그렇다면 듀랜드는 그 질문에 사실대로 대답한 거였다.

"운전면허증은 있지만, 현재 등록된 차는 없어. 사회 보장 번호는……. 숫자를 다 불러 줘?"

"그럴 필요 없어. 특별한 사항은?"

"직업이 없다는 것 말고는 없어. 그냥…… 그래, 지금 석 달째 실업 상태라고 나와 있어."

그런 사람이 배심원이라면 뇌물의 유혹에 약할 터였다.

"그 전에는?"

"비디오 가게에서 일했어."

"'민감한 산업계'에서 일한 경력은?"

예비 심문 153

"그러니까 방위업체 같은 걸 말하는 거야?"

"그래."

"쿠디, 너 아서 지 듀랜드 씨를 과대평가하는 것 같다?"

"은행 쪽 기록은 어때?"

"약간의 저축과 수표 사용 정도. 실업 수당을 받고 집세를 수표로 지불한 것 말고는 없어."

"수취인에 대한 기록도 있어?"

"응. 론다 엠 스트랄릭이야."

"주소는?"

"서머빌에 사는 그 남자와 같아."

그렇다면 집주인인 것 같았다.

"신용 카드는?"

"없어."

"은행 빚은?"

"그것도 없어. 하지만 할 말이 있는데 쿠디, 이 듀랜드라는 사람이 어디서 돈을 버는지 모르겠어."

"다른 건 없어, 클레어?"

"결혼 기록도 이혼 기록도 아이를 낳은 기록도 없어. 천하에 드문 외톨이야."

"그 사람한테 시간 있냐고 물어봐 줄까?"

"대단히 고맙긴 하지만 그 정도는 아니야. 네 명세서나 말해 줄게."

"보류해 둬."

"왜?"

"네가 찾아 줘야 할 자동차 등록 번호가 있거든."

"제기랄, 쿠디, 새 법 때문에 섣불리 자동차 등록소에 알아봤다가 어떻게 되는지 알아?"

"무슨 법인데, 클레어?"

"차를 타고 지나가는 예쁜 여자의 번호판을 봐 두었다가 컴퓨터로 그 사람의 신상을 조사하는 '스토커'를 막기 위한 법인데, 우리 주에서 이 법이 통과되지 않으면……."

"클레어?"

"왜?"

"이번 등록 번호만 부탁할게. 그것도 가능하면 오늘 내로."

"왜 아니겠어? 날 신 새벽에 깨워 놨으니 오늘은 시간이 늘어질 판이야. 그러니 찾아봐 드려야 하고말고."

나는 법정이 열리는 9시까지 기다렸다가 아파트 아래층으로 가서 건물 뒤에 세워 둔 낡은 '혼다 프렐류드'에 올라탔다. 자동차를 타고 아서 듀랜드의 집으로 가 보니, 버스를 타고 돌아가는 것보다 한결 가까웠다. 전날 밤 일곱 시간 동안 두 명의 경찰이 그가 사는 거리의 언저리를 순찰하는 것을 봐 둔 터였다.

나는 웨스턴 애버뉴 교와 케임브리지에 있는 센트럴 스퀘어를 지나 서머빌로 갔다. 듀랜드가 사는 집 거리의 모퉁이를 돌면서 연보라색 3층짜리 건물을 눈여겨봤지만 그곳에 서 있던 크라운 빅토리아는 보이지 않았다. 나는 다음 교차로 인근 주차장에 차를 세웠다.

나는 듀랜드가 사는 집을 향해 걸으며 그 집의 외관을 주의 깊게 살폈다. 촌스러운 색만 참아 넘긴다면 물막이 판자의 외관은 주변 집들과 비교해 볼 때 상당히 잘 보존되어 있었다. 나는 현관 입구의 계단을 올랐다. 문 옆에는 초인종 세 개가 있었고, 그 밑에는 문패가 아니라 가옥 번호만 적혀 있었다.

주인은 뒷마당을 이용하려면 1층에 살 것이란 짐작이 들어 '1'부터 시작했다. 30초 뒤에 나는 초인종을 다시 눌렀다. 똑같은 시간이 흘렀지만 아무 반응이 없었다.

초인종을 한 번 더 누르려 할 때 문이 벌컥 열렸다. 문설주에는 고무로 된 절연체가 단단히 붙어 있었다. 맞은편에는 사십대로 보이려고 기를 쓰는 중년 여성이 서 있었다. 백금 빛 머리칼이 솜사탕처럼 머리에 얹혀 있고 큼직한 귀가 삐죽 튀어나와 있었다. 여러 겹으로 칠한 화장품 밑으로 얼굴의 윤곽이 드러났으며, 매니큐어를 멋지게 칠했어도 손등에 부풀어 오른 정맥을 감출 수는 없었다. 여자는 물막이 판자와 같은 색 운동복을 입고 복슬복슬한 침실용 슬리퍼를 신고 있었다.

"그런데 누구신지요?"

약한 영국식 악센트였다.

"존 쿠디입니다."

"아, 존. 귀여운 사람이군요, 그렇죠?"

여자가 눈을 찡긋거리고 고개를 한쪽으로 기울이며 말했다.

"스트랄릭 부인이십니까?"

여자의 눈에 경계의 빛이 감돌았다.

"내 이름을 아세요?"

"론다 엠 스트랄릭."

내가 신분증을 꺼내며 대답했다.
"사설탐정이시라고요?"
여자가 신분증을 읽고 반문했다.
"그렇습니다."
"무슨 일인지 모르지만 저는 아는 게 아무것도 없는걸요."
"괜찮습니다. 부인의 집에 세 든 사람을 고용하려는 어느 고용주 때문에 여기 온 거니까요."
내가 신분증을 접으며 설명했다.
경계심은 이제 놀라움으로 바뀌었다.
"아서 말인가요?"
"그런 것 같습니다. '아서 지 듀랜드' 라는 사람을 찾아왔으니까요."
"누가 그 사람을 고용하려 하는데요?"
스트랄릭은 그 사실이 믿기지 않는 눈치였다.
"죄송하지만 그건 비밀입니다. 하지만 시간을 오래 끌지는 않겠습니다."
여자의 표정이 또 달라졌다.
"좋아요. 그러면 우리가 친해질 시간을 가질 수 있겠군요, 안 그래요?"
여자는 거미줄에 걸린 파리를 쳐다보는 거미 같은 눈빛으로 나를 응시했다.
"들어가도 될까요?"
스트랄릭이 오른팔로 들어오라는 신호를 해보였다.
여자는 현관문을 닫은 후에 위의 두 층으로 올라가는 계단의 아랫부분을 지나 짤막한 복도로 나를 안내했다.

"집 안이 엉망이라 죄송하군요, 존."

아닌 게 아니라 치우자면 시간이 좀 걸릴 듯했다. 거실의 텔레비전 받침대는 잡지걸이처럼 불안해 보였고, 슈퍼마켓에서 산 타블로이드판 신문이 이십 년 전에 유행했던 조각 카펫 위로 거인들이 치는 카드 조각처럼 흩어져 있었다. 꽃무늬 소파 맞은편에는 소니의 와이드 스크린 텔레비전이 켜져 있었는데, 화면만 나올 뿐 소리는 들리지 않았다. 한 명은 백인이고 한 명은 흑인이며 다른 한 명은 라틴계인 십대 소녀 셋이 무대 위에 어색하게 앉아 있었고, 머리를 짧게 자른 나이 든 남자가 손에 마이크를 들고 청중 사이를 왔다 갔다 했다. 화면 왼쪽 하단에는 '양아버지의 아이를 임신한 양딸들' 이라는 자막이 선명하게 있었다.

저 어머니는 딸과 아버지 모두를 사랑했을 거라는 생각이 들었다.

"뭐라고요, 존?"

스트랄릭이 뒤에서 물었다.

내가 소리내서 중얼거린 모양이었다.

"아무것도 아니에요."

텔레비전 옆에는 52년형 시보레처럼 구근 모양으로 생긴 안락의자가 놓여 있었다. 집주인이 소파를 차지한 터라 나는 그곳으로 갔다. 나와 여자 사이는 아주 가까워서 무릎이 닿을 지경이었다.

여자는 다시 한 번 눈을 찡긋거리는 애교를 자랑스레 연출해 보였다.

"자, 무슨 이야기를 하고 싶으시죠?"

"듀랜드 씨가 지원서에 현재 실업 상태라고 써서 말입니다."
"석 달 됐어요."
스트랄릭이 말했다.
"안됐군요."
"그렇게 생각할 필요 없어요. 그러니까 아서가 얼마 전부터 집세를 내지 않고 있거든요."
여자가 입술을 핥으며 말했다.
"그렇군요. 하지만 그 전에는 집세를 꼬박꼬박 냈나요?"
"돈이 아닌 것으로라면, 그랬죠."
"돈이 아닌 것이라면요?"
"아서는 창문을 닦고 삽으로 눈을 치우는 일 같은 것을 도와주고 있어요."
여자가 어깨를 으쓱해 보이며 대답했다. 그러다 수줍은 듯한 미소를 지었다.
"하지만 진짜 중요한 '그것'에는 관심을 보이지 않더라고요."
"착실하고 책임감 있는 사람은 좋은 직원이 되죠."
"모르는 소리 마요, 존. 난 이혼한 후에 갖은 고생을 다 겪고 여기까지 왔어요. 좀 외로웠죠. 하지만 아서는 꿀 먹은 벙어리처럼 말 한 마디 없어요."
스트랄릭은 말을 멈췄다. 내 쪽에 말할 기회를 주는 듯했다. 하지만 내가 아무 말도 하지 않자 얼굴을 한번 찌푸린 후에 이렇게 말했다.
"몇 주가 흘러도 그 사람을 보는 건 고사하고 목소리 한번 듣기 힘들어요. 아무 재미없는 사람이에요, 아서는. 내 말 뜻을 안다면 말이에요."

여자는 또 입술을 빨았다.

"제 고객에게는 좋은 이야기군요."

스트랄릭이 눈을 가늘게 떴다.

"당신은 당신의 그 '고객'처럼 둔하지 않을 줄 알았는데."

내가 여자에게 애교를 부리는 듯한 미소를 지어 보였다.

"듀랜드 씨를 고용해서는 안 된다고 생각하시는 특별한 이유가 있습니까?"

"그래야만 당신이 나와 더 오래 있을 테니까요."

스트랄릭 부인은 불도그 같은 여자였다.

"그렇다면 제가 그분의 집을 살짝 들여다봐도 될까요?"

다시 경계심이 감돌았다.

"이유가 뭐죠?"

"직원 될 사람이 사는 곳을 그냥 한번 보고 싶습니다. 제 보고서에 양념 역할을 할 거예요. 적극 추천하게 될지도 모르죠."

"그게 도움이 될지는 모르지만, 아서는 집세가 워낙 많이 밀려 있어서요."

"그리고 오늘 제가 찾아온 건 우리만의 비밀로 해 두는 게 좋겠네요."

"나도 소녀들만큼이나 '비밀'을 좋아하죠. 그런데 먼저 물어볼 게 있어요."

"뭐죠?"

여자는 다시 수줍은 듯한 표정을 지었다.

"아서가 실업자라는 걸 아는데, 왜 지금 그 사람이 집에 없을 거라고 생각했죠?"

"그건 듀랜드 씨가 제 고객에게 당분간 배심원 일을 할 거라고 말했기 때문이죠."

스트랄릭은 마침내 의심을 풀었다.

"그렇다면 좋아요. 하지만 내가 동행해야겠어요."

"물론입니다."

나는 아무렇지도 않게 대답했다.

"내 말 뜻을 안다면 그 사람이 어떤 부류인지 좀 짐작이 가실 거예요."

론다 스트랄릭은 계단을 오르면서 세 번이나 억지로 내게 몸을 비비거나 부딪쳤다. 아서 듀랜드의 집은 앞쪽에 퇴창이 달린 거실, 그 옆의 침실, 화장실 그리고 뒤쪽의 부엌으로 이루어져 있었다. 낡고 빛바랜 가구가 세간의 전부인 듯했으며 방에는 아무것도 없이 깨끗해서 별로 많은 사실을 알 수는 없었다.

실마리가 될 만한 것도 없었다. 자질구레한 장신구도 기념품도 사진 한 장도 없었다. 널찍하지만 간소한 모텔 방 같았다.

적어도 부엌에 들어가기 전까지는 그랬다.

"이런 사람 같으니!"

스트랄릭이 싱크대로 가더니 원통 모양의 용기에서 키친 타월을 꺼내 먹다 남은 피자 상자 위를 기어가는 바퀴벌레 서너 마리를 눌러 죽였다.

"아서는 깔끔한 사람인데."

그 옆 개수대 위에는 맥주 깡통과 식당에서 사 온 다른 음식 쓰레기가 쌓여 있었다.

"어젯밤에 누군가 이곳에 찾아와서 듀랜드가 청소하는 걸 잊은 모양이네요."

"어림없는 소리예요. 가족도, 찾아오는 사람도, 아무 개성도 없는 사람인걸요."

여자가 피자 상자의 모서리를 집어 들었다.

"있던 자리에 그대로 두시는 게 좋을 거예요."

"왜죠?"

스트랄릭이 나를 쳐다봤다.

"그래야 듀랜드 씨가 당신이 다른 사람에게 자신이 사는 곳을 보여 줬다는 사실을 모를 테니까요."

"아, 그렇군요."

여자는 피자 상자를 싱크대에 다시 내려놓고 관능적인 몸짓으로 두 손을 허벅지 부위에 문질러 닦았다.

"이 벌레들 때문에 우리의 멋진 무드를 망치면 안 되는데."

"그러게 말입니다. 제가 비위가 좀 약하거든요."

내가 그쪽을 보며 이렇게 말했다.

론다 스트랄릭은 행복한 표정을 지어 보이려 애썼다.

"제 운이 요것밖에 안 되네요. 그러니까, 다음번에 이쪽에 오시면 잠깐 시간을 내서 들러 주세요, 아셨죠? 제 말 뜻을 아신다면 말이에요."

그리고 여자는 다시 눈을 감아 보였다.

파도처럼 덮쳐 오는 여자였다.

밖으로 나와 혼다 프렐류드의 문에 막 열쇠를 꽂는 순간 그 베이지 색 크라운 빅토리아가 이번에는 교차로 뒤에 서 있는 것이 보였다. 나는 고개를 조금 숙였을 뿐, 그 연보라색 3층짜리 집을 빠져나가는 내 모습을 보여 주지 않을 도리가 없었다.

나는 그 차 옆을 지나지 않기 위해 3점 방향 전환(좁은 길에서 전진, 후진, 전진으로 차를 움직여 방향을 전환하는 일.—옮긴이)을 시도하며 백미러로 그들을 살폈다. 그들은 나를 따라오지 않았다. 대신 운전석에 앉은 곧은 머리의 사내가 눈을 가늘게 뜨고 내 쪽을 쳐다보며 짙은 머리칼에 귀를 잡아당기는 사내에게 무슨 말인가를 했고 사내는 무언가를 적었다.

프렐류드의 번호판에 적힌 문자와 숫자인 것 같았다. 하지만 그렇다고 해도 그것 역시 내가 어떻게 할 수 있는 상황이 아니었다.

4

나는 사무실로 돌아와서 버나드 웰링턴에게 전화를 걸었다. 예상대로 비서는 웰링턴이 모네티 사건으로 아직 법정에 있다고 했다. 나는 비서에게 그가 돌아오는 대로 전화를 해 달라고 부탁했다.

클레어에게 전화를 또 해볼까 했지만 하루에 두 번이나 전화를 하면 그녀의 기분을 망칠지 몰라 그만두었다. 다른 사건에 관한 서류를 보고 있는데, 3시경에 전화벨이 울렸다.

그녀의 목소리는 전화벨 소리만큼이나 다급했다.

"존 쿠디입니다."

"연필 있어?"

"준비됐어, 클레어."

"좋아, 보자……. 어디 보자……. 그 번호판은 자동차 대여업체 거야."

그렇다면 흰 판을 댄 타이어를 단 이유는 납득이 되었지만, 예측과는 다른 결과였다.

"확실한 거야?"

"모욕적인 말인데. 하지만 내가 직접 조회하진 않았으니까."

"뭐라고?"

"이번에 연방 정부에서 컴퓨터에 접근하는 것을 새롭게 단속한다는 말은 한 적 있지?"

"그래."

"좋아. 그래서 자동차 등록소에 있는 친구한테 대신 찾아 달라고 했어. 그 친구 말이 그 번호판을 단 차의 차종은 포드 크라운 빅토리아이고, '베이지' 색에 가까운 우스꽝스러운 색이며 공항 옆에 있는 '베스트 라이드 자동차 대여소'의 것으로 되어 있대. 여기 주소가 있어."

대여업체의 이름과 아서 듀랜드의 집에서 8킬로미터나 떨어진 그 업체의 위치는 내게 아무 의미도 없었다.

"클레어, 그 회사에 대해 들어 본 적 있어?"

"아니, 하지만 등록소에 있는 그 친구는 들어 봤대."

"어떤 상황에서?"

"관련된 상황이겠지."

이런.

"마피아와 관련이 있단 말이야?"

"아니면 그 높은 양반들이 자기 차를 써서는 안 되는 비밀스러운 일을 처리할 때였겠지. 도움이 됐니?"

"그럴 수도 있고 아닐 수도 있고. 어쨌든 고마워, 클레어."

"이봐, 쿠디. 부탁이 있는데."

"뭔데?"

"그 베스트 라이드에 찾아가기 전에 나한테 돈 좀 부쳐 줄래?"

그런 부탁을 하는 그녀를 탓할 수도 없었다.

나는 버나드 웰링턴에게 전화 메시지를 두 번 더 남기고도 답신을 받지 못했고 자동차 대여소에 찾아가는 건 다음 날 아침으로 미루기로 했다. 나는 오후 5시 15분에 사무실 문을 잠그고 아래층으로 내려가 건물 뒤쪽에 있는 주차장으로 갔다. 나는 프렐류드에 몸을 싣고 퇴근 시간의 교통 혼잡에 기다시피 보스턴 남부에 있는 '잭오랜턴' 술집으로 갔다.

사우시의 엘가 인근 브로드웨이 지역은 그다지 세련되지는 않지만 고급스러운 단지로 변모하고 있었다. 노동자들이 많고 불법 면허로 술장사를 하는 술집들이 여기저기 있던 곳이 새로운 아파트 단지로 탈바꿈하고 있었다. 잭오랜턴은 오렌지색 불빛이 길고 가느다란 창문을 비추고 탁자가 시작되기 전의 좁은 통로 안쪽에 타원형 바가 자리 잡고 있는 술집으로, 일을 마친 후에 아내와 아이들과 함께 저녁을 먹기에 무난한 곳이었다. 그러나 9시 이후에는 단골 술꾼들의 사교장으로 변했다.

하지만 나는 초저녁 시간 쪽이 한결 마음이 편했다.

나는 바 앞의 높은 의자에 앉았고, 에디 키어난은 수도꼭지에서 노련하게 맥주 두 잔을 따르고 스테이크 한 접시를 막 준비한 상태였다. 173센티미터에 피골이 상접할 만큼 마른 에디는 이곳으로 와서 술집을 하기 전까지 마이너리그에서 유격수로 뛰었다. 사실 나는 그날 저녁 식사를 하면서 줄곧 이웃에 새로 들어온 '벌레만도 못한' 경쟁자들과 그들이 전염병을 옮기는 병균이라도 달고 온 듯 급등하는 책임 보험료에 대해 불평하는 신세 한탄을 들어야 했다.

시계를 보니 7시 30분이 가까워 오고 있었다. 그래서 나는 화장실에도 가고 집으로 가기 전에 마지막으로 버나드 웰링턴과 통화도 할 겸 자리에서 일어났다. 바와 탁자 사이로 난 길을 걷고 있는데 어떤 사내가 자신이 앉아 있던 의자를 내 쪽으로 내동댕이치고는 비틀거리며 뒤로 물러섰다. 나는 순간 일부러 시비를 거는 수작임을 눈치 챘다.

183센티미터는 됨직한 큰 키에 탄탄한 체격 그리고 까슬까슬한 곧은 머리칼에 약간 비뚤어진 코를 지닌 사내가 시비를 걸어왔다.

"무슨 짓이야, 이 자식아?"

나는 숨을 짧게 들이마셨다.

"당신이 나한테 와서 부딪친 것 같은데."

"어떤 놈이야."

바 옆에 서 있던 다른 사내가 끼어들었다.

나는 고개를 돌렸다. 비슷한 키와 체격을 지녔지만 검은 곱슬머리에 보통 코를 지닌 사내였다. 사내는 자신의 왼쪽 귀를 한번 잡아당겼고 나는 지금의 사태가 이해되기 시작했다.

곧은 머리가 먼저 앞으로 나와, 그의 동료를 쳐다보고 있는 내 왼쪽 뺨을 향해 오른쪽 주먹을 날렸다. 나는 그 서투른 주먹을 피하며 왼팔로 곧은 머리의 오른손을 감아 그의 주먹을 내 겨드랑이에 끼었다. 그러고는 왼손 바닥으로 그의 팔꿈치를 단단히 잡고 세게 들어올렸다. 관절이 어긋나는 느낌이 들면서 우두둑 하는 소리가 났다. 나는 곧은 머리가 고통에 찬 비명을 지르는 것을 듣고 그의 팔을 놔주었다.

내가 머리와 목을 보호하기 위해 오른쪽 어깨를 구부리고 있을 때 곱슬머리가 왼손을 날렸다. 하지만 그는 이내 오른쪽 주먹이 더 세다는 사실을 깨달았다. 나는 그 서슬에 네 사람이 앉은 탁자로 밀려났고 싸움이 시작되자 사람들은 뒤로 밀리며 자리에서 일어섰다. 곧은 머리는 이제 바닥에 앉아 축 늘어진 팔을 흔들어 보이고 있었다. 그가 얼굴을 찌푸리며 날카로운 신음을 토해 냈다. 곱슬머리가 오른손을 날리려 한 발을 앞으로 내밀 때, 나는 약한 왼쪽 무릎을 탁자에 기댔다. 그리고 오른발로 그자의 모든 체중이 실려 있는 왼쪽 정강이를 걷어찼다.

이번에는 무언가 부서지는 소리가 났다. 곱슬머리는 요란한 소리를 내며 나무가 넘어지듯 맥없이 쓰러졌다. 그때 에디가 루이스빌 야구 방망이를 들고 바에서 나왔다. 내가 바닥에 널브러진 두 사내에게 무언가 물어보려 하는 순간 에디가 총검으로 찌르듯 야구 방망이로 내 명치를 세게 쳤다.

나는 네 사람이 앉은 식탁의 햄버거 접시 위로 쓰러졌다.

내가 비로소 정상적인 숨을 쉬게 되었을 때, 곧은 머리와 곱슬머리가 간신히 자리에서 일어났다. 두 사람은 세 개의 성한 팔과 세 개의 성한 다리로 서로를 부둥켜안고 잭오랜턴의 문을 지나 10

월의 밤 속으로 사라졌다.
 에디는 야구 방망이의 중간 부위를 잡고 내 왼쪽 허벅지 옆에 서 있었다.
 "왜…… 날?"
 내가 말했다.
 "자네가 저 벌레만도 못한 놈들을 불구로 만들까 봐 너무 겁이 나서 그랬어. 내 책임 보험료가 엄청나게 오를 것 같아서."
 나는 간신히 폐로 공기를 들이마셨다.
 "그럼 어떻게…… 저자들을 먼저 치지 않고?"
 에디가 언짢은 얼굴로 날 쳐다봤다.
 "내가 보험에 들었다고 했잖나, 존."
 에디 키어난은 그 탁자에 앉았던 네 사람에게 음식을 새로 갖다 주겠다고 했다. 에디만 탓할 수도 없었다.

 여덟 번쯤 별다른 고통 없이 공기를 들이마실 수 있게 된 후에 나는 술집에서 나와 내 프렐류드로 향했다. 차는 아무 이상 없었 다. 나는 차를 타고 집으로 돌아왔다. 나는 집 앞 계단을 천천히 오르며 더 심한 상처를 입지 않은 것에 감사했다.
 나는 집 안으로 들어오자마자 사무실의 자동 응답기를 점검했 다. 버나드 웰링턴에게서 내일 재판이 시작되기 전에 자신의 사무 실로 오라는 메시지가 녹음되어 있었다.
 나는 CD플레이어로 가서 부드럽게 마음을 어루만져 주는 소프 라노 색소폰 곡이 담긴 고 '아트 포터'의 공연 CD를 골랐다. 그런 다음 소파에 누워 몸을 뻗고 부드럽지도 위안이 되지도 않는 상황에 대해 곰곰이 따져 보았다.

나는 그렇게 오랫동안 있었다.

나는 어둠 속에서 깨어났다. 명치 부위의 통증 때문에 똑바로 일어나 앉기도 힘들었다. 나는 꿈을 꾸고 있었다. 고백하기 부끄럽긴 하지만 론다 스트랄릭에 대한 꿈이었다. 그날 그 집을 방문하는 동안 그녀가 던진 유혹의 말이 머리에 남아 있었던 모양이었다. 그때 갑자기 버나드 웰링턴의 말이 생각났다.

만일 내 생각이 옳다면 마이클 모네티의 별난 예비 심문 질문은 완전히 이해가 되는 것이었다. 연보라색 3층짜리 집을 감시하던 두 사내가 술집에서 내게 달려들었던 이유도 한 점의 의혹 없이 납득이 되었다.

하지만 확신을 가지려면 퍼즐의 남은 한 조각을 마저 찾아야 했다. 그리고 나는 그렇게 할 방법을 찾아낸 터였다.

5

이튿날인 목요일 아침, 나는 두 가지 이유로 극히 조심하며 아파트에서 나왔다. 첫째는 에디의 야구 방망이 덕분에 명치가 아직도 아프기 때문이었고, 둘째는 곧은 머리와 곱슬머리도 등록소에 아는 사람이 있어 내 자동차 번호를 조회해 봤다면 그들이나 그들의 심부름꾼이 내 집 주소를 알아냈을 수도 있기 때문이었다.

주차장에서는 차체 밑으로 기어 들어가 점화 장치에 '다른 게' 추가되지 않았는지 프렐류드를 살폈다. 자동차를 출발시켰지만 나는 사무실 쪽으로는 가지 않기로 했다. 근육질의 사내들이 잭오 랜턴으로 나를 찾아오기 전에 그곳에서 기다리고 있을 게 틀림없었다.

긴 하루가 될 것 같았다. 하지만 헌팅턴가의 현대 미술 박물관에서는 다른 멋진 작품들과 함께 허브 리츠의 근사한 사진전이 열리고 있었다. 오전 11시 무렵, 버나드 웰링턴이 법정에 있을 시간에 나는 그의 비서에게 공중전화로 전화를 걸었다. 그리고 내가 누군지 밝히지 않은 채 점심 식사 후에 사무실에서 만나자는 메시지를 남겨 두었다.

그의 면허까지 위험하게 만들 필요는 없으니까 말이다.

같은 목요일 늦은 시간에 나는 찰스 강 건너편의 박물관에서 나와 이스트 케임브리지로 갔다. 나는 프렐류드를 미들섹스 군의 법정에서 서쪽으로 몇 블록 떨어진 곳에 주차시킨 뒤에 어슬렁거리며 법원 정문으로 갔다. 4시 40분에 아서 듀랜드가 변호사에는 미치지 못하지만 '국가에 봉사하기 위해 소집된 시민'인 배심원치고는 훌륭한 옷차림으로 사람들 틈에서 모습을 드러냈다. 배심원석에서 본 젊은 여인이 듀랜드와 나란히 걷고 있었고, 듀랜드는 여자에게 무슨 말인가를 하며 머리와 두 손을 과장되게 흔들어 보였다. 여자는 또 웃었지만 이번에는 법정에서처럼 입을 가리지 않았다. 두 사람은 가볍게 손을 흔들어 작별 인사를 했고 듀랜드는 왼손 검지로 코를 긁었다.

나는 그가 레크미어 역 쪽으로 가는 것을 지켜봤다. 그리고 여자가 북쪽으로 모퉁이를 돌 때 반 블록 정도 거리를 두고 길 건너편에서 여자를 미행했다.

누구든 운이 좋을 때도 있는 법이다.
여자는 길모퉁이에 서 있던 스테이션 웨건의 조수석에 올라탔다. 운전석에는 여자와 비슷한 연배로 보이는 남자가 앉아 있었고 뒷좌석에는 아장아장 걸음을 걸을 법한 어린아이가 유아용 안전 시트에 앉아 있었다.
운이 좋다고 한 건 택시 한 대가 내 앞에서 막 모퉁이를 돌아서더니 이미 요금을 지불한 노부부가 내렸기 때문이었다.
젊은 부부가 탄 차가 출발했고, 내가 탄 택시가 그 뒤를 쫓았다.

"이봐, 마조리, 가정용 메뉴로 할까 아니면 다른 걸로 할까?"
"필. 숨 좀 돌리자고요, 알겠어요? 월요일부터 증인과 변호사의 발언을 듣고 있어요. 언제 끝날지도 모르는 데다 이 모네티라는 사내가 오 제이 심슨 같은 인간은 아닌 것 같다는 생각이 들어요, 알겠어요?"
필도 그냥 넘어가지 않았다.
"뭐? 그럼, 매일 오후에 놀이방에서 트로이를 데려와 봐."
"난 그렇게 안 했단 말인가요?"
나는 '보스턴 치킨'이라는 유치한 이름으로 살아남아 운 좋게도 '보스턴 마켓' 체인점이 된 식당의 줄을 따라 걸으며 그들의 이야기를 주의 깊게 엿들었다. 매력적인 마조리와 필은 칠면조 구이와 햄 구이를 비롯한 여러 가지 저녁 메뉴 중에서 마음을 정하지 못했다. 그리고 그들의 어린 아들 트로이는 중대한 테니스 시합을 관람하는 열성 팬처럼 설전을 벌이는 부모를 좇아 고개를 좌우로 움직이고 있었다.

마조리는 결국 칠면조 콤보로 결정했고 필은 계산대에 돈을 지불한 뒤에 음식과 음료수가 담긴 쟁반을 들고 가까운 곳에 있는 4인용 식탁으로 갔다.

나도 주문한 햄 요리를 들고 그들 맞은편에 있는 빈 식탁에 앉았다.

모두 자리에 앉자 남편이 현명하게 아내에게 제안했다.

"이제 주제를 좀 바꾸자고."

"좋아요."

마조리가 한결 누그러진 음성으로 이렇게 대답하며 트로이 접시에 브로콜리를 잘게 썰어 놔주었다.

필이 칠면조 고기를 잘라 자신의 접시로 덜었다.

"아직도 그 사건에 대해 말하면 안 되는 거야?"

"판사가 말해도 좋다고 할 때까지는 안 돼요. 우리가 투표를 하고 모든 절차가 다 끝날 때까지 말이에요. 하지만 이 말은 할 수 있어요. 아서가 아니었다면 지금쯤은 살짝 돌아 버렸을 거예요."

"당신 옆에 앉은 배심원 말이야?"

"맞아요. 판사가 벌써 두 번이나 주의를 줬다니까요. 증언을 하거나 하는 조용한 시간에 잡담하지 말라고요. 그 사람 때문에 배꼽이 빠질 지경이에요."

"농담을 한단 말이야? 살인에 관한 재판을 하면서?"

필이 물었다.

나는 필의 말을 들으며 세입자에 대한 론다 스트랄릭의 평가를 곱씹어 보았다.

"살인 미수예요. 하지만 정말이지 아서가 없었다면 그 사람이 우스운 흉내 내기로 우리 배심원들의 긴장을 풀어 주지 않았다면 지금쯤 모두들 어떻게 됐을지 모른다니까요."

마조리가 콜라를 한 모금 마시며 대답했다.

필은 칠면조 고기를 좀 더 입으로 가져갔다.

"뭘 흉내 내는데?"

"뭐가 아니라 사람을 흉내 내요. 아서는 실베스터 스탤론이나 아널드 슈왈제네거 흉내도 낼 줄 알거든요……."

"텔레비전에 나오는 사람들 말이야, 엄마?"

그때까지 얼굴에 으깬 감자 요리를 칠하는 데 여념이 없던 트로이가 물었다.

"그래, 맞단다. 텔레비전 영화에 나오는 사람들 말이야."

마조리는 다시 남편에게로 얼굴을 돌렸다.

"게다가 아서는 심술궂은 조니 카슨 흉내도 내는데, 그 사람보다 더 잘해요."

"누구보다?"

"아, 있잖아요. 리치 뭐뭐라는 사람."

"리치 누구?"

"위대한 닉슨 대통령 흉내를 낸 사람 말이에요. 필, 당신도 누군지 알았어야 하는데."

여자의 남편은 모른다고 했지만 나는 너무도 잘 아는 사람이었다.

"웰링턴입니다."

"버나드, 존 쿠디입니다."

"아아, 존. 어디 갔었나?"

전화선 반대편에서 그의 목소리가 들려왔다.

"좀 바빴습니다."

"바빴다고? 주 정부에서 내일은 쉬기로 했다네. 따라서 변론은 월요일에 있을 거야. 그러니까……."

"이야기가 깁니다. 그리고 어쩌면 다 듣지 않는 편이 좋을지도 모릅니다."

머뭇거리는 목소리가 들려왔다.

"많이 안 좋은 소식인가, 존?"

"먼저 제가 뭘 좀 여쭙겠습니다."

"뭔가?"

"마이클 모네티의 배심원으로 그 사람을 선출할 때 이상한 일은 없었습니까?"

"이상한 일? 그러니까 모네티가 나한테 하라고 시킨 질문 말고 다른 일 말인가?"

"맞습니다. 구체적으로 말하면 아서 듀랜드에 관한 일 말입니다."

"있었지. 하지만 많이 이상한 일은 아니었어. 우연의 일치에 가까운 일이었지."

웰링턴이 다시 머뭇거리며 말을 이었다.

"어떤 일이었는지 알려 주십시오."

웰링턴은 전화선 반대편에서 생각을 가다듬는 듯했다.

"나는 듀랜드 씨에게 마이클이 예비 심문 질문으로 제시한 마지막 질문을 한 뒤에 변호인석으로 돌아와서 그 사람을 배심원으로 반대하는 문제에 대해 내 고객과 의논했다네. 바로 그때 우리 뒤쪽 청중석에 있던 마이클의 가족 중 한 사람이 굉장히 큰 소리로 재채기를 했고, 그래서 법정에 있던 사람들이 모두 웃은 일이 있었지."

웰링턴의 목소리는 점차 기운이 없어졌다.

"그게 이 사건 전체 중에서 유일하게 웃기는 일이었다네."

"그때도 모네티가 듀랜드를 배심원으로 두자고 고집했었나요?"

"그때 마이클이 그 사람을 반대하지 말자고 했지, 맞다네. 하지만 나는 아직도 그런 인간을 배심원석에 앉히는 게 잘못이라고 생각한다네. 변호사는 자신에게 주어진 권력도 제대로 사용하지 못한 상황에서 배심원들이 유죄를 선고하면 '고객을 효율적으로 돕지 못했다.'고 고소를 당하지 않나. 그런데 내 고객이 내게 그러지 말라고 하니……"

"버나드?"

"뭔가?"

"다시 전화하겠습니다."

"존……."

6

다음 날인 금요일 아침, 나는 오전 6시에 자리에서 일어났다. 명치는 이제 아프지 않았다. 나는 낡은 옷을 입고 프렐류드에 올라탄 다음 웨스턴 애버뉴 교를 건너고 센트럴 스퀘어를 지나 마침내 아서 듀랜드가 사는 지역에 도착했다. 오늘은 연보라색 3층짜리 집을 감시하는 사람이 아무도 눈에 띄지 않았다. 하지만 그렇다고 해서 그들의 총체적인 계획이 막을 내린 것은 아니었다.

나는 차에서 내려 가장 가까운 골목 어귀로 갔다. 그러고는 열 걸음 더 걸은 후에 쓰레기통 뒤에 쪼그리고 앉았다.

그러고는 기다렸다.

7시 40분쯤 론다 스트랄릭의 집 쪽에서 키보드를 두드리는 듯한 누군가의 구둣발 소리가 또렷하게 들려왔다. 나는 골목 어귀로 나갔다. 코를 긁고 의자에서 몸을 비틀어 대던 그 깡마른 사내가 내 앞 골목 어귀를 지나고 있었다. 내가 왼팔로 그를 가로막았다.

그는 깜짝 놀라 주저앉았지만 기절할 정도는 아니었다.

나는 그의 재킷 칼라를 부여잡고 그가 정신을 차리기 전에 재빨리 쓰레기통 뒤로 끌고 갔다. 그의 엉덩이와 몸통을 받쳐 골목의 벽돌담에 기대앉은 자세로 만든 다음 나도 그 앞에 웅크리고 앉았다. 그가 자신 앞에 앉은 나를 천천히 뜯어봤다.

"대체…… 무슨 일이야?"

"오늘 아침 법정이 열리기 전에 이야기 좀 나누려고."

그는 손바닥으로 땅을 밀며 다시 일어서려고 기를 썼다.

내가 두 손으로 그의 어깨를 눌러 진정시켰다.

"당신은 어려운 상황에 처해 있어. 진짜 어려운 상황 말이야."
"대체 당신은 누군데……."
"내가 먼저 말하겠어. 그러고 나서 당신이 말하든지 말든지 해. 알아듣겠어?"

사내는 아무 말도 하지 않았다.

"마이클 모네티의 범죄 경력은 그에게 불리한 상황이야. 한 번 더 중죄 판결을 받으면 감옥 마당에서 운동하는 시간 말고는 평생 다시는 햇빛을 보지 못한다고. 그런데 또 살인 미수 죄를 저질렀으니 뭔가 조치를 취해야 했겠지. 마이클은 예전에 주의 증인 보호 제도의 혜택을 받으려고 머리를 굴렸지만 별로 재미를 보지 못했어. 그래서 머리를 짜내 지금 상황을 만들어 낸 거야."

나는 사내의 눈을 들여다보며 버나드 웰링턴이 '좋은' 가문 운운하던 말을 떠올렸다.

"구체적으로 당신은 피고의 다재다능한 육촌 형제야."
"난 무슨 말을 하는지 모르……."
"기다려. 아직 내 말 안 끝났어. 마이클이 이 일을 쉽게 만든 거야. 지난 주 재판이 열린 첫날 오후에 당신은 법정의 청중석 앞줄에 다른 가족과 함께 앉아 있었어. 그야말로 사람들 틈에 몸을 숨기고 있었던 거지. 그때 배심원들이 선출되는 것을 지켜봤어. 남자 배심원이 한 사람 한 사람 마이클의 예비 심문에 대답할 때, 당신은 그 사람이 다른 면에서도 '적격'인지를 연구했어. 당신과 비슷한 키와 체중인지 가능하면 태도도 흉내 내기 쉬운 사람인지 말이야."

나는 내 말에 완전히 빠져 있었다.

"'아서 듀랜드'라는 사람이 이 계산에 거의 완벽하게 맞아 떨어졌어. 특히 긴 머리와 수염 때문에 사람들이 얼굴을 잘 기억하지 못할 테니까 말이야. 그래서 그 사람을 배심원으로 반대할 시간이 되었을 때 당신은 법정에서 마이클에게 '오케이' 사인을 보낸 거야. 기침 같은 것으로 말이지. 아니면 재채기였든지?"

육촌 형제의 눈이 움찔했다.

"이제 그날 밤으로 가 보지. 오늘로부터 일주일 전날 밤 말이야. 당신 사촌이 고용한 깡패들이 듀랜드를 따라 론다 스트랄릭의 3층짜리 집 모퉁이까지 왔어. 그동안 미용사인 마이클의 누나가 당신 머리를 잘라 줬지. 그래야 '듀랜드'가 수염을 깎은 것을 아무도 이상하게 생각지 않을 테니까. 그 나머지는 그 사람과 어느 정도 닮은 당신의 체격과 놀라운 재능으로 메운 거야. 특히 다른 배심원들은 그날 오후 이전에 듀랜드를 한 번도 본 적이 없으니까 말이야."

"나…… 난 아서 듀랜드야."

"내 말이나 들어. 깡패들은 듀랜드를 3층짜리 집 밖으로 데리고 나갔고 그의 집에서 사진을 모조리 없앤 다음 당신을 그 자리에 대신 앉혔어. 신이 났겠지. 이튿날인 월요일 아침에는 열두 명의 배심원 중에 당신의 육촌 형제에게 '무죄' 투표를 함으로써 불일치 배심을 만들어 낼 사람이 한 명 끼여 앉아 있었어. 당신은 재판이 진행되는 동안 배심원 몇을 친구로 만들기까지 했어. 그 위대한 희극 배우 리치 리틀(영국의 희극 배우로 팬터마임을 보급한 존 리치의 예명.─옮긴이)처럼 우스갯소리와 유명 인사를 흉내 내는 솜씨로 말이야. 원래 듀랜드는 그런 사람이 아니었어. 당신은 배심원 두 사람을 당신 편으로 끌어들였지. 특히 증거에 관심을 집중하게 만들고 토의 시간에 이견을 제시함으로써 말이야. 지방 검사는 첫 번째 투표에서 무죄가 많이 나오면 재심에 들어가기 전에 한 번 더 생각해 보게 마련이거든. 동료 배심원들 대부분이 당신을 좋아하게 되면 무죄 방면이 터무니없는 이야기가 아닐 수도 있어지는 거야."

"다시 말하겠는데, 난 아서 듀랜드야."

나는 고개를 저었다.

"지금 조금 불안해하는군, 맞나?"

대답이 없었다.

"맞냔 말이야?"

내가 다시 물었다.

"맞아."

그는 마지못해 시인했다.

"좋아. 문제는 지금 당신이 듀랜드처럼 코를 긁는 걸 잊어버렸다는 거야. 그렇지만 않다면 너무 잘해 왔는데 말이야."

사내는 불안감을 넘어 무언가 어렴풋이 이해되는 듯한 표정이었다.

"무슨 소리 하는 거야?"

"내 말 좀 들어 봐. 마이클이 당신한테 재판이 진행되는 동안 듀랜드를 숨겨 놓겠다고 말했을 거야. 그 다음에 그 사람은 자기 인생으로 돌아가고 당신도 당신 인생으로 돌아간다고 말이야."

"난 그런 말 한 적 없어."

"좋아. 그렇다면 그냥 들어. 배심원 질문서에는 직업과 가족 등에 대해 쓰는 난이 있어. 알겠어? 듀랜드한테는 아무도 없었어. 표면적으로는 당신 육촌 형제의 계획에 멋지게 들어맞았지. 왜냐하면 듀랜드가 재판 중에 '사라진다' 해도 아무도 그 사람을 찾지 않을 테니까 말이야. 마이클은 그 3층짜리 집 밖에 매일 깡패들을 세워 지키기까지 했어. 당신이 밤에 밖에 나가서 놀다가 일을 그르치기라도 하면 안 되니까 감시한 거지. 하지만 당신의 육촌 형제가 이 마지막 주에 당신이 듀랜드의 집에서 살기를 바란 이유가 뭘까?"

대답이 없었다.

"마이클이 그 의문을 풀어 줬을 텐데, 그렇지 않아? '이봐, 육촌 형제. 누군가 위층에서 돌아다닐 사람이 있어야겠어. 소리가 좀 나야 집주인이 세 든 사람이 있다고 생각하지.' 이번에도 표면적으로는 그럴듯해 보이는 이야기야. 하지만 정말 위험한 제안이기도 해. 론다 스트랄릭이 계단을 올라와 당신 집에 들어오면 어떻게 하지? 아니면 집세를 달라며 듀랜드의 방문을 두드리거나? 그 여자는 자기 집에 세 든 사람에 대해 아주 잘 알고 있어서 당신을 듀랜드로 착각하는 바보는 아닐 거야. 그래서 그건 내가 생각하기에는 듀랜드가 위층에서 며칠간 걸어 다니는 소리를 내지 않는 것보다 더 위험한 것 같아."

육촌은 그 문제에 대해 생각해 보는 듯했다. 그의 눈동자가 신경과민 환자처럼 왼쪽에서 오른쪽으로 또 왼쪽으로 구르기 시작했다.

"그러면 좀 더 따져 볼까. 마이클은 당신한테 듀랜드를 잠시 맡아 두겠다고 했을 거야. 유일한 문제는 당신의 육촌 형제가 듀랜드가 이 작은 '사건'을 나중에 폭로하지 않는다고 어떻게 믿느냐 하는 거 아닐까?"

그는 여전히 아무 말도 없었다.

"그런데 후한 뇌물을 받든 아니면 겁을 먹어서든 듀랜드가 이야기를 하지 않는다면, 왜 애초에 힘들게 당신과 그 사람을 바꿔치기 했을까? 왜 간단하게 배심원이 된 진짜 아서 듀랜드를 협박해서 무죄에 투표하게 하지 않았을까? 그래서 적어도 마이클이 재심을 받을 기회를 만들지 않았을까?"

그는 항아리에 갇힌 벌레처럼 눈을 이리저리 굴릴 뿐 아무 말도 하지 않았다.

"바보 같았다는 생각은 하지 마, 이 친구야. 나도 이 문제를 알아내는 데 시간이 좀 걸렸어. 이전 재판 때 당신 육촌이 증인에게 접근했다가 당했다는 사실을 기억하는 데서 시작했어. 그 다음에는 마이클이 변호사를 시켜 남자 배심원들에게 한 우회적인 질문에 대해 생각해 봤지. 군 복무 경력이 있느냐, 구속된 적이 있느냐, 민감한 산업에 근무한 적이 있느냐는 것 말이야. 이 모든 질문에 듀랜드의 대답은 '아니다'였어. 이런 경력에 대해 왜 물었는지는 당신이 말해 봐."

육촌은 고개를 가로저었다.

"좋아. 시간이 다 됐어. 그런 경력에 종사하려면 모두 지문을 찍어야 해. 그러니까 듀랜드는 살아가면서 한 번도 지문을 찍은 적이 없었던 거야. 내 생각엔 당신도 그럴 것 같은데."

그는 내가 할 말을 짐작한 듯 침을 꿀꺽 삼켰다.

"자, 이제 어려운 문제가 남았어. 만약 마이클이 고용한 깡패들이 그 3층짜리 집 밖에 차를 세워 놓고 있었는데……."

"하지만 어제는 그 사람들이 나타나지 않았어."

그는 처음으로 무언가를 시인했다.

"그건 당연해. 그자들은 수요일에 내가 어른거리는 걸 발견하고 내가 누구인지 알아낸 뒤에 그날 밤 술집에서 나를 덮쳤어."

육촌은 고개를 좀 더 세게 저었다.

"하지만…… 당신은 그렇게 보이지 않는걸……."

"내가 그자들을 꼼짝 못하게 혼내 주었지."

그는 나를 뚫어지게 쳐다봤다.

"이제 내 질문으로 돌아가자고, 알겠어? 당신의 육촌이 진짜 듀랜드 씨를 납치한 뒤로 깡패까지 고용해서 당신을 감시해 왔다면, 그리고 당신을 포함한 나머지 모네티 일가가 착실하게 법정에 나가 앉아 있었다면, 납치된 그 가엾은 희생자를 방 같은 데 가둬 놓고 지킬 사람이 누가 있을까?"

그는 두 눈을 머리에서 튀어나올 듯이 크게 떴다.

"아니, 이런 망할."

"안됐지만, 아서 듀랜드는 죽었어. 일주일 전인 납치된 첫날 마이클이 고용한 깡패들이 죽였을 거야. 하지만 재판이 끝나면, 그러니까 지금으로부터 일주일 뒤면 경찰은 중죄를 다룬 재판에 참석했던 한 배심원의 명백한 '실종 사건'을 철저히 수사하게 될 거야. 그건 당신 육촌 형제에게는 반갑지 않은 일이지. 특히 듀랜드의 집주인은 듀랜드를 '꿀 먹은 벙어리처럼 조용한' 사람으로 기억하고 있는데 반해 다른 배심원들은 그를 '탁월한 광대' 이상으로 여기거든. 게다가 비극적인 '사건'의 결과물인 듀랜드의 시체

마저 빨리 나타난다면 어떻게 될까? 이주일 정도 된 시체는 검시자에게도 곤란한 대상인 데다 아서 듀랜드가 배심원의 평결이 끝날 때까지 살아 있었다는 이야기가 들려올 거란 말이지. 따라서 나는 마이클이 진짜 듀랜드를 대신할 시체가 필요로 할 거라고 생각해."

"하지만…… 하지만……."

"자, 이제 당신의 육촌 형제가 이번 주에 당신이 그 집 3층에서 지내기를 바란 이유로 돌아가 볼까. 당신은 듀랜드와 키와 체중이 비슷해. 하지만 그 사람과 똑같은 치과 치료를 받진 않았을 거야. 그러니까 시체의 외관이 손상될 만큼 충격을 가한 후에 검시자는 실종된 아서 듀랜드와 그 불운한 시체를 비교해 보라는 요청을 받게 될 거야. 그러면 어떻게 될까? 시체의 지문과 듀랜드의 집에서 발견된 지문이 일치하게 되는 거지."

"당신 말은…… 마이클이 날 죽일 거라는 거야?"

"그 사람의 관점에서 한번 생각해 봐. 재판이 끝나면 당신은 목적을 다한 도구로, 잠재적으로 굉장히 난처한 존재가 돼. 일인 희극 배우인 당신이 인기를 얻기 시작하면 어떤 일이 일어날까? 이 주일 동안 아서 듀랜드와 함께 있었던 배심원들 중 하나가 당신을 알아보기라도 하면? 그 사람은 이 이상한 사건을 접하고 경찰서를 찾아가지 않을까?"

"하지만 마이클은…… 나와 피를 나눈 친척인걸."

"내가 생각하기에 육촌 형제지간이라면 자신의 미래보다 그 점을 더 소중히 여길 거야. 하지만 나보다는 당신이 마이클에 대해서 더 잘 알아. 당신은 그자가 이 문제를 어떻게 처리할 기라고 생각하지?"

 이제 그의 눈에 의혹의 그림자는 별로 없었다. 또한 그의 마음에 의혹이 남아 있을 이유도 없었다.

 "이제 친척의 유대에 관한 마이클의 생각을 내가 잘못 짚었다고 가정해 보지. 그렇더라도 내가 당신의 비열한 가면극을 폭로할 거고, 당신은 적어도 진짜 아서 듀랜드의 살인 공모자가 되는 거야."

 그는 눈을 아래로 내리깔고 다시 눈동자를 좌우로 굴렸다. 그러더니 다시 내게 고개를 돌렸다.

 "그럼 대체 어떻게 해야 되는 거지?"

 "오늘 아침에 나와 함께 법원으로 가서 판사와 지방 검사에게 솔직히 털어놓는 거야."

 그는 흰자위가 다 드러날 만큼 눈을 크게 떴다.

 "무슨 바보 같은 소리야? 마이클을 밀고하다니 죽으려고 환장했어?"

 "당신이 그자가 지금까지 벌인 사기극을 경찰에 털어놓으면 당신에게 증인 보호 조치를 취해 줄 거야."

 "그럼 난 얼마나 안전한 거지? 마이클의 심복들이 벌써 한 사람을 해치웠는데."

 "그게 다가 아니야."

 "뭐?"

 "그저께 밤 술집에서 있었던 일을 생각해 봐. 두 사람은 지금쯤 깁스를 하고 있을 거야."

 "그래서 마이클이 나를 감시할 사람을 두 명 더 보낸 거로군.

그러면 난 어떻게 되는 거지?"

"지금 그자들보다는 낫겠지."

모네티의 육촌 형제가 다시 시선을 내리깔았다.

"원칙적으로……."

그는 기침을 두 번 했고 코를 따라 눈물이 흘러내렸다. 그는 이제 코를 긁지 않았다.

"원칙적으로 당신이 말한 대로 가서 사실을 이야기하겠어."

"그게 바로 예비 심문 제도야."

그가 다시 고개를 들었다.

"뭐라고?"

"신경 쓸 것 없어."

내가 말했다.

인터폴: 현대판 메두사 사건
Interpol: The Case Of The Modern Medusa

에드워드 호치 _ Edward D. Hoch

  에드워드 호치는 지난 삼십 년간 단편만 써서 생계를 유지해 온 미스터리 작가 중에서도 가장 경이로운 존재이다. 그는 850편에 달하는 범죄 소설과 미스터리 물 그리고 서스펜스 물을 발표했으며, 이 중 상당수가 《엘러리 퀸 미스터리 매거진》에 실렸다. 그는 1970년대 중반 이후로 이 잡지와 아주 친숙한 작가가 되었다. 그는 미국 미스터리 작가 협회의 회장을 지냈으며 2001년에 '그랜드 마스터 상'을 받았고 1968년에는 최고의 단편에 수여하는 '에드가 상'도 받았다. 그는 뛰어난 명시선집과 작품집을 편집했으며, 그러면서도 시간을 내 한두 편의 소설을 썼다. 그는 매년 열리는 「부체콘 미스터리 대회」에 귀빈으로 참석하며 이 경선에서 최고의 단편에 수여하는 '앤터니 상'을 받기도 했다. 2001년에는 이 대회의 종신 공로상을 받았으며 2000년에는 미국 사설탐정 작가 협회의 종신 공로상인 '아이 상'을 받았다. 그가 쓴 모든 작품에는 관대함과 지성 그리고 재치가 넘친다. 그는 아내인 페트리샤와 함께 뉴욕 주의 로체스터에서 산다.

그녀는 메두사 분장을 하기에는 너무 아름다웠다. 몸을 비비 튼 플라스틱 뱀들이 매달린 끔찍한 가발을 뒤집어써야 했으니 말이다. 그레트헨은 거울에 비친 자신의 모습을 응시했다. 처음 돌리 먼에게 고용되기까지 일련의 사건을 생각하면 아직도 의아할 뿐이었다. 그때 그녀가 입장할 시간을 알리는 벨 소리가 났다.

그레트헨이 바닥에 달린 뚜껑 문을 통해 무대에 등장하면 인공 안개구름이 그녀의 모습을 그럴싸하게 덮어 주었다. 안개가 걷혀 그녀의 모습이 드러나면 관객들은 매번 감탄사를 토해 냈다. 그러면 페르세우스 역을 맡은 토비가 칼과 방패를 들고 앞으로 나와 그녀를 쳤다. 신화의 내용과 똑같지는 않지만 관광객이 대부분인 관객들은 재미있어 하는 듯했다.

토비가 그녀를 치기 위해 칼을 치켜들었을 때 그레트헨은 딴 생각을 하고 있었다. 그녀는 극동 지역으로 가는 전세기 안에서 벌어진 흥겨웠던 파티를 추억했다. 그러나 그녀의 기억을 주로 지배하는 것은 금에 관련된 부분이었다. 포기하기에는 아까운 거래였지만 그녀는 이미 마음의 결정을 내린 터였다.

토비는 이미 수도 없이 공연한 각본대로 그녀를 소용돌이치는 안개 속으로 밀어 넣은 뒤에 그곳에 숨겨져 있던 메두사의 가짜 머리를 집어 들었다. 피 흘리는 머리를 본 관객들은 늘 숨을 죽였다. 그날도 예외는 아니었다. 한편 그레트헨은 손으로 더듬어 뚜껑 문을 찾아 열었다. 관객들이 박수갈채를 보내고 토비가 허리를 굽혀 인사하는 동안 그녀는 사다리를 타고 아래층으로 내려갔다.

그레트헨은 한 시간 뒤에 그곳에서 발견되었다. 그녀는 사다리 발치에 쓰러져 있었고 메두사 가발은 바로 옆에 떨어져 있었다. 그녀의 목은 칼인 듯한 것에 의해 야만적으로 베어져 있었다.

《헤럴드 트리뷴》의 파리판 영자 신문에 이런 짤막한 광고가 실렸다.

"'신화 페어'에서 새 메두사 역을 구합니다. 사서함 X-45번으로 응모 바랍니다."

로라 샤메가 그 광고를 두 번 읽은 뒤에 이렇게 물었다.

"세바스찬, 신화 페어가 뭐하는 곳이죠?"

"흥미로운 질문인걸. 국장님도 궁금해하실 것 같은데. 오토 돌리먼이라는 스위스인이 2년 전쯤 제네바에서 문을 열었어. 표면적으로는 순전히 관광객을 즐겁게 해 주기 위한 공연이지만, 이면에 무언가가 좀 더 있는 것 같아."

세바스찬 블루가 의자에 앉은 채로 몸을 돌려 대답했다.

두 사람은 파리 교외 생클루에 있는 인터폴 본부 꼭대기 층 세바스찬의 사무실에 있었다. 그날은 번역부에 근무하는 여직원들이 달력의 날짜를 무시하고 마지막으로 한 번 더 여름 원피스를 입고 나온 날이었다. 국장이 그녀를 세바스찬과 한 팀으로 만들어 주기 전에는 로라 자신도 번역부에서 일했었다. 세바스찬은 런던 경찰청에서 일한 경력이 있는 중년의 영국인으로 두 사람은 지구촌에서 벌어지는 항공 범죄를 수사했다.

"예전의 메두사 역한테 어떤 일이 있었던 거죠?"

로라가 세바스찬에게 물었다.

"그 여자는 그레트헨 슈펭글러라는 서독 항공의 스튜어디스였어. 이주일 전에 살해됐을걸."

"잘됐어요. 내가 그 여자의 후임자가 되겠어요! 전에도 이런 일을 한 적이 있거든요!"

세바스찬이 책상 너머에 있는 로라에게 미소를 지어 보였다.

"국장님 탓이야. 그분의 아이디어였어. 그레트헨은 국제적인 마약 조직의 일부인 금 밀수단의 핵심 연결책이었던 것 같아."

"나한테 털어놓는 게 좋을걸요. 내가 신화 페어에서 그 여자 후임자가 될 생각이니까요."

로라가 붉은빛 나는 긴 금발 머리를 뒤로 넘기며 말했다.

"폭력단이 소유한 상당한 액수의 돈이 카지노 영수증을 위조해서 스위스 은행으로 들어간 것 같아. 그 돈은 국제 금시장에서 금을 사들이는 데 사용되었고, 그렇게 해서 생긴 금이 스위스에서 극동 지역으로 밀반출됐다고. 그곳에서 그 금은 모르핀의 주원료와 헤로인을 만들 생 아편을 사는 데 쓰였어. 그 다음에는 헤로인이 미국으로 밀수되어 전 세계로 유통된 거지."

"그런데 그레트헨 슈펭글러가 어떻게 금을 밀수한 거죠?"

"인터폴의 추측에 의하면, 비행기 승객들이 먹을 뜨거운 음식을 나르는 커다란 금속 식기 속에 금을 숨겨 이동시킨 것 같아. 그런 곳에 숨기려면 당연히 스튜어디스의 협조가 있어야 하지. 그래야 금이 우연히 노출되는 일이 없으니까. 그레트헨은 비행 사이 남는 시간에 오토 돌리먼이 소유한 제네바의 신화 페어에서 일했고, 인터폴은 돌리먼이나 신화 페어와 관련된 다른 누군가가 금 밀수 때문에 그녀를 채용했다고 보고 있어. 우리가 그레트헨에게 너무 가까이 접근했기 때문에 그 여자가 살해되었을 가능성이 높아."

"내가 인터폴 소속 경찰인 걸 알면 그 사람들이 날 얼마나 뜨겁게 환영해 줄지 기대가 되는걸요. 내가 뱀을 흔들어 대는 동안 당신은 무얼 하고 있을 거죠?"

로라가 고개를 끄덕인 후에 이렇게 물었다.

"당신에게서 멀리 떨어져 있지 않을 거야. 그런 일은 절대로 없을 거라고."

세바스찬이 약속했다.

제네바는 대조적인 도시이다. 스위스에서도 규모가 작은 편에 속하지만 세계적인 교통의 중심지이자 국제 적십자사와 세계 교회 협의회 외에도 유엔 산하 여섯 개 기구의 본부가 있는 곳이기도 하다. 이처럼 세계적인 분위기를 반영하듯 공항은 사람들로 북적였다. 로라 샤메는 막 도착한 목사 대표단 일행 속에 갇혔다.

마침내 로라는 힘겹게 택시 승강장으로 나아가서 기사에게 신화 페어의 주소를 내밀었다.

"그곳으로 관광객들을 엄청나게 실어 날랐죠. 당신도 관광객인가요?"

택시 기사가 그녀의 모습을 보고 프랑스어로 말을 건넸다.

"아니요. 일자리를 찾아서 왔어요."

"프랑스인이시죠?"

거울을 통해 택시 기사와 로라의 눈이 마주쳤다.

"프랑스계 영국인이에요. 왜 그러시죠?"

"그냥 궁금해서요. 전에 그 여자는 독일인이었거든요."

"그 여자에게 무슨 일이 있었나요?"

"살해되었어요. 얼마나 끔찍한 일인지 몰라요. 손님처럼 사랑스러운 여자였는데 말이에요."

"누가 죽였나요?"

"경찰도 모른대요. 미친 사람 소행인 것 같아요."

기사는 더 이상 말이 없었다. 마침내 그가 제네바 호수를 굽어보며 서 있는 거대한 낡은 저택 앞에 그녀를 내려 주었다. 대부분 포장된 앞마당은 주차 구역으로 구분되어 있었고 입구 주변에는 텅 빈 녹색 대형 관광버스가 서 있었다. 로라가 기사에게 돈을 건네고 계단을 올라 열린 문으로 들어갔다.

로라는 표 판매인으로 보이는, 날씬한 체격에 잿빛 머리칼의 여인을 처음 만났다.

"4프랑입니다."

여자가 프랑스어로 말했다.

"새 메두사 역을 찾는다는 광고를 보고 왔어요. 인터뷰를 하려면 이리로 오라고 들었거든요."

"아, 그렇다면 로라 샤메 양이로군요. 잘 오셨어요. 이쪽으로 오세요."

여자는 표 판매대를 지나 신화에 나오는 여러 영웅의 초상화가 걸린 긴 복도를 따라 내려갔다. 로라는 제우스와 이아손 그리고 날개가 달린 말 페가수스도 알아볼 수 있었다.

잿빛 머리칼의 여인이 로라에게 고개를 돌리고 뒤늦게 자신을 소개했다.

"저는 헬렌 돌리먼이에요. 남편이 이곳을 운영하고 있죠."

여자가 한 손을 들어 보였다. 이 저택과 인근 지역 모두를 가리키는 듯했다.

"아름다운 곳이네요. 여기서 일하게 됐으면 좋겠어요."

로라가 말했다.

여자가 살짝 웃음을 지어 보였다.

"남편은 당신이 보낸 사진을 마음에 들어 하더군요. 우리가 원하는 적임자를 구하기가 어렵거든요. 당신이라면 가능할 것 같아요. 여기가 남편 사무실이에요."

여자가 닫혀 있는 두툼한 떡갈나무 문 앞에서 걸음을 멈췄다.

그녀는 한 번 노크한 후에 문을 열었다. 하나 있는 창문에 튼튼한 쇠창살을 설치해 놓은 무척 좁은 방이었다. 가구도 평범하고 작은 편에 속했다. 하지만 2.4미터에 이르는 넵투누스 상 때문에 멀리 떨어진 벽과 머리 숱이 별로 없는 중년 남자의 책상까지 가득 차 보이는 점이 다른 방과 달랐다.

"여보, 샤메 양이 파리에서 오셨어요."

여자가 말했다.

남자가 펜을 내려놓고 시선을 올리며 미소 지었다. 그는 야윈 얼굴에 눈처럼 창백한 피부를 하고 있었다. 미소를 지으니 그나마 조금 나아 보였다.

"아, 이렇게 먼 거리까지 와 주시다니 고맙습니다, 샤메 양! 당신이라면 완벽한 메두사가 될 것 같습니다."

"감사합니다."

로라가 그의 얼굴에서 시선을 돌려 다시 넵투누스 상을 쳐다봤다.

"제 넵투누스 상이 마음에 드시는 모양이군요."

"굉장히…… 크네요."

남자가 일어서서 넵투누스 상 옆으로 가서 섰다.

"이것은 로마의 신들 중 하나로, 지난 세기에 콤폴리라는 이탈리아인이 미켈란젤로의 모세풍으로 조각한 것입니다. 넵투누스가 들고 있는 이 삼지창은 진짜여서 상당히 날카롭습니다."

그가 조각상이 들고 있던 창을 빼서 로라에게 건넸다. 그녀는 삼지창의 창끝이 자신의 배를 겨눈 것을 보고 내심 움찔했다.

"굉장하군요. 그건 그렇고 신화 페어가 뭐하는 곳인지 설명 좀 해 주시겠어요?"

남자가 삼지창을 원래의 자리에 꽂는 것을 보고 겨우 용기를 내어 로라가 물었다.

"공연이죠. 실제 상황처럼 연출해 보이는 공연 말입니다. 이곳에서 그리스, 로마, 고대의 노르웨이와 동양 신화에 나오는 모든 신과 영웅 그리고 악마를 재연합니다. 작업실과 분장실은 아래층에 있습니다. 이 층과 위층은 소정의 입장료를 받고 대중에게 공개합니다. 사람들은 신화의 인물을 재현한 그림과 조각상 그리고 신화의 유명한 장면을 재연한 우리의 공연을 보며 즐거워합니다. 우리는 트로이의 목마로 트로이를 점령한 오디세우스, 메두사의 머리를 베는 페르세우스, 큐피드와 프시케, 미다스 왕과 아프로디테와 아도니스, 노역을 하는 헤라클레스 등 많은 볼거리를 준비하고 있습니다."

"상당히 폭력적인 내용도 등장하겠군요."

"대중은 폭력을 좋아합니다. 게다가 여신들이 가슴을 살짝 내보이면 돈을 아까워하지 않죠."

오토 돌리먼이 어깨를 으쓱해 보이며 대답했다.

"저 같은 사람이 어떻게 메두사 역에 어울릴 수 있는지 모르겠어요. 전 늘 메두사가 상당히 추하다고 생각해 왔거든요."

"사람들을 돌로 변하게 하는 건 메두사의 머리에 있는 뱀입니다. 우리는 그것도 갖추고 있죠."

그가 책상의 맨 밑 서랍을 열고 십여 마리의 플라스틱 뱀이 매달려 있는 짙은 색 가발을 꺼냈다. 돌리먼이 로라에게 그것을 건네자 뱀들이 살아 있는 것처럼 움직이기 시작했다. 로라가 흠칫하며 뒤로 물러섰다.

"살아 있어요!"

로라가 비명을 질렀다.

"그렇지는 않아요. 뱀의 머리에 작은 자석을 넣어서 가발이 움직이면 뱀의 머리가 서로 밀어내죠. 때로는 아주 그럴듯한 효과를 내는걸요. 한번 보실래요?"

돌리먼 부인이 앞으로 나가 남편의 손에서 가발을 받아 들며 말했다.

로라는 숨을 깊이 들이마신 뒤에 가발을 받아 들었다. 가발은 그녀의 머리에 잘 맞는 것 같았다. 하지만 자석 달린 뱀 때문에 상당히 무거웠다.

"이걸 얼마나 오랫동안 쓰고 있어야 하죠?"

로라가 물었다.

"한 번에 몇 분 이상 쓸 일은 없습니다. 당신은 인공 안개에 가려 있는 뚜껑 문을 열고 나타나서 토비의 칼에 맞아 죽습니다. 당신이 안개구름 속으로 다시 쓰러지면 토비가 손을 밑으로 뻗어 종이로 만든 가짜 머리를 들어올려 관객들을 숨막히게 만들죠. 메두사가 살해될 무렵 잠들어 있어야 하는 신화의 내용 그대로는 아니지만, 관객들은 이런 내용을 더 좋아하죠."

"토비라는 사람은 누군가요?"

"뭐라고요?"

"토비가 누구냐고요. 칼을 들고 등장한다는 사람 말이에요."

로라가 물었다.

"아, 토비 머천트요. 영국인인데, 정말 좋은 친구죠. 페르세우스 역을 맡는데 상당히 잘합니다. 이리 와 봐요. 어쩌면 만날 수 있을지도 몰라요."

로라는 돌리먼과 그의 아내를 따라 사무실 밖으로 나와서 거대한 저택의 익벽으로 통하는 복도를 따라 내려갔다. 그들은 저택 앞에 서 있는 녹색 버스에서 내렸음직한 관광객 무리를 지나쳐서 걸었다. 세 사람이 지나가자 검은 재킷을 입고 관광객을 안내하던 말쑥한 젊은 청년이 고개를 살짝 숙여 인사했다.

"가이드로 일하는 프레더릭이에요. 가이드와 배우 그리고 일꾼 몇을 포함해서 여기서 일하는 직원은 모두 서른네 명이에요. 물론 공연을 하는 배우들 중에는 다른 직업을 갖고 파트타임으로 일하는 사람이 많아요."

헬렌 돌리먼이 설명했다.

그들은 어느 무대 앞에서 멈춰 섰다. 막이 내려져 있는 무대 앞에 십여 명의 구경꾼들이 모여 있었다. 커튼이 갈라지자 맨 가슴을 드러내고 말의 다리와 몸통을 한 남자가 나타났다. 분장임을 알 수는 있었지만 상당히 정교해 보였다.

"켄타우루스죠. 관광객들에게 아주 인기가 높습니다. 아, 토비가 여기 있군요."

돌리먼이 말했다.

숱이 많은 검은 머리에 수염을 기른, 로라 또래로 보이는 근육질의 젊은 청년이 벽에 난 직원 전용 문에서 모습을 드러냈다. 그는 로라에게 미소 지으며 그녀를 아래위로 훑어봤다.

"이분이 내 새 메두사이신가요?"

"방금 이 숙녀 분을 고용했네. 로라 샤메 양, 토비 머천트와 인사 나누세요."

돌리먼이 두 사람을 소개했다.

"반갑습니다. 하지만 그동안은 누가 메두사 역을 했나요?"

로라가 토비의 손을 마주 잡으며 물었다.

토비 머천트가 슬픈 듯 고개를 저었다.

"아프로디테가 대신해 주었지만, 예전 같진 않았어요. 두 무대를 왔다 갔다 해야 했으니까요. 하지만 그레트헨이 비행을 하는 날은 그 여자가 일을 대신해 왔으니, 적역이긴 했죠. 그레트헨 말인데요……."

토비가 돌리먼을 힐금 쳐다본 후에 등 뒤로 숨기고 있던 종이 가방을 내밀었다.

"말해 보게."

돌리먼이 재촉했다.

토비가 마지못해 가방을 열고 피로 얼룩진 젊은 여자의 머리를 꺼냈다. 그것을 본 로라가 비명을 질렀다.

 헬렌 돌리먼이 로라에게 조용히 하라고 손짓해 보인 후에 혹시 누가 비명을 듣지는 않았는지 주변을 살폈다.

 "이건 우리가 말했던 종이로 만든 가짜 머리예요. 감정을 좀 더 잘 다스려야겠군요."

 돌리먼 부인이 재빨리 설명했다.

 "여기가 유령의 집이라도 되나요?"

 로라가 물었다.

 "아니요, 아닙니다. 이걸 이렇게 꺼낼 생각은 아니었습니다. 이 머리는 그레트헨의 얼굴을 본떠서 만든 것인데, 이제 그레트헨은 죽었고, 아프로디테의 머리를 쓸 수도 없습니다. 여기 있는 로라에게 맞는 머리를 만들어야 합니다. 그렇지 않으면 관객들의 환상이 깨질 테니까요."

 토비가 당황한 얼굴로 로라를 진정시키려 했다.

 "그건 내가 갖고 있을 테니, 그 가방을 내게 주게."

 돌리먼이 말했다.

 로라가 안도의 한숨을 내쉬었다.

 "택시 기사 말이 그레트헨이 살해되었다고 하더군요. 경찰은 살인범을 잡았나요?"

 "아니요, 아직 못 잡았어요. 하지만 관광객들 중에 성도착자가 있었던 것 같아요. 그 사람이 아래층으로 내려가서 그레트헨이 뚜껑 문에서 나오기를 기다리고 있었던 것 같아요. 내가 바로 위에 있었지만 아무 소리도 듣지 못했거든요."

"토비는 인사를 하느라 바빠서 아무 소리도 듣지 못했을 거야"
헬렌 돌리먼이 농담조로 말했다.

네 사람은 아래층으로 내려갔다. 그들이 로라에게 앞으로 사용할 분장실과 뚜껑 문으로 통하는 사다리 그리고 관객 수에 따라 그녀가 하루 대여섯 번 목이 베일 무대를 보여 주었다.

"할 수 있겠어요?"

재빨리 예행연습을 해본 후에 토비가 물었다.

"그럼요. 못할 이유가 뭐가 있겠어요?"

로라가 씩씩하게 대답했다.

그때 짙은 화장에 키가 크고 머리칼이 붉은 여자가 다가와서 무대를 쳐다보며 말했다.

"이제 마치는 게 좋겠어요. 다른 버스가 막 도착했다고요."

"이쪽은 우리의 아프로디테이자 임시 메두사였던 힐다 아론스예요."

토비가 소개했다.

힐다는 환영의 말 같은 것을 웅얼거리더니 금세 사라졌다. 로라는 신화 페어가 우정이 넘치는 일터가 아님을 금세 알아차렸다.

로라가 메두사 역을 시작한 지 이틀 만에 세바스찬 블루가 나타났다. 그는 이탈리아 관광객들과 함께 왔지만 일행과 떨어져 복도 한쪽에서 어슬렁거렸다.

"도와 드릴까요?"

검은 재킷을 입은 청년이 쾌활한 목소리로 물었다.

"그냥 둘러보고 있습니다."

세바스찬이 대답했다.

"저는 관광 가이드인 프레더릭 브라운입니다. 일행과 떨어지셨더라도 제가 주변을 안내해 드리죠."

세바스찬은 금발에 잘생긴 외모를 지닌 그 청년이 독일인 같은 인상을 강하게 풍긴다고 생각했다. 그는 삼십 년 늦게 태어난 나치 독일의 청년 단원 같았다.

"이곳의 운영자를 찾고 있습니다. 이름이 돌리먼인 것 같은데요."

"그렇다면 이쪽으로 오십시오."

오토 돌리먼이 어색한 악수로 세바스찬을 맞았다.

"무슨 불만거리가 있는 건 아니시겠죠."

"그런 건 아닙니다. 저는 파리에 있는 국제 범죄 경찰 기구에서 나왔습니다."

돌리먼의 얼굴이 더욱 하얘졌다.

"인터폴이라고요? 그레트헨의 살인 사건 때문인가요?"

"그렇습니다. 그 여자가 금 밀수 조직과 연관되었다는 단서를 잡았습니다."

"그레트헨이 금 밀수업자라고요? 말도 안 됩니다!"

"하지만 사실인 것 같습니다. 당신이 신화 페어에 그레트헨을 고용한 뒤에도 그 여자가 항공기 스튜어디스로 계속 일했다는 사실이 이상하지 않으셨습니까?"

"전혀 그렇지 않습니다. 두 직업 모두 본질적으로 파트타임으로 하는 일이니까요. 그레트헨은 주로 극동 지역으로 임시 운항되는 전세기에서 일했습니다. 여기서는 물론 휴가철이나 주말에 주로 일했고요."

"공연에서 그 여자를 대신할 사람은 구하셨나요?"

"바로 그제 프랑스 여자를 고용했습니다. 이제 다음 공연이 있을 시간이 거의 다 됐군요. 한번 보시겠습니까?"

"좋습니다."

세바스찬은 그와 함께 공연장으로 통하는 복도를 따라 내려갔다. 복도에 줄을 지어 늘어선 작은 무대에서는 신화에 나오는 멋진 광경들이 재연되고 있었다. 수염을 기른 제우스가 판지로 만든 번개를 내던지는 모습을 본 후에 두 사람은 메두사 공연이 있는 곳으로 갔다.

"저 사람이 토비 머천트로 페르세우스 역을 연기합니다."

돌리먼이 설명했다. 그는 메두사를 칼로 베는 전설에 걸맞게 짧은 토가 차림에 칼과 방패를 들고 있었다. 그는 숨겨져 있는 파이프에서 뿜어져 나오는 인공 안개 사이를 헤치며 머리에 뱀이 달린 괴물을 찾는 연기를 해보였다. 그러자 안개 속에서 뚜껑 문을 열고 여자가 나타났다. 세바스찬은 로라가 짧은 치마를 입었을 때 특히 사랑스러워 보인다고 생각했다. 머리에 매달린 뱀이 꿈틀거리며 사실성을 더해 주었지만 그 점만 아니라면 로라는 그럴듯한 괴물과는 거리가 멀어 보였다.

토비 머천트가 자신의 몸 앞쪽을 방패로 가린 채 칼을 마구 휘둘렀다. 그는 분명 그녀 가까이도 가지 않았지만 로라는 숨을 헐떡이며 안개 속으로 쓰러졌다. 토비가 손을 아래로 내리더니 피투성이 머리를 집어 들었고 관객들의 숨 막히는 탄성이 터져 나왔다.

"죽은 그레트헨의 후임입니다. 그레트헨은 뚜껑 문을 열고 내려오다 사다리 밑에서 기다리던 사람과 맞닥뜨린 것 같습니다. 한 시간쯤 뒤에 힐다가 그레트헨을 발견했죠."

돌리먼이 속삭이는 목소리로 설명했다.

"관객들이 모두 지켜보고 있는데 토비가 실제로 그녀를 죽이는 게 가능할까요?"

돌리먼이 고개를 저었다.

"그 점은 경찰이 낱낱이 조사했습니다. 목에 그 정도의 부상을 입으면 즉사하게 마련입니다. 그러니 뚜껑 문을 열고 사다리를 내려오는 건 불가능합니다. 게다가 관객들도 그 광경을 보았을 테고요. 무대에는 피 한 방울도 떨어지지 않았습니다. 그레트헨이 피를 많이 흘렸는데도 말입니다. 게다가 토비의 칼은 가짜입니다."

"저 안개가 피를 씻어 내린 건 아닐까요."

"아닙니다. 누가 그레트헨을 죽였는지는 모르지만 토비는 아닙니다. 밑에서 기다리고 있던 사람입니다."

"경찰 보고서에는 칼로 보이는 무기로 살해되었다고 쓰여 있던걸요."

"불행히도 이 건물 안에는 크기와 모양이 다양한 칼이 쉰 점가량 있습니다. 일부는 토비의 것처럼 가짜이지만 진짜 칼도 있습니다."

"새 메두사와 이야기를 나누고 싶은데요."

세바스찬이 말했다.

"물론입니다. 불러 드리죠."

잠시 후에 로라가 나타났다. 뱀은 온데간데없고 로라는 메두사 의상 위로 긴 가운을 걸치고 있었다. 세바스찬이 두 사람만 이야기를 나눌 수 있는 복도 아래쪽을 가리켜 보였다.

"어떻게 되어 가?"

"끔찍해요. 그 바보 같은 곡예를 하루에 다섯 번씩 연기해야 해요. 어제는 뚜껑 문을 열고 내려갔더니 프레더릭이라는 가이드가 밑에서 기다리고 있다가 내 다리를 잡지 뭐예요. 내가 다음 희생자가 되는 줄 알았다니까요."

로라가 고충을 털어놨다.

"그래?"

"하지만 악의는 없는 것 같았어요. 내가 쫓아내자 달아났어요. 언제까지 여기 있어야 하는 거죠?"

"우리가 무언가 찾아낼 때까지. 금 밀수와 관련해서 당신에게 접근한 사람 없었어?"

"어제 아침을 먹으며 전에 항공기 스튜어디스로 일한 적이 있다는 말까지 했는데, 아무도 없었어요. 그 금 밀수꾼들이 다른 방법을 찾아낸 모양이에요. 뭔지는 모르지만 말이에요."

로라가 고개를 저으며 설명했다.

두 사람이 거의 오토 돌리먼의 사무실 앞까지 왔을 때, 토비 머천트가 갑자기 사무실에서 달려 나왔다.

"돌리먼 봤어? 사무실에도 없고, 아무리 찾아도 찾을 수가 없어."

토비가 로라에게 물었다.

"공연장 옆에서 헤어진 지 오 분도 채 안 됐는걸."

"고마워."

토비는 이렇게 말한 후에 서둘러 그쪽으로 달려갔다.

"꽤 흥분한 얼굴인데."

세바스찬이 말했다.

"늘 저래. 하지만 좋은 사람이야."

로라가 말했다. 두 사람은 돌리먼 사무실의 열린 문 앞에서 걸음을 멈췄다. 세바스찬이 물었다.

"돌리먼이 금 밀수업자 같지는 않아? 그 사람 모르게 이 모든 일이 일어나는 게 가능할까?"

"그렇지는 않은 것 같아. 하지만 만일 배후에 돌리먼이 있다면, 온갖 나쁜 평판을 감수하고 자기 건물 안에서 그레트헨을 죽였을까?"

"요즘은 나쁜 평판이 오히려 인기를 부르는 세상이야. 살인이 벌어지고 나서 오히려 관객이 늘었을걸."

그 순간 오토 돌리먼이 서둘러 복도를 따라 달려오는 모습이 보였다.

"실례합니다. 중요한 전화를 할 일이 있어서요."

그가 말했다.

그와 함께 온 토비가 그를 따라 사무실로 들어가려 했으나 돌리먼은 육중한 떡갈나무 문을 닫아 버렸다. 토비는 세바스찬과 로라에게 어깨를 으쓱해 보인 후에 돌아갔다.

"지금 이 소동은 또 뭐죠?"

로라가 큰 소리로 물었다.

"그걸 알아내는 게 당신 임무야."

세바스찬이 로라의 임무를 상기시켰다.

두 사람은 닫힌 사무실 문에서 몸을 돌려 막 그곳을 떠나려 할 때 안에서 이상한 소리가 났다. 처음에는 날카로운 비명이 울려 퍼졌다가 숨을 헐떡이는 소리 같은 게 이어졌다.

"무슨 일이죠?"

로라가 물었다.

"이리 와, 안에서 무슨 일이 벌어진 것 같아!"

세바스찬이 사무실 문을 열고 안으로 들어갔다.

오토 돌리먼은 작은 사무실 한가운데에 몸을 쭉 뻗은 채 누워 있었다. 그는 눈을 번히 뜨고 천장을 응시하고 있었다. 넵투누스 상에 들려 있던 삼지창이 그의 배에 꽂혀 있었다. 그는 죽은 게 틀림없었다.

"이럴 수가, 세바스찬!"

로라가 숨을 헐떡이며 간신히 말했다.

세바스찬이 허리띠의 권총집에서 권총을 뽑아 들었다.

"문간에 서 있어. 살인자가 아직 방 안에 있는 게 틀림없어."

세바스찬이 경고했다.

그의 눈이 철망을 두른 채 조금 열린 창문에서 물건들이 어지럽게 널려 있는 책상 그리고 그 옆의 넵투누스 상 쪽으로 움직였다. 그런 다음 그는 조심스럽게 뒤로 물러나서 문 뒤를 살폈다. 그러나 아무도 없었다.

오토 돌리먼의 시체뿐 방 안에는 아무도 없었다…….

"있을 수 없는 일입니다. 우리가 내내 문밖에 있었고, 아무도 들어가거나 나오지 않았습니다. 돌리먼이 사무실 안으로 들어갔을 때 살인자는 책상 뒤에 숨어 있었던 것 같은데, 어떻게 밖으로 나간 걸까요?"

경찰이 또 신화 페어로 출동해 사진을 찍고 질문을 퍼붓자 세바스찬 블루가 이렇게 말했다.

"창문일까?"

그는 창문을 다시 살펴봤지만 그쪽으로 나가는 건 불가능했다. 창문이 몇 센티미터 열려 있긴 했지만 쇠창살은 나사로 견고하게 고정되어 있었고 손을 댄 흔적도 없었다. 게다가 열린 틈은 세바스찬의 손가락 두 개가 겨우 들어갈 정도밖에 안 됐다. 창문은 건물 뒤의 잔디밭에 면해 있었고 1.5미터 아래쪽으로 자갈길이 있었다. 그 쇠창살은 도둑을 방지하기 위해 설치한 것임에 틀림없었다.

"여긴 아무것도 없어. 이건 있을 수 없는 범죄야. 방문이 실제로 잠겨 있진 않았지만, 닫혀 있는 방 안에서 사람이 혼자 살해되다니."

세바스찬이 말했다.

"런던 경찰청에서 늘 이런 일을 다뤘을 것 같은데요."

"책에서만 봤어."

그가 시체가 누워 있던 자리에 서서 눈살을 찌푸렸다. 그러다가 넵투누스 상을 올려다봤다.

"화살이라면 이 쇠창살 사이를 통과할 수 있어요. 율리시스의 촌극에 나오는 화살을 사용한 것 같아요."

로라가 창문을 주의 깊게 살펴보며 말했다.

"하지만 돌리먼은 화살로 살해되지 않았어. 방 안에 있던 삼지창으로 살해됐다구."

세바스찬이 로라에게 말했다. 그는 삼지창을 주의 깊게 살펴본 후에 경찰에 넘겼다. 창 자루에 살짝 긁힌 자국이 있을 뿐 이상한 점은 전혀 없었다. 지문조차 없어, 자살일 가능성조차 염두에 둘

여지가 없었다.

"어떤 고안물, 위장된 기계 같은 걸로 그가 사무실에 들어오자마자 죽인 게 아닐까요."

로라가 잠시 후에 자신의 생각을 밝혔다.

"거대한 고무밴드 같은 거 말이야? 하지만 그는 살인자가 덮치기 전에 몇 분 동안 사무실 안에 있었다고. 기억은 나지? 게다가 그런 기계가 있었다 해도 지금 이렇게 아무 흔적도 남아 있지 않은 건 말이 안 돼."

세바스찬이 킬킬거리며 반박했다.

"비밀 통로? 이 집에는 바닥 여기저기에 뚜껑 문이 있다고요."
"경찰이 샅샅이 뒤졌어. 아니야, 그게 아니야."
"그럼 대체 어떻게 된 거죠?"

세바스찬이 넵투누스 상의 평온한 얼굴을 올려다봤다.

"조각상이 살아나서 그를 죽였다는 것 말고는 답이 없어. 어쨌든 토비 머천트와 이야기를 좀 해봐야겠어."

세바스찬이 몸을 돌려 문 쪽으로 갔다.

토비는 프레더릭과 힐다와 이야기를 하고 있었고 다른 사람들은 아래층 분장실에 있었다. 로라가 세바스찬 블루가 자신만 불러내 질문한 그럴듯한 이유를 생각해 내려 애쓸 때 세바스찬이 토비를 한쪽으로 불러냈다.

"좋아요, 토비. 이제 게임은 그만둘 때가 됐어요. 두 사람이 죽었고 돌리먼이 세상을 떠나면서 당신도 어쨌든 일자리를 잃게 됐어요. 이 사건에 대해 아는 대로 말해 봐요."

"맹세코 아무것도 없습니다!"

"하지만 당신은 돌리먼이 살해되기 직전에 그 사람을 찾았어요. 당신이 돌리먼에게 무슨 말인가 했기 때문에 돌리먼이 전화를 하러 서둘러 사무실로 들어간 거구요."

"맞습니다……. 당신에게는 이야기를 해야겠지요. 우연히 그레트헨의 죽음에 관한 정보를 입수했습니다. 돌리먼이 알아야 하는 일이었죠."

토비 머천트가 머뭇거리다 결국 입을 열었다.

"그런데 이제 그가 죽었으니, 내가 알아 둬야겠군요."

토비는 잠시 더 망설였다.

"힐다 아론스에 관한 일입니다. 힐다가 그레트헨이 쓰던 물건을 뒤지는 걸 봤거든요. 분명히 뭔가 찾고 있는 것 같았어요."

세바스찬이 토비의 어깨너머로 붉은 머리칼의 키 큰 여자를 응시했다. 그녀는 두 사람을 뚫어지게 쳐다보고 있었다.

"그래서 그 사실을 오토 돌리먼에게 알렸나요?"

토비가 고개를 끄덕였다.

"그분이 의심스러운 일이 있는지 주의해서 보라고 우리에게 부탁했었거든요. 제가 힐다에 대해 한 말이 그분이 이미 알고 있는 어떤 사실과 일치하는 것 같았습니다. 돌리먼이 곧 전화를 해야겠다고 그랬거든요."

"하지만 분명 경찰에 알리지는 않았습니다. 돌리먼은 나를 그냥 지나쳐서 사무실로 들어갔으니까."

"그분은 외부인을 믿지 않는 것 같았습니다. 어떨 때는 아내만 믿는 것처럼 행동했으니까요."

"헬렌 돌리먼이 보이질 않네요?"

세바스찬이 물었다. 그는 경찰이 도착하기 전에 그녀와 이야기를 몇 마디 나눈 게 전부였다.

"돌리먼 부인은 자기 사무실에 있을 겁니다. 익벽 저쪽 2층에 방이 있죠."

세바스찬이 도착했을 때 헬렌 돌리먼은 사무실에 혼자 있었다. 그녀는 짐 가방을 챙기느라 바빴다. 많이 울었는지 그녀의 눈이 붉게 물들어 있었다.

"떠나시려고요?"

"제가 여기 남아 있을 이유가 뭐가 있겠어요? 경찰이 이제 이곳에 영업 정지 명령을 내릴 거예요. 그렇지 않다 해도 두 사람이나 살해된 이 집에는 단 하룻밤도 더 있고 싶지 않아요. 범인이 남편을 죽였으니, 다음 차례는 제가 될지 누가 알겠어요."

헬렌 돌리먼이 말했다.

"남편이 살해된 이유에 대해 짐작 가는 점이 있으세요?"

작은 여인이 눈가로 흘러내린 머리칼을 쓸어 넘겼다.

"그 여자가 죽은 것과 같은 이유겠죠."

"어떤 이유죠?"

"금이오."

"맞아요, 금 때문입니다. 그 일에 대해 뭘 좀 아시나요?"

"일년 전쯤 남편이 작은 금괴를 갖고 있던 사람을 잡은 일이 있었어요. 남편은 그 사람을 그 자리에서 해고시켜 버렸죠. 하지만 그 일에 관련된 사람이 또 있을 거라는 의심은 지울 수 없었어요."

"그레트헨 슈펭글러 말입니까?"

"그래요. 그레트헨이 죽기 전에 돌리먼에게 일을 그만두겠다고 말했대요."

"토비가 그러는데, 힐다 아론스가 그레트헨이 죽은 후에 그녀의 소지품을 뒤졌다고 하더군요. 그래서 돌리먼에게 그 사실을 알렸다구요."

"남편이 그 문제를 나와 상의했어요. 우리는 힐다를 해고할 생각이었어요."

헬렌이 고개를 끄덕이며 말했다.

"그래서 힐다가 돌리먼을 죽였을까요?"

"절망적인 상황이었다면 그랬을지도 몰라요."

"돌리먼은 살해되기 직전에 그 문제에 대해 누군가와 통화를 하려 한 것 같아요."

"그랬을 수도 있죠."

헬렌은 그럴 수도 있을 거라는 듯 어깨를 으쓱해 보였다.

세바스찬은 헬렌에게서 더 이상 알아낼 게 없다고 판단했다. 그는 헬렌의 사무실에서 나와 로라를 찾으러 갔다.

로라는 계단 발치에서 프레더릭 브라운과 이야기를 하고 있었다. 그러나 세바스찬이 다가가자 금발 머리의 그 관광 안내원은 자리를 피했다.

"무슨 일이야?"

"그가 아직도 날 쫓아다니고 있어요. 신화적인 용어를 쓰는 절망한 판(그리스 신화의 목신.—옮긴이)같아요."

로라가 어깨를 으쓱해 보이며 대답했다.

세바스찬이 몸을 돌려 건물 뒷문으로 빠져나가는 청년을 향해 인상을 썼다. 그러고는 말했다.

"빨리 움직여야겠어. 헬렌 돌리먼이 이곳의 문을 닫고 떠나려고 해. 일단 사람들이 떠나고 나면 이 사건의 진상은 영원히 밝혀내지 못할 거야."

"하지만 어떻게 해야 진상을 밝혀 낼 수 있을까요, 세바스찬? 벌써 두 사람이나 죽었고 그중 한 사람은 있을 수도 없는 상황에서 목숨을 잃었는데 말이에요."

"하지만 성과도 있어. 그레트헨이 죽으면서 비행기를 통한 밀수도 막을 내린 게 분명해. 하지만 살인자는 아직 여기, 신화 페어에 있어. 그자가 돌리먼까지 죽인 걸로 봐서 그런 것 같아. 나는 그 순간 살인자가 두 사람이 아닐 거라는 걸 깨달았어. 그러면 우린 어떻게 해야 할까? 금 밀수업자들은 아직 활동하고 있어. 하지만 비행기를 이용하진 못해. 그 자들은 금을 옮길 새로운 통로를 찾았을 거고, 우리도 그걸 찾아야 해."

"내가 찾아내겠어요."

로라 샤메가 단언했다. 그녀는 한 무리의 관광객이 다가오는 것을 보며 갑자기 좋은 방법을 생각해 냈다.

이맘때는 밤이 일찍 찾아온다. 오후 6시가 조금 지나자 멀리 있는 알프스 산맥 너머로 해가 저물었다. 관광객들이 아직 대 저택의 내부를 살펴보고 있을 때 로라는 뒷문으로 빠져나가 돌리먼의 사무실 창문 밑으로 난 자갈길을 따라 걸었다. 그녀는 녹색 관광버스가 아직 서 있는 포장된 주차 구역 끝으로 나왔다.

신화 페어가 정말로 문을 닫는다면 금 밀수업자들이 남은 금을 빨리 처분할 터였다. 이 관광버스에 대한 그녀의 추측이 옳다면 사방이 어두워지면서 흥미로운 광경을 보게 될지 몰랐다.
 로라가 컴컴한 나무 그늘 속에 이십 분가량 서 있을 때, 건물 한쪽 모퉁이에서 양손에 묵직해 보이는 짐을 든 버스 운전사가 나타났다. 그는 버스 옆에서 걸음을 멈추고 짐칸을 열었다. 하지만 짐을 싣지는 않았다. 대신 짐칸 바닥의 어떤 부분을 들어올린 후에 가방을 밖으로 꺼냈다.
 로라가 재빨리 그늘에서 나와 운전사의 뒤로 다가갔다.
 "저 안에 뭐가 있죠?"
 운전사가 로라의 목소리를 듣고 급히 몸을 돌렸다. 그는 나지막이 욕을 퍼부으며 짐칸의 문이 닫히지 않게 받쳐 놓은 쇠 막대를 잡았다. 문이 탁 소리를 내며 닫히는 동시에 운전사가 막대를 치켜들고 그녀에게 다가왔다. 로라는 몸을 숙여 그의 배를 강타한 후에 그의 손목을 잡고 재빠른 유도 솜씨로 사내를 집 옆 관목 더미 속으로 내던졌다.
 그가 정신을 차리려 애쓰는 동안 로라는 그가 옮기던 물건의 포장을 벗겼다. 캄캄한 어둠 속에서도 번쩍이는 금의 광채를 확인할 수 있었다.
 그때 발소리가 들리며 건물 모퉁이를 돌아 또 한 사람이 나타났다. 토비 머천트였다. 로라는 자리에서 일어나 서둘러 그에게 달려갔다.
 "토비, 버스 기사가 금괴를 갖고 있었어. 짐칸 밑에 숨기려 했다고."
 "뭐라고?"
 토비가 로라를 따라 급히 관목 쪽으로 왔다.

"토비, 이 사람은 내가 지키고 있을게. 가서 세바스찬 블루라는 영국인을 데려와."

버스 운전사가 일어나려고 기를 쓰고 있을 때 토비가 로라에게서 몸을 반쯤 돌렸다.

"아, 그 사람을 부를 필요는 없을 것 같아."

"아니야, 그 사람을 불러야 해! 그 사람은 인터폴 소속 경찰이야. 나도 그렇구."

"그것 참 흥미로운 사실이군. 하지만 이미 냄새를 맡았지."

토비가 이렇게 말하며 다시 로라 쪽으로 몸을 돌렸다. 이제 그의 손에는 총이 들려 있었다.

"아무 소리도 내지 마, 내 사랑. 그렇지 않으면 그레트헨과 돌리먼처럼 이 세상을 하직하게 될 거야."

"난……"

"건터, 이 여자를 묶고 재갈을 물려. 만약의 경우를 대비해서 여자를 짐칸에 싣고 가야겠어."

토비가 운전사에게 지시했다.

로라는 그의 거친 손이 자신의 손목을 등 뒤로 낚아채는 걸 느꼈다. 그때 갑자기 주차장 위쪽에서 여러 개의 등이 일제히 환하게 켜졌다. 토비는 빙빙 돌며 겨냥도 하지 않고 총 한 발을 발사했다. 버스 운전사가 로라의 손을 놓고 달아나는 순간 답례의 총성이 울렸다. 운전사가 비틀거리다 쓰러졌다.

"토비, 총을 내려놔. 널 죽일 생각은 없어."

환한 빛 뒤쪽 어딘가에서 세바스찬의 외침이 들렸다.

토비 머천트는 머뭇거리며 상황을 저울질하다 결국 총을 떨어뜨렸다.

얼마 뒤에 로라는 세바스찬에게서 자초지종을 들을 수 있었다. 그들은 토비 머천트를 그 지역 경찰에 넘기고 버스 운전사는 병원으로 후송한 뒤에 차를 몰고 공항으로 향했다.

"어떻게 그렇게 결정적인 순간에 나타날 수 있었던 거죠? 내가 관광버스를 의심하고 있다는 말도 하지 않았는데 말이에요."

로라가 물었다.

"꼭 말을 해야 아는 건 아니니까. 난 나름대로 토비가 의심스러워서 그를 감시하고 있었어. 나는 토비가 버스 운전사와 만나 은닉 장소에서 금괴를 넘겨주는 걸 봤어. 토비가 당신에게 총을 겨누는 걸 보자마자 주차장의 등을 모두 켰고, 그때 총격이 시작된 거야. 양쪽 모두에게 다행스럽게도 토비는 얼마나 많은 총이 자신을 겨누고 있는지 알지 못했고, 그래서 항복을 한 거지."

"그런데 토비가 밀수와 관련이 있다는 건 어떻게 알았어요?"

"그건 몰랐어. 하지만 토비가 두 건의 살인을 저질렀을 거라는 확신이 들었어. 그래서 후보 명단 맨 위에 올려놨었지."

"방 안에서 오토 돌리먼을 죽인 범인이 토비이긴 하지만 어떤 방법을 쓴 거죠?"

"비밀 통로와 투명 인간이 존재할 가능성을 배제한다면, 유일한 방법은 한 가지뿐이야. 삼지창 자루에 난 긁힌 자국 기억해? 토비는 돌리먼이 들어오기 전에 사무실에 들어가서 넵투누스 상에서 삼지창을 빼낸 뒤에 창문의 쇠창살 사이에 삼지창의 자루를 찔러 넣은 거야. 창문이 몇 센티미터 열려 있었던 것 기억하지? 그래서 삼지창의 뾰족한 날 부분이 사무실 안에 있고 자루 부분은 창문 밖으로 뻗어 나가 있었던 거야."

"그 다음에 토비가 핑계를 대서 돌리먼을 그 사무실에 들어가도록 한 거야. 아마도 그에게 무언가 급히 필요하다며 전화를 걸게 만들었겠지. 토비는 건물을 빠져나가 건물 바로 바깥쪽에 있는 자갈길로 가서 창문에서 돌리먼을 겨눈 거지. 돌리먼은 삼지창이 쇠창살에 꽂혀 있는 걸 보고 무슨 일인지 살펴보러 다가갔겠지. 아니면 토비가 삼지창이 쇠창살에 꽂혀 있다며 돌리먼을 창가로 불렀을지도 몰라. 어쨌든 돌리먼은 창가로 갔고 토비가 삼지창으로 그의 배를 찌른 거야. 그 다음에 삼지창 자루를 철망 사이로 끝까지 밀어 넣어 방 안에 있던 사람이 돌리먼을 죽인 것처럼 위장한 거야."

"하지만 굳이 닫힌 방 안에서 그를 죽인 이유가 뭘까요?"

"반드시 그럴 생각은 아니었을 거야. 토비 자신은 방에 들어가지 않고 돌리먼만 들어간 걸 우리가 봤으니까, 자신을 위한 알리바이를 만들기 위해서였겠지. 토비는 우리가 문밖에 있다가 돌리먼이 죽어 가는 소리를 들을 것까지 예상하진 못했어. 돌리먼이 살해된 방법을 잘 따져 보고 나니까, 범인은 토비일 수밖에 없었어. 우리는 토비가 사무실에서 나오는 걸 봤어. 그리고 살인자는 삼지창을 철망 사이에 끼우는 등 죽일 준비를 하기 위해 먼저 사무실에 들러야 했고, 삼지창이 창문에 오랫동안 꽂혀 있으면 들킬 위험이 있으니까, 토비가 즉시 돌리먼을 사무실로 들어가도록 한 거야.

그런데 바로 그 대목에서 토비는 엄청난 실수를 저질렀어. 토비가 사무실에서 빠져나오는 광경을 우리에게 들키자 할 말이 있어서 정신없이 돌리먼을 찾는 것처럼 연기한 거지. 나중에 내가 무슨 일이냐고 묻자 토비는 그럴듯한 거짓말을 꾸며 내야 했어. 바로 힐다가 그레트헨의 소지품을 뒤지는 걸 봤다고 돌리먼에게 말했다는 거짓말이었지. 난 그 말이 사실인지 의심스러웠고 관광 안내를 하는 당신 친구 프레더릭이 관련됐을 지 모른다고 생각했지. 하지만 나중에 헬렌 돌리먼이 남편과 힐다 문제를 의논했다고 하지 뭐야."

"그러니까 토비가 그보다 훨씬 전에 돌리먼에게 그 일을 알렸을 거라는 거죠."

로라가 말했다.

"바로 그거야. 돌리먼이 아내와 그 문제에 대해 상의할 만큼 오래전에 이야기한 거지. 그리고 토비가 돌리먼을 사무실로 가게 한 이유를 꾸며 댔다면, 그자가 삼지창을 준비해 뒀다가 돌리먼을 죽였을 거라고 생각한 거지."

"그레트헨은 어떻게 된 거죠?"

"그레트헨은 금 밀수에서 손을 떼고 싶어 했어. 그래서 토비가 그녀를 죽일 수밖에 없었던 거지. 그레트헨이 너무 많은 사실을 알고 있으니까. 내 생각에는 돌리먼이 토비가 그레트헨을 죽였다는 의심을 품자 돌리먼까지 죽인 것 같아. 아니면 돌리먼이 토비가 관광버스를 이용해 스위스에서 금을 몰래 빼낸다는 사실을 밝혀 냈든지."

"하지만 그레트헨이 뚜껑 문을 빠져나와 살해됐을 때, 토비는 무대 위에 있었다는 이유로 용의자 명단에서 제외됐었잖아요. 이것도 있을 수 없는 범죄라고 말하진 않겠죠?"

"사실은 그렇지 않아. 살인자가 그레트헨을 기다리고 있었을 거라고 너무 성급한 결론을 내린 게 우리 실수였어. 사실은 공연이 끝난 후에 토비가 아래층으로 내려와서 그레트헨을 죽인 거야. 토비는 무대 위에서처럼 장난을 가장해서 그레트헨에게 칼을 휘둘렀을 거야. 이번에는 진짜 칼이라는 점만 달랐던 거지. 그래서 그레트헨은 토비가 다가오는 것을 보고도 비명 한번 지르지 않은 거야."

"정말 끔찍해요!"

"그러는 당신은 어떻게 된 거야? 그자들이 관광버스를 이용한다는 사실을 어떻게 알아낸 거야?"

"어느 정도는 직감 덕분이었어요. 금은 여전히 나라 밖으로 밀반출되는데, 비행기로는 옮기지 못한다는 사실에 주목한 거죠. 그렇다면 버스가 적당할 것 같았어요. 관광버스는 수시로 국경을 넘지만 대개의 경우 철저한 조사를 받지 않거든요."

로라가 어깨를 으쓱해 보이며 대답했다.

공항이 두 사람 시야에 들어왔다.

"이번 일을 해결했으니 파리가 더 멋져 보일 것 같아. 메두사 역은 즐거웠어?"

세바스찬이 물었다.

로라가 미소 지으며 비비 튼 뱀이 달린 가발을 꺼내 들었다.

"이걸 기념품으로 간직할 생각이에요. 이걸 보면 그 모든 일이 신화가 아니었다는 걸 알게 될 테니까요."

불타는 종말
Burning End

루스 렌들 _ Ruth Rendell

　　루스 렌들은 범죄 소설 장르를 근본적으로 변화시킨 몇 안 되는 작가로 인정받고 있다. 심리 소설이든 웩스퍼드 총경에 관한 책이든 그녀의 문체와 통찰력, 조용하면서도 신랄한 위트, 현대의 도덕적 모순과의 끊임없는 갈등 등으로 그녀의 작품은 보통 미스터리 소설보다 훨씬 더 높은 위치에 자리해 있다. 그녀의 가장 최근 작은 「해를 입다(Harm Done)」이다. 그녀의 경우 단편이 소설보다 훨씬 낫다는 주장이 있다. 이것은 정말이지 흥미로운 논쟁거리로 이 두 장르의 작품을 직접 읽어 보고 기쁨을 누린 후에 직접 판단하길 바란다.

그녀가 그 일을 1년 동안이나 해 온 후에도 베티를 돌보는 일은 상당 부분 린다 몫이었다. 그것은 린다가 여자이기 때문이었다. 베티는 브라이언의 어머니이지 그녀 어머니는 아니었다. 게다가 베티에게는 브라이언 말고도 아직 결혼하지 않은 두 아들이 있었다. 이 두 아들이 어머니를 함께 돌봐야 한다고 말하는 사람은 아무도 없었다. 베티는 린다를 별로 좋아하지 않았고 브라이언에게 자신보다 못한 여자와 결혼했다는 말을 한 적도 있었다. 그리고 한 번은 홧김에 린다가 브라이언에게 '부족하다'는 말을 하는 것도 들었다. 하지만 지금 베티를 돌보는 것은 린다였다. 린다는 전에 베티의 그런 말에 아무렇지도 않게 생각했던 자신이 바보같이 느껴졌다.

하지만 그녀는 자신이 브라이언에게 그 말을 하지 못할 거라는 걸 알고 있었다. 브라이언은 그건 여자가 할 일이라고 말하곤 했다. 남자는 늙은 어머니의 대소변을 받아 내지 못한다는 것이었다. 그건 어울리지 않는다고 했다. 린다가 이유를 묻자 그는 모두가 알고 있는 바보 같은 소리는 집어치우라고 했다.

"당신 아버지 혼자 침대에서 일어나지 못한다고 가정해 봐요. 그러면 내가 아버님도 돌봐야 할걸요?"

브라이언은 석간신문의 일면을 훑어보고 있었다. 그것도 리모컨을 쥐고 텔레비전 소리도 낮추지 않은 채 말이다.

"아버님이 살아계신 게 아니잖아, 안 그래?"

"물론이에요. 하지만 만일 그렇다면요?"

"난 당신이 해야 할 것 같아. 다른 사람은 아무도 없잖아, 안 그래? 동생들이 결혼했다면 또 모르지만 말이야."

매일 아침 브라이언이 농장으로 나가면 린다는 일을 하러 가기 전에 길 아래쪽으로 차를 타고 가다가 교회를 끼고 왼쪽으로 돌아 다시 1.5킬로미터를 달려 아주 작은 시골집으로 들어갔다. 상당히 넓은 대지 위에 있는 그 집은 베티가 12년 전 남편이 죽은 뒤 줄곧 살아온 집이었다. 베티는 아래층 뒷방에서 잠을 잤다. 린다가 그 집에 들어서면 베티는 늘 깨어 있었다. 린다가 매일 변함없이 7시 30분 전에 들르는데도 베티는 늘 5시부터 깨어 있었다고 말하곤 했다.

린다는 그녀를 일으켜 요실금 패드를 갈아 주었다. 하지만 대부분은 침대 시트까지 갈아야 했다. 그녀는 베티의 몸을 씻기고 깨끗한 잠옷으로 갈아입힌 후에 깨끗한 덧옷, 양말, 슬리퍼로 갈아 신겼다. 베티가 고함치고 불평하는 동안 린다는 그녀를 안아 올려 온 힘을 다해 끌다시피 안락의자로 옮겼다. 그러면 베티는 그곳에서 하루를 보냈다. 그런 다음 아침 식사를 준비해야 했다. 우유가 든 달콤한 홍차와 버터와 잼을 바른 빵이었다. 베티는 빨대가 부착되어 있는 유아용 컵을 사용하려 하지 않았다. 그렇게 하면 린다가 그녀를 아기 취급하기라도 한단 말인가? 베티는 컵으로 마셨고 린다가 깜빡하고 아기들에게 사용하는 사각 모슬린 천으로 덮어 주는 것을 잊으면 베티는 홍차로 깨끗한 잠옷을 온통 적셔 또 옷을 갈아입혀야 했다.

린다가 베티의 집에서 일하기 위해 나가면 매일은 아니더라도 그 지역 담당 간호사가 찾아오곤 했다. 노인이나 장애인의 집으로 급식 배달을 하는 그 여자가 오면 베티에게 점심을 차려 주었다. 그것은 내용물 이름이 밖에 적혀 있는 알루미늄 호일로 싼 음식들이었다. 하루 중에 한 번은 브라이언이 들렀다. 하지만 그는 그저 '들여다볼' 뿐이었다. 브라이언은 아무것도 하지 않았다. 집 안을 정리하거나 어머니에게 먹을 것을 주거나 어머니에게 홍차 한 잔 타 드리거나 진공청소기도 돌리지 않고(린다는 매주 토요일에 진공청소기를 돌렸다.) 십 분간 베티의 침실에 앉아 담배를 피우며 텔레비전에서 방영되는 프로그램을 봤다. 아주 드물게 한 달에 한 번 정도 3킬로미터 거리에 사는 동생이 들러 십 분 동안 브라이언과 함께 텔레비전을 보다 가곤 했다. 15킬로미터 떨어진 곳에 사는 다른 동생은 크리스마스 때를 빼고는 한 번도 들르지 않았다.

린다는 매번 담배 냄새와 재떨이에 떨어져 있는 담배꽁초로 브라이언이 왔다 갔다는 사실을 알았다. 하지만 아무 냄새도 나지 않고 담배꽁초 하나 떨어져 있지 않아도 베티가 매번 말을 했기 때문에 린다는 그 사실을 알 수 있었다. 베티는 브라이언을 늙은 어미를 보러 농장 일을 접어 두고 잠시 바쁜 틈을 타 들르는 성인이자 천사로 생각했다. 베티는 이제 말도 또렷하게 하지 못했다. 하지만 브라이언에 대한 이야기만큼은 상당히 분명하게 했으며 그를 어떤 어머니도 가질 수 없는 완벽한 아들로 여겼다.

린다는 5시 무렵에 그 집에 다시 들렀다. 대개는 요실금 패드를 갈아 주었지만 잠옷을 갈아입혀야 하는 경우도 많았다. 몸이 편치 않으며 부분적으로 신체가 마비되었음을 감안하면 베티는 상당히 식사를 잘하는 편이었다. 린다는 그녀에게 스크램블드 에그와 정어리 토스트를 만들어 주었다. 그리고 빵집에서 패스트리를 사거나 여름에는 딸기와 크림을 사다 주기도 했다. 그녀는 베티에게 홍차 한 잔을 더 타 준 뒤에 식사가 끝나면 베티를 힘들여 다시 침대에 눕히곤 했다.

　침실 창문은 한 번도 연 적이 없었다. 베티가 그것을 좋아하지 않았다. 그 방에서는 오줌 냄새와 라벤더, 장뇌(가소제 및 방충제로 쓰이는 침투성이 좋고 곰팡이 냄새가 다소 나는 방향성 유기 화합물.―옮긴이) 그리고 급식으로 배달되어 온 음식 냄새가 진동했다. 그래서 린다는 자신이 들를 때마다 앞방의 창문을 열어 두었다. 앞방의 창문을 여는 것만으로는 별 차이가 나지 않았다. 하지만 그녀는 계속 그렇게 했다. 린다는 베티를 침대에 눕힌 뒤에 그날 쓴 잔을 닦고 재떨이를 비워서 씻고 더러워진 옷가지를 비닐 봉지에 넣어 집으로 가져왔다. 린다가 그 집에서 나오기 전에 베티에게 하는 질문은 무의미한 것이 되어 버렸다. 그것은 베티가 늘 안 된다고 대답했기 때문이었다. 게다가 린다는 그의 어머니를 돌보는 일을 누가 맡아야 하는지에 대해 브라이언과 한 번 이야기를 나눈 뒤로는 한 번도 그 이야기를 꺼내지 않았다. 하지만 지금 린다는 그 이야기를 꺼냈다.

　"어머님, 저희 집으로 들어와서 함께 사시는 게 낫지 않겠어요?"
　베티는 가는귀가 먹은 뒤로 말소리를 잘 알아듣지 못했다.
　"뭐라구?"
　"저희 집으로 들어와서 함께 사시는 게 낫지 않겠느냐구요?"
　"나는 죽기 전에는 이 집에서 나가지 않을 게다. 몇 번 말해야 알아듣겠니?"

린다가 알았다고 말한 뒤에 지금 가 봐야 하니 내일 아침에 다시 들르겠다고 말했다. 그 말을 들은 베티가 다소 기쁜 듯한 표정으로 내일 아침에는 자신이 죽어 있을 거라고 말했다.
"어머님은 돌아가시지 않아요."
린다가 말했다. 그녀는 줄곧 그렇게 말해 왔고 여태껏 그녀의 말이 옳았다.
린다가 앞방으로 가서 창문을 닫았다. 그 방에는 베티가 젊었을 때보다 더 오래전에 산 것처럼 보이는 가구들이 있었다. 방 한가운데에는 사각 식탁이 있고 그 주위로 낡은 녹색 실크 천이 덮인 의자 여섯 개가 둘러 서 있었다. 정교하게 조각된 커다란 찬장이 하나 있을 뿐, 안락의자도 작은 탁자도 책 한 권도 없었다. 천장에는 가죽 끈을 늘어뜨리고 양피지 판을 두른 전등 하나가 식탁 한가운데 있는 레이스 매트 위에 놓인 유리 꽃병 바로 위에 매달려 있었다.
이 년 전에 베티가 두 번째 뇌졸증을 일으켜 몸이 마비된 뒤로 어떤 이유에서인지 이 작은 시골집으로 배달되어 오는 모든 편지와 쓸모없는 우편물 그리고 무료 소식지는 모두 이 탁자 위로 모였다. 두어 달에 한 번씩 모든 우편물을 깨끗이 치우긴 하지만 한동안 치우지 않았는지 수많은 종이 뭉치가 쌓여 유리 꽃병이 10센티미터밖에 보이지 않았다. 레이스 매트는 아예 보이지 않았다. 그런데 다른 어떤 것이 린다의 시선을 잡아끌었다.
그날은 더운, 아주 덥고 화창한 4월의 어느 날이었다. 시골집이 남향인 탓에 오후 내내 창문으로 햇빛이 쏟아져 들어왔고 그때까지도 창문으로 햇빛이 쏟아져 들어오고 있었다. 햇빛이 유리 꽃병의 목 부분에 부딪쳐 똑바로 쳐다볼 수 없을 정도로 환히 빛났다. 유리를 통과한 햇빛이 종이 한 장을 막 태우기 시작한 터였다. 뜨거운 유리가 얇은 인쇄 용지에 검게 탄 점을 만들고 있었다.

린다가 눈을 크게 떴다. 그녀가 잘못 본 게 아니었다. 그녀는 연기를 분명히 보았다. 그러더니 종이 타는 냄새가 났다. 그녀는 들어서 알고는 있었지만 믿어지지 않았던 이 같은 자연 현상에 놀라 무엇에 홀린 듯 미동도 하지 못하고 서 있었다. 보이 스카우트 단원들이 확대경으로 불을 피우며 숲 속의 공터에 버려진 깨진 유리 조각 때문에 산불이 났다는 기사를 읽은 기억이 났다.

우편물 더미를 버릴 곳이 딱히 생각나지 않아 비닐 봉지를 찾아 그 봉지에 우편물을 넣었다. 베티가 뭐라고 소리쳤지만 린다는 그냥 그 자리에 서 있었다. 린다는 탁자의 먼지를 닦고 레이스 매트와 유리 꽃병을 다시 놓은 뒤에 한 손에는 세탁물 봉지를 다른 손에는 우편물 봉지를 들고 집으로 돌아왔다. 그녀는 집에서 빨래를 하고 나서 브라이언과 자신 그리고 아이들이 먹을 저녁 식사를 마련했다.

유리 꽃병과 태양 그리고 불이 붙은 종이에 관한 사건이 너무 흥미로워서 린다는 저녁 식사를 하면서 브라이언과 앤드류 그리고 젬마에게 그 이야기를 할 작정이었다. 하지만 그들은 텔레비전 퀴즈 프로그램의 결말을 보느라 정신이 팔려 그녀가 입을 열자마자 조용히 하라고 당부했다. 그 기회는 그렇게 지나갔고 다음 날까지 적당한 기회는 오지 않았다. 하지만 시간이 지나면서 유리와 햇빛 때문에 종이에 불붙은 일이 별로 신기하게 여겨지지 않았다.

그래서 린다는 그 이야기를 아예 화제에 올리지 않기로 했다.

그 뒤로 여러 주 동안 브라이언은 어머니에게 자신들의 집으로 와서 함께 살 때가 되지 않았느냐고 물었다. 그는 어머니를 모셔 오는 문제에 있어서는 자신이 특히 관대하고 이타적이기나 한 것처럼 자신이 이런 제안을 했다는 걸 매번 린다에게 알렸다. 그것은 베티가 린다에게 하는 대답과 사뭇 다른 대답을 하기 때문이기도 했다. 베티는 브라이언과 손주들이 아무짝에도 쓸모없고 늙어 빠진 노파와 한집에서 살아서는 안 된다고 말했다. 노인과 젊은이는 함께 사는 법이 아니라면서 말이다. 베티에게 함께 살자고 청하는 브라이언의 관대한 요청이 진심이라고 생각하는 사람은 베티 한 사람뿐이었다.

하지만 그동안에도 린다는 매일 그 시골집으로 가서 아침에 한 시간 그리고 저녁에 한 시간 반씩 베티를 돌봐 주고 토요일에는 그 집을 청소하고 베티를 목욕시켰다.

어느 날 오후, 브라이언이 어머니 방에 앉아 담배를 피우며 텔레비전을 보고 있을 때 1년에 두 번 정기 검진을 위해 의사가 들렀다. 의사가 베티를 보고 환한 미소를 지으며 헌신적인 가족이 옆에 있으니 베티는 얼마나 행복한 사람인지 모른다고 말했다. 의사는 나가면서 노인들은 가능한 한 한집에서 숨을 거두는 게 최선이라고 브라이언에게 말했다. 의사가 담배에 대해 무슨 말을 했는지는 모르지만 브라이언은 린다에게 의사가 다녀갔다는 말을 전하면서 그 말은 하지 않았다.

브라이언이 현관 앞의 매트에서 우편물 한 묶음을 그리고 문 밖에서 새 전화번호부를 집어 앞방의 탁자 위에 올려 둔 모양이었다. 린다가 5시 10분에 도착하고 보니 이것들이 모두 탁자 위에 놓여 있었다. 그 우편물은 지난 몇 주 동안 쌓인 것이었다. 린다는 비닐 봉지를 찾았지만 한 묶음을 다 써 버린 터였다. 그녀는 비닐 봉지를 더 사야 한다고 머리에 입력시킨 후에 더럽혀진 침대 시트와 베티의 잠옷 두 벌을 베개 커버에 넣어 집으로 가져왔다. 그날은 햇빛이 환하지 않았고 비가 올 것이라는 일기예보에 걸맞게 잔뜩 찌푸려 있었다. 따라서 유리 꽃병 옆에 종이 뭉치가 놓여 있어도 위험할 것은 전혀 없었다. 종이 뭉치는 아무 일 없이 그대로 놓여 있을 터였다.

린다는 집으로 돌아오는 길에 종이는 그대로 두고 꽃병만 치우면 된다는 간단한 해결 방법을 생각해 냈다. 하지만 그녀는 다음 날 그 집에 가서도 꽃병을 치우지 않았다. 그것은 낯선 감정이었다. 그녀는 꽃병을 벽난로나 찬장 위로 옮기는 일이 왠지 열려 있는 문을 닫는 듯한 기회를 흘려 버리는 듯한 기분이 들었다. 일단 꽃병을 다른 곳으로 옮겨 놓으면 다시는 그 자리로 옮겨 놓지 못할 터였다. 누군가 꽃병을 탁자에서 치운 이유를 물으면 다시는 꽃병을 그 자리로 돌려놓지 못할 것이기 때문이었다. 그녀는 이런 생각을 하는 자신에게 소스라치게 놀라 그 생각을 마음에서 몰아냈다.

린다는 쉰 개들이 검은 비닐 봉지 한 묶음을 샀다. 베티는 그것이 쓸데없는 돈 낭비라고 잔소리를 했다. 베티가 자리에서 일어나면 쓸모없는 종이를 모조리 태우는 습관을 다시 시작할 터였다. 린다는 남은 음식물과 빈 캔 그리고 빈 병을 한데 모아 청소부가 가져가도록 밖에 내놨다. 베티는 환경 문제에 대해서는 아무것도 몰랐다. 7월의 어느 무더운 날 린다가 침실 창문을 열겠다고 고집을 부리자 베티는 추운데 린다가 자신을 죽이려 한다며 아들에게 며느리가 사악한 여자라고 말해야겠다고 한 일이 있었다. 린다는 커튼을 걷어 집으로 가져와서 빨았지만 다시는 침실 창문을 열지 않았다. 심한 갈등을 빚으면서까지 그렇게 할 필요는 없었다.

브라이언의 동생 마이클이 약혼을 했다. 린다는 두 사람이 신혼 여행에서 돌아온 후에 수잔이 베티를 돌보는 일을 자신과 번갈아서 하면 안 되겠느냐고 물었다.

"젊은 여자가 어떻게 그런 일을 하겠어."

브라이언이 말했다.

"수잔은 스물여덟 살이에요."

린다가 말했다.

"그런 걸 본 일이 없을 거야. 제프가 정리 해고 당했다는 말 했던가?"

브라이언이 텔레비전을 켜며 말했다.

"그러면 시동생이 어머니 돌보는 일을 도울 수 있겠군요. 일하러 나갈 직장이 없으니까요."

브라이언이 그녀를 쳐다보며 머리를 저었다.

"그 애는 그걸로도 충분히 사기가 저하되어 있어. 남자한테는 큰 타격이라구. 실업수당으로 사는 것 말이야. 난 그 애한테 그런 부탁 못해."

왜 부탁을 해야 한다는 거야 하고 린다는 생각했다. 남의 어머니도 아닌데 말이다. 다음 날 아침 7시 30분에 린다가 시골집에 들어섰을 때 태양은 이미 하늘 높이 떠 있었다. 햇빛은 이미 집의 언저리에까지 와 있었고 10시경에는 앞방 창문까지 침투해 들어왔다. 린다가 쓸데없는 우편물을 탁자 위에 올려놓고 편지와 엽서는 침실로 갖고 들어갔다. 베티는 그것을 읽지 않았다. 그녀는 온몸이 흠뻑 젖은 데다 침대까지 젖어 있었다. 린다가 그녀를 일으켜 젖은 옷을 벗긴 뒤에 춥다고 불평하는 베티를 깨끗한 담요로 감싸주었다. 베티의 몸을 씻겨 깨끗한 잠옷으로 갈아입힌 뒤에 린다는 마이클의 약혼녀 이야기를 꺼낼 작정이었다. 요즘 베티는 비교적 분명하게 말소리를 냈다.

"더러운 매춘부 같은 년. 그 애가 열다섯 살 때가 생각나는구나. 그년은 아무하고나 같이 잤을 거야. 그렇구말구. 낙태를 얼마나 많이 했는지 모를 정도니, 아마 안이 엉망진창이 되었을 게다. 뻔하다구."

베티가 말했다.

"제가 보기에는 아주 예쁘고 착해 보이던걸요."

린다가 말했다.

"얼굴 반반한 것들은 얼굴값을 하는 법이다. 내 착한 아들을 꾀어내느라 화장을 하고 머리칼을 못살게 군 덕분이지. 내가 살아 있는 한 그 애를 이 집에 들여놓지 않을 테다."

린다가 앞방의 창문을 열었다. 바람은 불었지만 무더운 날이 될 것 같았다. 그녀는 집 안을 환기시켜 신선한 공기를 들여놓고 싶었다. 왜 아무도 이 꽃병에 꽃을 꽂지 않는지 모르겠어. 꽃을 꽂지 않는 꽃병은 아무 소용도 없는데 하고 린다가 생각했다. 편지와 우편물 그리고 소식지에 둘러싸여 그것은 더 이상 꽃병처럼 보이지 않았다. 종이 뭉치와 전화번호부 사이로 이상한 유리관이 불쑥 튀어나와 있는 것 같았다.

브라이언은 그날 그 집에 들르지 않았다. 그는 추수를 시작했다. 린다가 5시에 또다시 들렀을 때는 베티가 마이클이 왔었다고 말했다. 베티는 아들이 선물로 가져온 초콜릿 상자를 보여 주었다. 그게 마이클이 자신의 비위를 맞추는 방법이라고 베티가 설명했다. 초콜릿 몇 조각으로 자신이 그 매춘부에 대한 욕설을 그만두겠느냐고 반문하면서 말이다.

더운 날씨 때문에 초콜릿이 녹아 끈적끈적해졌다. 린다가 그것을 냉장고에 넣어야겠다고 말했지만 베티는 초콜릿 상자를 품에 꼭 안은 채 린다가 단것을 좋아해서 이 상자를 내놓았다가는 다시는 못 보게 될 거라고 말했다. 린다가 베티의 몸을 씻기고 옷을 갈아입혔다. 린다가 베티의 발을 씻기고 발가락에 크림과 파우더를 바르는 동안 베티는 집어 들 수 있는 유일한 무기인 침대 옆 시계로 그녀를 때렸다.

"네가 날 다치게 했어. 일부러 날 쳤다구."

베티가 말했다.

"아니에요, 어머님. 어머님이 시계를 깨뜨리셨는걸요."

"내 아들이 가져온 초콜릿을 나눠 주지 않아서 일부러 날 아프게 한 거야."

브라이언은 다음 날 시골집 뒤쪽에 있는 논의 보리를 벨 거라고 말했다. 보리밭 6만 1200평이면 일사병에 걸려 쓰러지지 않는 한 오후 3~4시경이면 끝마칠 수 있을 터였다. 그는 어머니의 집 근처에서 일을 하면서도 어머니를 돌봐 드리겠다는 말은 하지 않았다. 남편이 그런 제안을 했다 해도 린다는 자신의 귀를 의심했을 터였다.

날씨는 점점 더워졌다. 아침 7시 30분인데도 더위를 느낄 정도였다. 린다가 베티의 몸을 씻기고 침대 시트를 갈았다. 그러고는 베티에게 아침으로 시리얼과 삶은 달걀 그리고 토스트를 해 주었다. 베티의 침실에서는 수확기에 탄 브라이언이 보리밭을 왔다 갔다 하는 모습이 보였고 그녀는 이것을 무척 기뻐했다. 아들에 대한 연민으로 그런 즐거움이 반감되는 듯하긴 했지만 말이다.

"저 애는 힘든 일이 어떤 건지 잘 알고 있어. 해야 할 일이 있을 때 꾀를 부리지 않거든."

베티가 말했다.

베티는 브라이언이 젊었을 때 듣던 비틀즈 음악이 나오는 워크맨을 귀에 꽂고 콜라를 마셔 가며 널찍한 수확기에 앉아서 일하는 게 아니라 낫을 들고 6만 1200평의 보리를 직접 베기라도 하는 것처럼 말했다.

린다가 앞방의 창문을 활짝 열어젖혔다. 두 시간 후면 강력한 햇빛이 창문을 뚫고 들어올 터였다. 그녀는 우편물 맨 위에 있는 편지를 바로 잡고 꽃병 쪽으로 나풀거리는 편지 봉투의 찢어진 부분을 떼어 냈다. 그런 다음 그것을 치웠다. 그녀는 그 자리에 선 채로 탁자와 우편물 그리고 꽃병을 응시했다. 한줄기 바람이 불어와 얇은 종이가 잠시 펄럭였다. 침실에서는 베티가 닫힌 창문에 대고 외치는 소리가 들렸다. 그녀는 400미터 정도 떨어진 곳에서 수확기를 운전하는 아들에게 외쳤다.

"안녕, 브라이언, 잘하고 있구나, 안 그래? 열심히 해라, 내 아들아. 날씨가 널 도와주고 있구나."

린다가 한 손가락을 들어 찢어진 봉투 조각을 가볍게 두드렸다. 하지만 그것을 치우지는 않았다. 린다는 재빨리 등을 돌리고 그 방에서 그 집에서 나와 차로 갔다.

불길은 무덥던 그날 하루 중 가장 더운 시각인 오후 4시경에 집 안 어딘가에서 시작된 것 같았다. 브라이언은 보리 수확을 마치고 2시경에 어머니를 뵈러 갔다. 그는 어머니와 함께 텔레비전을 봤다. 그러고는 베티는 잠을 좀 자야겠다고 말했다. 이런 사실을 아는 사람들은 그녀가 잠에서 깨어나지도 못한 채 질식사했을 가능성이 크다고 말했다. 그래서 전화가 침대 바로 옆에 있음에도 불구하고 그녀가 전화로 도움을 청하지 못했다는 것이다.

한 건축업자가 자신의 회사에서 맡은 헛간 개조 작업을 하러 가느라 그 집 앞 차도를 지나다 소방서에 전화를 했다. 소방 본부는 8킬로미터 떨어진 곳에 있었고 소방대원들은 자원 봉사자였다. 이들은 이십 분 만에 불길을 잡았다. 그때 이미 베티는 죽은 뒤였고 시골집이 절반 정도 불에 탄 후였다. 아무도 이 소식을 린다에게 알리지 않았고 그럴 시간도 없었기 때문에 그녀가 5시경에 베티의 집에 들어섰을 때는 모든 게 끝난 뒤였다. 브라이언과 소방대원들이 그곳에 서서 막대기로 물에 젖은 검은 재를 찔러 보고 있었고 앤드류와 젬마는 대문 밖에 세워 둔 브라이언의 스테이션왜건 안에서 감자 칩을 먹고 있었다.

유언장에는 놀라운 내용이 담겨 있었다. 베티는 세탁기나 냉장고 하나 없이 그 작은 집에서 12년을 살았고 그녀가 보던 텔레비전은 브라이언에게서 빌린 것이었다. 그녀가 잠을 자던 침대는 결혼하던 해인 1939년에 산 것이며 그녀는 이곳으로 이사한 뒤 집에

페인트칠 한 번 한 일 없고 부엌은 전쟁이 끝난 직후에 한 번 고쳤을 뿐이었다. 하지만 베티는 상당한 액수의 유산을 남겼다. 린다는 그런 사실이 믿기지 않았다. 제프에게 3분의 1, 마이클에게 3분의 1 그리고 남은 3분의 1과 시골집 그리고 그 외의 것은 모두 브라이언의 것이었다.

보험회사에서도 돈이 나왔다. 화재의 원인을 밝히는 것은 불가능했다. 틀림없이 기록적인 무더위와 관련이 있겠지만 짚을 얹은 지붕과 60~70년 동안 한 번도 손을 보지 않은 낡은 전선도 원인이 된 듯했다. 물론 린다는 원인을 잘 알고 있었다. 하지만 아무 말도 하지 않았다. 그녀는 비밀을 간직한 채 속으로만 괴로워했기 때문에 밤잠도 잘 이루지 못하고 식욕도 잃었다.

브라이언은 장례식 장에서 요란스레 울어 댔다. 형제들은 모두 과도한 슬픔을 연출해 보였으며 아무도 브라이언에게 남자는 그러면 안 된다는 말을 하지 않았다. 모두들 그의 어깨에 팔을 두른 채 그가 하나도 자책할 게 없는 정말로 훌륭한 아들이었다고 말했다. 린다는 울지 않았지만 이내 심한 우울증에 빠져 아무 의욕도 느끼지 못했다. 의사의 진정제도, 멋진 곳으로 휴가를 가자는 브라이언의 제안도, 그녀만 원하면 해외여행을 시켜 주겠다는 말도 베티가 아무런 고통도 느끼지 않고 잠을 자다 세상을 떠났다는 사람들의 위로도 아무 소용이 없었다.

시골집이 있던 집터에 새집을 짓겠다는 신청은 호의적으로 받아들여져 개발 당국의 허가가 떨어졌다. 그 집에서 아이들과 함께 살면 되지 않겠느냐고 브라이언이 말했다. 그들이 살고 있는 집은 오래되고 불편해서 청소를 하기도 힘들고 런던 시민들이 별장으로나 좋아함직한 집이었다. 브라이언은 이사를 가는 게 어떻겠냐고 화장실 두 개에 햇볕이 잘 드는 거실과 세탁실 등 당신이 원하는 모든 것을 갖춘 현대식 집으로 옮기는 게 어떻겠느냐고 물었다. 그는 늘 현실적이고 알뜰하며 낙천적이고 순종적이었지만 이제 비참하고 말없는 여인이 된 아내를 생각해서 비용은 걱정하지 말고 직접 설계해 보라는 말까지 했다.

린다는 이사를 가지 않겠다고 우겼다. 그녀는 새집으로 가고 싶지 않으며, 특히 그 시골집이 있던 터에 새집을 짓기는 싫다고 말했다. 그녀는 휴가도 옷을 살 돈도 원치 않았다. 그녀는 베티의 돈을 한 푼도 쓰려 하지 않았다. 린다는 우울증에 빠져 일도 그만두다시피 했다. 매일 아침저녁으로 돌봐야 하는 노인도 없는 판에 그녀는 하루 종일 집에 붙어 있으면서도 손가락 하나 까딱하지 않았고, 그래서 브라이언이 파출부를 들여야 했다. 브라이언은 집을 새로 지어 팔 수도 있었지만 린다는 베티가 남긴 돈을 쓰려 하지 않았고 아무도 그녀를 설득할 수 없었다.

"집사람이 생각보다 어머니를 많이 좋아했던 것 같아. 늘 감정을 억눌러 두기만 했지, 감정을 표현하는 건 이번이 처음이야. 생각보다 어머니가 집사람 마음에 큰 자리를 차지했었나 봐."

브라이언이 동생인 마이클에게 말했다.

"아니면 죄책감 때문이거나."

마이클이 말했다. 그의 약혼녀의 언니가 심리 치료사 형제를 둔 남자와 결혼한 터였다.

"죄책감이라구? 농담하는 거냐? 집사람이 죄책감을 가질 만한 일이 뭐가 있어? 친딸이라 해도 어머니한테 더 잘하지는 못했을 거야."

"맞아. 하지만 사람들은 누군가 죽으면 아무것도 아닌 일에 죄책감을 느낀다는 게 정설이래."

"그래? 그렇습니까, 의사 양반? 그렇다면 할 말이 있는데, 죄책감을 느껴야 할 사람이 있다면 그건 바로 나야. 이 말은 어느 누구한테도 한 적이 없어. 말하자면 못한 거라고 봐야지. 보험을 타려한 건 아니었지만, 사실 그 집에 불을 지른 건 바로 나야."

"형이 어떻게 했는데?"

마이클이 물었다.

"우연한 사고였어. 고의로 그런 건 아니야. 나에 대해 어떤 생각이 드는지 한번 들어 보라구. 난 죄책감을 느끼지 않아. 자신 있게 하는 말인데 죄책감은 조금도 느끼지 않는다구. 사고는 늘 일어나고 우리가 그것에 대해 할 수 있는 일은 아무것도 없어. 하지만 그날 오후에 어머니를 보러 들렀을 때 서랍장 위에 불붙은 담배꽁초를 두고 나왔어. 불이 붙은 담배꽁초를 그냥 내버려 둔 거야. 린다가 그 빌어먹을 재떨이를 가져다 씻은 모양이었어. 난 어머니가 잠들어 있는 걸 보고 조용히 나왔어. 불붙은 담배꽁초를 놔둔 채 그냥 걸어 나왔다구. 뒤도 한번 돌아보지 않고 말이야."

"그 사실을 언제 알았는데?"

놀란 마이클이 소리 죽여 물었다.

"연기를 보자마자, 소방차가 오는 걸 보자마자. 그때는 이미 너무 늦었지, 안 그래? 난 뒤도 한번 돌아보지 않고 그 집에서 조용히 나왔다구."

시적인 정의
Poetic Justice

스티브 마티니 _ Steve Martini

요즈음 가장 인기 있는 오락거리 중 하나가 바로 법률 소설이며 작가 변호사도 무척 많은 것 같다. 그중에서 가장 만만찮은 작가가 스티브 마티니이다. 그가 쓴 베스트셀러 「결정적인 증거(*Compelling Evidence*)」(1992)와 「과도한 영향(*Undue Influence*)」(1994)은 미 전역의 온갖 베스트셀러 목록을 장기간 석권하였다. 마티니는 복잡한 줄거리의 견고한 설계자로, 많은 이들이 그의 독특한 접근법을 모방했으나 별다른 성과를 거두지 못했다. 그는 독특한 작품을 쓰며 남들과 전혀 다른 소설을 썼다. 마티니의 최근 작은 「배심원(*The Jury*)」이다.

하비는 게으른 변호사였고,
냉소적인 윤리의 파괴자였다네.
그는 어린 나이에 악을 배웠고,
악마의 지혜를 실천했다네.
학교에서는 수업 전에 숙제를 베꼈고,
시험은 커닝으로 해결했다네.

그는 언제 양심의 가책을 느껴야 하는지 몰랐고,
하지만 그렇게 나쁜 학생은 아니었다네.

멀고 먼 유전자 공급원 어딘 가에서
하비는 기적적인 도구를 발견했다네.
그는 남을 속이는 요령과
패배하지 않는 놀라운 재능을 물려받았다네.
저 아래, 음침한 심저에
부정직한 마음의 지층이 한 줄 살아남아 있었던 거라네.
그건 그의 아버지나 어머니,
이모나 삼촌 같은 이들이 전해 준 게 아니었다네.
그의 친척들은 꿀벌처럼 일했고,
허리가 휘도록 열심히 일하는 공무원이었다네.

시적인 정의

그들은 돈 걱정에 시달리며
보수가 낮은 일을 했다네.
하비가 보기에 그들은 일하는 굼벵이나 다름없었다네.
그는 달랐다네. 바보가 아니었다네.
그는 세상이 어떻게 돌아가는지 알고 있었고,
그는 뻔뻔스러워지기로 했다네.

「비상」

열두 살 무렵 하비는 포식자에 걸맞는 외모였다. 그는 큰 키에 이목구비가 뚜렷한 매끈한 얼굴로 고등학교 여학생들은 그를 보려고 기다리곤 했다. 더 생산적인 섹스를 위해 하비는 늘 똑똑한 여자를 찾았다. 멋진 육체와 아름다운 얼굴을 보면 마음의 위안을 얻을 수 있다. 하지만 하비가 싫은 소리를 듣지 않고 여학생의 숙제를 베끼고 어깨너머로 시험 답안지를 보려면 착한 마음을 가져야 했다. 그는 모든 항구에 닻을 내리는 선원처럼 모든 학급에 여자 친구를 두었다.

그는 대학과 법률 학교에서도 같은 방식으로 살았다. 그렇게 살기가 좀 더 어려워지긴 했지만 말이다. 이제 시험은 단순한 O, X나 다지선택법 문제가 아니었다. 독창적인 작문을 해야 했다. 그러나 하비가 쓰는 글 자체가 남들과 상당히 달랐으므로 그는 중단 없이 앞으로 나아갈 수 있었다.

하지만 하비는 당황하지 않았다. 그는 한 번도 당황한 적이 없었다. 그는 내면 깊은 곳에서 우러나온 듯 지극히 자연스럽게 사기 치는 예전의 방식과 천부적인 재능에 의존했다.

하비는 학장 비서와 관계를 맺었다. 그녀는 하비와 동갑이었지만 법률 학교 졸업생들과 달리 성공할 가능성은 없었다. 그녀는 하비를 무척 좋아했고 하비도 그녀를 좋아했다. 그녀는 학장이 사용하는 금고의 비밀 번호를 알았고 그 금고에는 모든 시험 문제와 교수들이 작성한 모범 답안이 보관되어 있었다. 하비는 공부할 필요도 없이 모든 과목의 시험 문제를 통째로 외웠다. 왜 시간을 허비하겠는가? 그는 삼 년도 채 되지 않아 우등생으로 졸업했고 비서에게 작별을 고한 후에 자신의 길을 갔다.

이제 변호사 시험을 뛰어넘을 차례였다. 그것은 학교에서 한 자도 공부하지 않고 우수한 성적을 얻은 사람도 어쩔 수 없는 문제였다. 그는 법률 대학을 졸업하기 오래전부터 이 문제를 놓고 고민했다. 돈을 버는 데 사용하지 못한다면 법률학 학위가 무슨 의미가 있겠는가? 첫 번째 시도에서 변호사 시험에 합격하는 사람은 50퍼센트에 불과했다. 하비는 한 번 이상 시험을 치르느라 시간을 낭비하고픈 생각은 눈곱만큼도 없었다. 게다가 변호사 시험 재시 과정은 길고도 험난했다. 돈도 많이 드는 데다 다음에 합격한다는 보장도 없었다. 하비는 확실한 것을 원했다.

이 목적을 위해 그는 개인적으로 조사원을 고용했다. 저지 조 재니스라는 약삭빠른 인간이었다. 저지 조는 아래턱이 세 개나 늘어진 데다 깡마른 다리에 곰처럼 불룩한 배를 하고 있었다. 하비는 더러운 넥타이와 벨트 위로 늘어진 뱃살만 있으면 이카보드 크레인(윌리엄 어빙의 『스케치북』 중 1편인 「슬리피 할로의 전설」에 등장하는 미신가이며 우스꽝스러운 학교 교사.—옮긴이)과 비슷해 보이는 그의 외모를 보면 왠지 마음이 즐거워졌다.

저지 조의 특기는 싸구려 모텔로 들어가는 기혼 남자들을 따라가서 마누라들에게 들이밀 사진을 찍는 것이었다. 그를 고용하는 비용은 변호사 재시 과정에 드는 비용의 극히 일부에 불과했고 무엇보다 시험에 통과한다는 보장이 있었다.

저지 조는 유니폼을 입고 필요한 장비를 갖추어 가스 회사의 직원으로 위장했다. 그는 시내 중심가에 있는 작은 인쇄 공장을 찾아가서 사장에게 가스 회사에서 위험한 가스 누출에 대한 보고를 받았다고 설명했다. 회사의 사장과 종업원들은 급히 건물 밖으로 대피해야 했다. 단 몇 분간만 말이다. 가스 누출은 거리 아래쪽에서 발생한 것 같지만 안전을 기하기 위해…….

저지 조가 변호사 시험 문제를 모두 긁어모으고 각 시험지의 모범 답안까지 챙기는 데는 채 십 분도 걸리지 않았다. 하비가 미국 변호사 시험 제도의 취약점을 찾아낸 것이었다. 그들은 매년 시험을 주관하는 한 간부의 친척이 운영하는 같은 인쇄 회사를 이용했다. 결국 모두가 그런 식으로 돈 버는 것 아닌가?

하비는 단번에 변호사 시험 최고 점수를 받았다. 하비는 변화가에 사무실을 열고 천부적인 자질을 지닌 듯한 분야를 담당했다. 그 분야는 다름 아닌 형사법이었다. 하비는 정확한 이유는 모르면서 왠지 형사 피고인들과 공감했으며 이들에게 끌렸다. 그는 이들의 사악한 동기와 삐딱한 논리를 완벽하게 이해했으며 검거된 이들의 칠칠치 못한 범죄 행각을 비웃기까지 했다. 물론 바로 그 이유 때문에 사람들은 하비를 고용했다.

저지 조는 꽤 쓸만했다. 그래서 하비는 그의 재능을 사용할 다른 분야를 찾아냈다. 구체적으로 말하면 군의 지방 검사 업무였다.

하비는 법적으로 개시(開示)라고 하는 권한을 갖게 되었다. 이것은 주 정부가 범죄 사건에서 하비의 고객에게 부당하게 이용될 수 있는 모든 서류와 증거를 공개해야 함을 뜻했다. 하지만 하비는 그것으로 만족할 수 없었다. 그는 자신이 맡은 형사 사건의 경쟁자가 갖지 못한 결정적인 무엇을 원했다. 그는 그 사건을 담당한 검사의 논리를 알고 싶었다. 그것은 상대의 노력의 산물로, 면책 특권이 부여된 정보였다. 그는 이들의 공책과 이들이 개인적으로 주고받은 편지 그리고 증인들의 증언이 세상에 공표되기 전에 증인 명단을 알고 싶었다. 하비는 여전히 그런 정보들을 손에 넣을 수 있었다.

저지 조는 밤에는 수위로 일했다. 그는 담당 검사의 사무실에 도청 장치를 설치하고 외모가 번듯한 청년들을 고용해서 이들의 사무실에서 일하는 비서들을 유혹했다. 뜨거운 침상과 털이 복실복실한 카펫 위에서 이들은 쉰 목소리로 비밀 정보를 캐내고 검사 사무실에서 일하는 직원들과 타협해서 은밀한 정보를 얻어 냈다.

하비는 검사들이 어떤 생각으로 재판에 임하는지를 단번에 알아냈다. 그는 증거를 대라며 검사를 압박하고 이전 진술과 일관성이 없다고 증인들을 깎아내리며 법정에서 초인적인 성공 신화를 일궈 냈다.

그를 이기지 못하는 검사들은 잘 훈련받은 개가 무대에서 구르듯 사건을 포기하고 그와 거래를 하기 시작했다. 하비는 형사 사건에서 최고의 주전 선수가 되었고 이내 가지를 뻗어 나갔다. 그는 돈을 많이 받는 민사 사건을 맡기 시작했다. 다른 변호사들은 그를 경계했다. 그의 방법을 모방하는 변호사도 있었지만 결과는 판이하게 달랐다. 아무도 모르게 저지 조를 고용한 하비는 상대의 서류철을 빼내고 그들의 전화를 도청했다.

재판을 이끌어 나가는 하비의 재능, 아니 놀라운 그의 직관을 잘 아는 판사들도 법정에서 하비의 편을 들어주기 시작했다. 하비에게 신세라도 진 것처럼 말이다. 하비는 변호사로 일하면서 승자의 명성은 오래간다는 사실을 배웠다. 이 같은 명성과 그의 특기인 허세를 약간 가미해서 그는 일찌감치 적들의 무릎을 꿇렸다. 하비는 사전 조사를 충분히 하는 변호사로 알려졌다. 하지만 아무도 그 일을 하는 사람이 저지 조라는 사실은 알지 못했다.

하비는 상류 사회의 일원이 되었다. 시내 대규모 법률 회사에 들어가면서 그는 완전히 다른 고객들, 케이 가의 멋진 마천루 안에서 그를 기다리고 있던 상류 사회의 인사들과 만나게 되었다. 그는 갑자기 강력한 로비스트들과 기업의 고위층 인사들에 둘러쌓였고 명품을 마구 사들였다.

    그는 남몰래 저지 조와 만났다네.
    사무실 밖에서, 남들의 눈을 피해.
    그는 하비의 새로운 지위에 걸맞지 않았고,
    격조 높은 고객들과 까다로운 동업자들과
    어울리지 않았다네.

    저지 조는 하비가

왜 그렇게 냉담하게 구는지 알 수 없었다네.
그는 감정이 상했지만,
심술을 부리지는 않았다네.
저지 조는 때를 기다릴 줄 아는 사내였다네.
천박해 보이지만 매처럼 날카로웠다네.

하비는 최고의 휴양지에서 휴가를 보내고 우아한 사람들과 어울리며 7년 동안 멋진 삶을 살았다. 그의 친구들 중에는 부유하고 권세 있으며 엘리트인 유명 인사들이 많았고 영향력 있는 정치인의 수도 점점 늘어났다. 그는 텔레비전 토크 쇼 프로그램에 나가서 법률계에서의 무용담을 늘어놓은 자신의 책을 선전하기도 했다. 하지만 다른 사람이 썼다는 사실은 전혀 내색하지 않았다.

하비는 회사의 중역으로 임명되었고 최고의 사교 모임에 나갔다. 그가 커닝으로 최고 우등상을 받고 졸업한 법률 학교에서는 하비를 명예 교수로 임명했다. 그는 판사직 제안을 받았지만 상대가 불쾌하지 않게 거절했다. 이제 저지 조가 있어 봤자 아무 소용도 없었다.

그가 최고의 봉우리를 향해 오르던 어느 날 저녁까지 그는 모든 자리에서 일류 변호사로서의 명성을 떨쳤다.

선거철에 높은 사람들과 어울린 하비는 대통령 부부를 만났고 어느 날 밤 그 부부의 친구로 링컨 침실에 있는 자신을 발견했다. 그곳은 그와 너무도 잘 어울렸다.

이제 그는 이 땅에서 가장 강력한 사람을 후원자로 갖게 되었다. 하비는 고위 위원회에 임명되었고 대통령의 고문이 되었다. 이러한 명성에 힘입어 그는 상당히 강력한 어느 법률 회사의 공동 경영자 명단에 그의 이름을 넣게 해 달라는 요청을 받았는데, 그 회사는 은퇴한 각료들이 변호사 업무로 돈을 벌기 위해 차린 회사였다. 그가 가 보니, 문에는 이런 직함이 적혀 있었다. "법률 고문, 하비"

> 그는 걸린 돈이 많고 지체 높은 고객이 연관된
> 중요한 사건에만 모습을 드러냈다네.
> 그들은 모두 높은 명성을 누리는
> 최고의 부자들이었다네.
> 하지만 하비가 맡은 모든 사건에는
> 그를 도운 저지 조가 있었다네.

「범죄」

한 중국인 세탁소에서 세탁표가 없어진 일로 온 세상이 벌집처럼 시끄러웠다. 하비가 그 전화를 받은 것은 어느 일요일의 이른 오후였다. 급한 문제가 있다며 백악관에서 걸려 온 전화였다. 대통령이 하비의 도움을 필요로 하는 것 같았다.

그들은 끝이 뾰족뾰족한 창을 둘러친 검은 철담 뒤에서 만났다. 하얗게 덮인 눈 밑에서는 매끈하게 다듬어진 잔디가 오래도록 잠자고 있었다. 그 엄청난 백악관에서 그들은 발과 발을 맞대고 섰다. 하비와 그 위대한 사람이 말이다. 그는 내실로 안내됐고 널찍한 타원형 방 안에서 우지직 소리를 내며 타는 벽난로 앞 안락의자에 앉았다.
"커피를 드시겠소, 홍차를 드시겠소?"
하비는 정중히 거절했다.
"좀 더 강한 걸 원하시오?"
대통령이 물었다.
하비는 고개를 저었다. 그는 본론으로 들어가고 싶었다.
대통령의 문제는 나라 사정에 밝은 사람이라면 누구에게도 새로운 일이 아니었다. 대통령의 문제는 어느 한 가지 사건에서 비롯된 게 아니라 여러 사건이 겹쳐 벌어진 일이었다. 어느 한 문제만 빼놓고 생각하면 우스울 정도로 하찮았지만 한데 모아 놓고 보면 거대한 빙하처럼 대통령의 진실을 위협하는 상황이었다.
하비가 연락을 받았을 때 국회에서는 '고도의 범죄와 경범죄' 운운하며 비난의 목소리를 높이는 이들이 있었다.

> 어떤 이들은 대통령이 정치 목적을 위해
> 국세청을 이용했다고 주장했다네.
> 그것은 구체적으로
> 적들을 감사하기 위해서였다네.
>
> 다른 이들은 그가 개인 서류를
> 뒤졌다고 주장했다네.
> 그러면서 자신들의 개인 서류가

왜 백악관에 가 있는지 의아해했다네.
불법 선거 운동과 돈 세탁에 대한
소문이 나돌았다네.
그토록 엄청난 추문을 듣고도
대통령은 웃어넘겼다네.

하지만 달이 바뀌고 해가 지나자,
대통령의 진실에 문제가 있음을
온 국민이 알게 되었다네.
그런데 또 추문이 터졌다네.
이번 추문은 엄청난 것이었다네.
대통령이 무엇보다 간절히 원한 것은
구원 투수로 나설 탁월한 변호사였다네.

    모든 문제를 고려해 볼 때 대통령은 심각한 위기에 처해 있었다. 하지만 아직은 벗어날 방법이 있었다. 미국의 대통령은 지구상에서 가장 막강한 힘을 지닌 나라의 최고 권력자였다. 친구로 두기에 그다지 나쁘지 않지 하고 하비는 생각했다. 그는 권력의 힘을 총동원해 모든 일을 노련하게 처리하겠지만 그가 감옥에 갈 것임에는 의심의 여지가 없었다.
    그에게는 항시 그의 편을 드는 검찰 총장이 있었다. 추문이 터지려 할 때마다 대통령은 사실이 들춰내질 것을 두려워했고 우호적인 정부 소속 변호사가 나타나 바보 같은 희생 양을 내세우곤 했다.

그들은 뻔뻔스럽게도
불쌍한 아이들을 돕는다는 말로
부자와 거물 들로부터
돈을 거둬들였다네.

그들은 매시간 프로그램을 내보내고
언론에 기삿거리를 흘렸다네.
이 사건에서 사람들의 주의를 돌릴 수만 있다면
그들은 무슨 짓이든 했을 것이네.

 하비는 대통령의 힘을 이용해야겠다는 나름의 속셈을 갖고 있었다. 그는 사교에 상당히 능했다. 그는 벼락같이 화를 냈다가 상대를 무장 해제시키는 미소를 지었으며 수많은 정치적 폭풍을 견디고 살아난 자의 교활함을 지니고 있었다. 하비는 스캔들을 빠져나가는 대통령의 불가해한 능력에 매번 놀랐다. 그는 대개 남을 짓밟은 후에 배꼽춤과 같이 현란한 동작으로 어려움을 빠져 나왔다.
 하비는 그를 대단히 찬미했다! 사실 두 사람은 닮은 점이 많았다. 키와 체격도 비슷했고 형제 같은 분위기를 풍겼다. 첫 만남에서 이 같은 유사함에 강렬한 인상을 받았는지 사람들로 들끓는 리셉션 장에서 대통령은 하비만 쳐다보는 듯했다. 방 안에 다른 사람은 아무도 없는 것처럼 말이다.
 하비는 그것이 자신이 타고난 자력 덕분이라고 생각했다.
 대통령은 키가 큰 데다 잘생겼고 자신의 위대함을 보여 주기 위해서인 듯 몸동작도 관대했다. 그는 자신이 죄를 저지를 때만 빼고는 다른 이들의 죄를 사해 주는 교황처럼 관대한 분위기를 풍겼다.

어떤 비난을 받아도 그에 대한 지지도는 계속 치솟기만 했다. 사람들은 봄날의 시냇물처럼 문제가 쉬지 않고 흘러나오는 그를 동정했다.

그 위대한 대통령 관저에 서서 하비는 대통령이 처한 현실을 예리하게 평가했다.

평생을 사무실에서 보내다 보니 머리 회전이 빨라졌고,
진실의 변주곡은 바이올린의 곡조만큼이나 다양하니.
그는 사실이든 거짓이든
스캔들을 다룰 줄 알았다네.
거짓말을 할 때조차
말실수 한번 하지 않았다네.

그는 궁지에 몰리면
수동적인 긴장에 들어갔다네.
'약간의 과실일 뿐 문제는 없다.' 는 식이었다네.

'실수는 했지만 법은 어기지 않았다.'
믿을 수는 없지만
아주 훌륭한 말이었다네.
'그 일은 우리 변호사들과 해결했고,

그들이 괜찮다고 했다.
선 가까이 가긴 했지만
선을 넘지는 않았다.'

대통령의 측근들이 창출해 낸 이러한 핑계가 그의 정치 좌우명이 되었다. 하비가 더 믿기 힘든 것은 대중이 그것을 받아들인다는 사실이었다. 그는 대통령의 말을 들으며 그의 입에서 핑계가 매끄러운 수은처럼 마구 흘러나오는 것을 보았다. 하비는 사람들이 공원의 비둘기처럼 그의 손에서 먹이를 받아먹는 이유를 깨달았다.

대통령은 가장 심각한 중대사도 단순한 오락거리인 것처럼 탁월한 유머 감각을 발휘했다. 일이 꼬이고 문제가 생기면 그는 강직한 인상을 풍기는 분개한 얼굴로 문제에 따라 다채롭게 대응했다.

'실수는 했지만
법은 어기지 않았다.'
실수를 한 사람은 그날로 파면되었다네.

변호사와 직원 들이 죄인 행세를 하며
'뉴스 속보'에 자주
모습을 드러냈다네.

의심의 여지가 없었다네.
하비는 회의를 품었다네.

시적인 정의 251

대통령은 아직도 '그게 사실이다.' 식의
거짓 맹세를 하고 있었다네.

"시가는 어떻소?"
대통령이 시가 상자를 열고 하비에게 한 개비를 건넸다.
"쿠바인들이 만들어서 만 거요. 관타나모 만에서 구한 거고. 물론 불법이오."
"상관없습니다."
하비가 이렇게 말하며 상자로 손을 뻗어 시가 한 개비를 집어 들었다.
"몇 개비 넣어 둬요. 부피도 작으니까."
하비가 시가를 입에 물었다. 대통령은 이미 피우고 있었다. 그도 불을 붙인 다음 시가를 빨아들였다. 그는 최근에 문제를 겪고 있으면서도 시가를 불법으로 밀반입하는 인간이었다. 그는 하비의 마음을 훤히 읽는 것처럼 그를 빤히 쳐다봤다.
"문제는 시가가 아니오."
그가 말했다.
두 사람은 서로 얼굴을 보며 웃었다. 위대한 사람들이 웃는 식으로 말이다. 불과 몇 명의 최고 권력자만이 그렇게 웃을 수 있는 법이다.
동그란 담배 연기 두 개가 대통령의 머리 위로 후광처럼 떠올랐다가 서서히 흩어졌다. 이제 중요한 이야기가 오갈 차례였다. 그래서 하비는 정신을 차렸다.

그들은 본론으로 들어갔다. 대통령이 담배를 빨아들인 후에 내뿜었다.

"지금 모든 문제가 얽혀 최악의 상황이오. 그런데 우리가 지금 변호사와 고객의 비밀 준수 특권을 누리는 거요?"

그가 물었다.

하비가 그렇다며 그를 안심시켰다.

"좋소. 좋아요. 그저 확실히 해 두고 싶어서 그랬을 뿐이오. 난 정부 소속 변호사를 쓰고 싶지 않소. 누굴 믿어야 할지 알 수 없으니까. 이건 국가의 안전과 모든 게 걸린 심각한 문제요."

하비가 눈을 빛내며 눈썹을 치켜올렸다.

"이 문제는 상당히 신중하게 접근해야 하오. 비밀이 엄수되어야 하고요."

대통령이 말했다.

"알고 있습니다."

하비가 대답했다.

상당히 고민하고 있음을 보여 주듯 오랫동안 뜸을 들이며 푸른 담배 연기를 빽빽이 뱉어 낸 후에 대통령이 입을 열었다.

"각료 중 한 명이 국가 기밀을 팔고 있는 것 같소. 하지만 누군지는 잘 모르겠소. 누군가 밖에서 내 눈과 귀가 돼 줘야 하오. 내가 신뢰할 수 있는 사람이 이 일을 빨리 해결해 되어 줬으면 하오. 아는지 모르겠지만 FBI도 엉망이오."

"압니다."

FBI가 제 역할을 했다면 대통령은 벌써 감옥에 가 있을 거라고 하비는 생각했다.

"그런데 왜 접니까?"

하비가 물었다.

"당신은 재판에서 이기는 데 필요한 증거를 습득하는 요령에 정통한 것 같소. 지금 내게 필요한 게 바로 그거요. 누군가 올바른 정보로 현 사태의 공백을 메워 줘야 하오."

확실하지는 않지만 하비는 한순간 대통령이 자신에게 눈짓을 해보인 것 같다고 생각했다. 비밀 조합원들의 악수나 암호의 말처럼 권력자들이 사용하는 은밀한 신호 같은 느낌이 들었다. 아니면 신경이 살짝 씰룩거린 것일지도 몰랐다. 하비는 시골뜨기처럼 생각하고 싶지 않았다. 그는 자연스럽게 처신했다. 그도 눈짓을 마주 보낸 뒤에 가려운 듯 재빨리 눈을 문질렀다.

그 즉시 대통령이 미소를 지었다. 일종의 신호였다. 하비는 비밀 조합의 조합원이 된 것이다.

"그럼 날 돕는 거요."

하비는 변호사로서 명성을 쌓는 데 평생을 바쳐 왔다. 그가 거절한다면 그의 명예에 누가 되지 않겠는가?

"의무를 이해하는 사람을 만나 반갑소."

대통령이 의자에서 일어나 왼손을 하비의 어깨에 단단히 갖다 댔다. 그리고 오른손으로 하비의 손을 잡고 열정적으로 흔들어 댔다. 초원에서 펌프질을 하는 사람 같았다.

"당신과 내가 이 간첩을 찾아내야 하오. 당신이 성공하면 백지 수표를 드리리다."

대통령이 말했다.

그 말로 인해 그 위대한 인물은 지상으로 급박한 문제로 내려왔다. 가장 중요한 문제는 바로 그것이었다. 중국인 세탁소에서 잃어버린 세탁표 말이다.

모든 것은 어느 여름날 시작되었다. 워싱턴을 유명하게 만든 그 무덥고 후덥지근한 날 말이다. 그 일은 '투푸원 세탁소'에서 시작되었다.

가는 줄무늬에 소모사로 만든 100달러짜리 양복에서 어쩌다 세탁표가 떨어져 나갔다. 다림질하는 사람이 바닥에 떨어진 세탁표를 보고 착각해서 다른 양복 상의에 그것을 붙였다.

한편 그 양복은 세탁표 대로 옷 주인에게 배달되어 국회 의사당의 군 하사관이 받아 상원 의원 휴게실 옷걸이에 걸었다. 그날 저물 무렵 스무치 상원 의원은 아무 의심도 없이 그 옷을 집어 들었다. 그는 그것을 집으로 가져가서 옷장에 걸어 두었다. 이주일 뒤쯤 그 옷을 입으려던 상원 의원이 옷이 맞지 않음을 알게 되었다. 바지는 너무 꼭 끼고 팔은 너무 길었다. 하지만 그보다 더 괴로운 것은 양복 상의에서 나온 물건이었다. 그것은 서명이 되어 있는 200만 달러짜리 수표로 홍콩의 한 은행에서 발행된 것이었다. 수표에는 이런 메모가 있었다.

> 이름을 써 넣은 후에
> 예금할 것.
> 이름을 쓰지 않았으니
> 비난을 피할 수 있을 것임.

스무치 상원 의원은 그 양복 상의를 다시 입어 봤지만 아무리

시적인 정의 255

애를 써도 몸에 맞지 않았다.

    그가 너무 세게 당겨 한 소매가 찢어지고
바지의 버튼을 채우니
숨을 쉴 수 없었다네.
그는 툴툴거리며 배를 당기느라 우스운 표정이 되었다네.
옷은 전혀 맞지 않았다네. 코르셋을 아무리 조인다 해도.

    하지만 스무치 의원은 다음 순간
진짜 대형 폭탄을 발견했다네.
그건 양복 상의의 왼쪽 옷깃 밑에서 반짝이는 금 핀이었다네.
그는 수표를 보고 너무 놀랐지만 가까스로 정신을 차렸다네.
그런 다음 전화기로 달려가서
즉시 전화를 걸었다네.

    그는 품위를 집어던지고
볼모가 되기를 거부했다네.
스무치는 '투푸원 세탁소'가 간첩들의 둥지임을 알아냈다네.
그들은 헐값에 나라를 팔고 있었다네.
그 핀 위에는 대통령의 문장이 찍혀 있었다네.

    대통령은 실제로 테플론 양복 상의를 갖고 있었고 알고 보니, 스무치는 대통령의 친구였다. 그가 전화를 건 곳은 백악관이었다. 그는 대통령에게서 스무치의 고향인 네브래스카 주 심해의 항구에 대한 상원의 법안을 거부하지 않겠다는 언약을 받고 양복바지와 상의 그리고 옷깃에 달린 핀과 수표를 백악관으로 돌려보냈다.

이제 대통령과 그의 부하들이 이 일의 진상을 알아내야 했다. 그는 하비에서 완전한 협력을 받을 수 있을 것이라고 확신했다.

"한 가지 이해가 안 가는 점이 있는데, 어떻게 그 핀이 거기 있었던 거죠?"

하비가 물었다.

"기념품으로 친구나 후원자들에게 나눠 주는 대통령의 핀이 있소. 하지만 그 특별한 핀은 각료들에게만 주는 것이오."

대통령이 대답했다.

"아."

갑자기 하비는 납득이 갔다.

"투푸원은 외국 정부의 앞잡이요."

대통령이 말했다.

"그걸 어떻게 아시죠?"

"내 말을 믿으시오."

대통령이 다시 그에게 눈짓을 해보이며 대답했다.

이번에는 하비도 알아차렸다. 그것은 국가 기밀이었다. 세부 사항은 알 사람만 알아야 했다. 대통령은 하비가 그것을 알 필요가 없다고 생각했다. 사실 그 자신도 모른다고 말하지 않았던가. 그 핀이 나왔다. 그러자 대통령은 연방 대배심 앞에 섰다 해도 모르는 일을 기억해 낼 수는 없지 않겠느냐고 말했다. 하비는 모든 문제가 몹시 혼란스러웠다. 하지만 그는 정말이지 개의치 않았다.

하비가 마음에 두고 있는 것은
주요한 전술이었다네.
에드거 후버(미국 FBI의 장관(1895~1972).—옮긴이) 같은
사람을 어디서 찾는가 라는.
누군가 이것이 대단히 비난할 만한 일이라고
생각한다 해도
하비가 확실히 아는 것은
반드시 자신이 필요하다는 사실뿐이었다네.

"우리가 아는 건 그 양복이 우리 각료 중 한 명의 것이라는 점이오. 하지만 그 사람이 누군지 모른다는 데 문제가 있소. 이제 내 문제가 뭔지 알 것이오. 내가 한 사람 한 사람 찾아다니며 어떤 놈이 반역을 저질렀느냐고 묻고 다닐 순 없으니 말이오."
대통령이 말했다.
"시작은 그렇게 해야 되지 않겠습니까."
"그들은 나에게 거짓말할 것이오."
"모두가 말입니까?"
대통령이 그의 질문을 무시하고 비장의 패를 내놓았다.
"언론이 알게 되면 난리가 날 거요."
"그게 문제군요."
하비가 말했다.
"난 당신이 당신의 능력과 재량을 총동원해서 그 양복 주인에게서 알아내길 바라오."
대통령이 하비의 뒤쪽에 있는 의자를 가리켜 보였다. 그곳의 검

은 비닐 덮개 안에 문제의 옷이 걸려 있었다.
　그가 하비의 손을 마지막으로 한번 흔든 뒤에 그를 문까지 안내했다.
　"이건 당신 같은 일류 변호사에게는 별문제가 안 될 거요. 식은 죽 먹기처럼 하루만에 알아낼 거요."
　대통령이 말했다.
　하비는 대통령이 놀랄 만큼 노련하다고 생각했다. 그는 상대의 자부심을 지렛대로 이용했다.

　　하비는 그 저택을 떠나오면서
　　자신이 국가 수반을 만났다는 걸
　　증명해 보일 물건이 아무것도 없음을
　　뒤늦게 깨달았다네.
　　하지만 그는 그런 하찮은 일에 시간을 낭비하지 않고
　　저지 조에게 도움을 청했다네.

「교활함」

　　하비가 보기엔 문제가 간단했다네.
　　그는 모든 문제를 저지 조에게 떠넘기고 편히 지냈다네.
　　저지 조는 영리하고 머리가 잘 돌아갔다네.
　　그런데 왜 하비가 시간을 낭비하겠는가?

이번 사건에서는 저지 조가 너무 빨리 움직이는 바람에 하비도 놀랄 지경이었다. 그는 몇 시간 만에 계획을 세우고 실행에 들어갔다. 하비가 나타나기를 기다리고 있기라도 한 것처럼 말이다. 그래도 놀랄 건 없었다. 저지 조는 교활한 지능의 소유자였고 쉬지 않고 일하는 유형이었다.

계획은 단순하면서도 교묘하고 교활하면서도 이중적이었다. 한마디로 보석 같았다.

저지 조는 《젠틀맨스 쿼터리》의 사진 기자로 위장했다. 그는 '권력을 쥔 사람들'에 대한 기사를 쓰는 척했고 그것은 정치인들이 거부할 수 없는 미끼였다. 저지 조는 몇몇 영화배우 이름까지 흘리면서(저지 조는 이 일에서 무한한 기회를 발견했다.) 목에 카메라를 맨 채 그들의 집과 사무실을 방문하는 등 각료들 사이를 누비고 다녔다.

물론 그에게는 최후의 궁극적인 목표가 있었다. 그것은 바로 '권력의 양복'이었다. 세계의 주요 지도자들은 모두 그 옷을 입었다. 그들은 그 소문을 듣지 못했단 말인가? 그 찢어진 소매는 이탈리아에서 온 최신 유행이었다.

양복이 맞지 않으면 그는 색이라도 어울리는지 맞춰 보길 원했다. 양복저고리를 입으려고 팔을 뻗자마자 그는 필름을 두고 왔다거나 더 나은 조명이 필요하다는 핑계로 그 자리를 떠났다. 그는 다른 날 전화를 걸어 그 후에는 동료를 데려갔다.

이주일이 지났지만 하비는 저지 조에게서 아무 소식도 듣지 못했다. 그는 조금 불안해지기 시작했고, 그래서 전화를 걸었다. 하지만 아무도 전화를 받지 않았다. 그는 자동 응답기에 메시지를 남겼다. 저지 조는 그의 기대를 저버린 적이 단 한 번도 없었다. 그런데 왜 이제 그러는 건지 알 수가 없었다.

여러 날이 흘렀지만 전화는 걸려 오지 않았다. 하비는 이제 걱정스러워졌다. 하비는 며칠 동안 계속 그를 찾아다녔다. 전화 메시지를 남기고 저지 조가 자주 드나드는 곳을 이 잡듯이 뒤졌다. 그는 점점 불안해졌다. 결국 대통령에게 결과를 알려야 할 때가 되었다. 이제 더 이상 기다릴 수도 없었다.

> 마침내 금요일 밤,
> 그는 집에 있는 그 사람과 연락이 되었다네.
> 그는 자신의 진심을 담은
> 시를 쓰느라
> 여념이 없었다네.
> 하비는 온갖 질문을 퍼부어 대며
> 그동안의 정황을 알아내려 했다네.
> 저지 조는 기다리라고 대답했다네.
> 아직 더 알아볼 각료가 있다면서,
> 남은 각료는 둘 다 여자였다네.
> 매력적이고 나긋나긋한,
> 어쩌면 이들이 가끔 남자 옷을 입는지도 모른다네.
> 변태 같긴 하지만 말이네.

하비는 예전부터 저지 조의 전술에 대해서는 묻지 않았다. 그는 사기의 대가였고 온갖 비윤리적인 방법에 정통했다. 게다가 그는 언제나 문제의 요점을 간파했다. 범인은 정말 양성 연애자일 수도 있었다. 무엇보다 간첩 활동은 남성적이고 공명정대한 일이 아니라 횡령처럼 여성적인 의식에 더 가까운 범죄였다.

그는 저지 조를 믿었다. 하지만 갑자기 이상한 생각이 들어 혼자 곰곰이 따져 보았다. 하비는 나중에 몇 년 동안 자신이 왜 투푸원 세탁소에 가게 되었는지 이상한 생각이 들었다. 그것은 갑작스러운 텔레파시의 번뜩임 같은 것이었다. 하비 자신도 확실히 알 수 없었다. 그것은 무언가 잘못되었다는 내면의 작은 목소리 같은 것으로 윤리적인 잘못이 아니라 세부 사항이 어긋난 듯한 느낌이었다.

투푸원 세탁소는 어두컴컴하고 축축했다. 십대 때 차를 타고 보던 영화관에서 한 마지막 데이트가 떠올랐다. 그때 만났던 소녀의 얼굴 때문에 그는 카운터 맞은편에 있는 사람의 모습을 흐릿하게 알아볼 수 있을 뿐이었다. 그는 그만큼 정신이 몽롱했다.

하비가 자신을 소개하고 분실한 세탁물 때문에 왔다고 말했다. 그런 뒤에 그는 그 가는 줄무늬 양복을 정확히 묘사했다. 그는 모든 특징을 자세히 설명했지만 사진은 갖고 있지 않았다.

"사장님께 말씀드리죠."

카운터 맞은편에 있던 남자가 말했다. 그는 사장이 아닌 모양이었다.

잠시 후에 누군가 세탁소 뒤편에서 시끄러운 소리를 내던 기계를 끄자 증기가 사라졌다. 하비는 놀랐다. 모습은 드러낸 사람은 아시아인이 아니었다. 그는 투푸원 씨 본인을 만나고 싶었다. 나타난 사람은 하비처럼 흰 피부에 키와 체격이 큰 사내였다. 그는 카운터 맞은편에 기대서서 미소 지으며 하비를 쳐다봤다.
"안녕하세요, 전 해리 툴입니다. 뭘 도와 드릴까요?"
하비는 멍청한 짓은 하고 싶지 않아서 그를 아래위로 훑어봤다.
"저는 잃어버린 양복을 찾고 있는데요. 투푸원 씨와 직접 이야기하고 싶습니다."
"투푸원 씨라는 사람은 없습니다."
사내가 미소 지었다.
"그 사람이 없다면 전 돌아가겠습니다."
하비가 말했다.
사내가 그를 쳐다봤다. 사내의 눈가에 가벼운 경멸의 빛이 감돌았다.
"말씀드렸지만 그런 사람은 없습니다."
"알겠습니다. 그래서 그 사람 이름이 이 세탁소 창문과 저 비닐 옷 덮개에 빠짐없이 쓰여 있는 거로군요."
하비가 자신의 말을 입증해 보이기 위해 카운터에서 옷 덮개 하나를 들어 보였다.
"투푸원 씨는 없다고 말씀드렸습니다. 세탁을 맡기실 옷이 있다면 좋습니다. 하지만 아니라면 저쪽에 문이 있습니다."
하비는 평생을 법원에서 보냈다. 그는 누군가 거짓말하는 순간은 놓치지 않았다.
"저는 뭣 좀 알고 싶을 뿐입니다. 종업원을 잠시 내보내 주시면 제가 그 대가는 지불해 드리죠."
하비가 툴 뒤에 서 있는 아시아인을 향해 고갯짓을 해보였다.
툴은 종업원을 쳐다봤지만 그를 내보내지는 않았다.

하비는 성의를 보이기 위해 양복저고리의 안주머니에서 지갑을 꺼내 20달러짜리 지폐 석 장을 카운터에 내려놓았다.

툴은 어리둥절한 표정을 지을 뿐, 여전히 아시아인을 내보내지 않았다.

"뭘 원하시는지 모르겠군요. 제가 무슨 말을 하길 원하십니까?"

"투푸원 씨와 몇 분만 이야기하면 됩니다."

툴이 지폐 석 장을 집어 아무렇지도 않게 셔츠 주머니에 넣었다. 그는 뻔뻔스럽게도 이 모든 행동을 아시아인 종업원 바로 앞에서 했다.

"뭐가 알고 싶으신 겁니까?"

하비는 종업원 앞에서 말하고 싶지 않았다. 결국 피가 물보다 진한 법이었다. 툴은 사장을 저버릴 수도 있었다. 하지만 하비는 그 아시아인을 확신할 수 없었다.

툴은 그에게 선택의 여지를 주지 않았다.

"당신은 내 시간을 2분이나 허비하게 만들었습니다."

"그럼 당신이 투푸원 씨란 말입니까?"

"아니요. 하지만 60달러라면 그런 척할 수도 있습니다."

"투푸원 씨를 만나기에 충분한 돈을 드린 것 같은데요."

"그런 사람은 없다고 말씀드렸을 텐데요."

"그렇다면 그 이름은……?"

"가게 이름일 뿐이죠. 모르셨습니까? 투푸원."

사내가 말했다.

하비는 여전히 이해가 되지 않았다.

"둘을 하나에(영어로 Two For One을 뜻하는 것이다.—옮긴이), 그러니까 두 벌을 한 벌 가격에 해 드린다는 뜻입니다."
 사내가 말했다.
 하비가 억지 미소를 지어 보였다. 그러나 배 속 깊은 곳이 잘못된 것처럼 위에 허탈감이 느껴졌다. 그는 잠시 툴이 거짓말하는 건 아닌지 따져 보았다. '둘을 하나에?' 그건 너무 서툰 변명이었다. 그는 침을 꿀꺽 삼키고 냉정한 표정을 지으려 애썼다. 그러고는 자신이 할 수 있는 유일한 일을 했다. 하비는 툴이 기억하기를 바라며 그 가는 줄무늬 양복에 대해 다시 한 번 설명했다.
 "가는 줄무늬 양복을 맡기는 분들은 많습니다. 더 구체적으로 말씀하셔야 합니다."
 툴이 말했다.
 갑자기 툴이 아니라 종업원 얼굴에 무언가 안다는 빛이 떠올랐다.

 "아, 예. 대통령의 양복 말씀이시군요.
 첩보 기관에서 그걸 찾으러 왔었어요.
 양복을 보낸 다음 날 말이에요."

 하비는 눈이 휘둥그레졌고 갈증을 느꼈다. 사슴이 차의 범퍼에 부딪치기 직전에 자동차 불빛을 보고 놀라듯 전기 충격 같은 것이 그의 전신을 훑고 지나갔다.
 그는 아무 말도 하지 않고 투푸원 세탁소를 나와 길 아래쪽에 세워 둔 자신의 차로 정신없이 달려갔다. 하비는 달아나야 했다. 그는 저지 조를 만나야 했다.

그가 차에 도착하기 전에 옆 골목에서 두 남자가 걸어 나왔다. 한 사람이 지갑에 든 신분증을 내보였다.

"FBI입니다. 당신을 체포합니다. 당신은 묵비권을 행사할 권리가 있으며 당신이 한 말이 당신에게 불리하게 작용할 수 있으며……."

한 사람이 하비에게 그의 권리를 설명하는 동안 다른 사람은 하비의 손을 등 뒤로 가져가 수갑을 채웠다. 그 순간 검은 차가 길모퉁이에 나타났고 두 사람이 그를 차의 뒷좌석으로 거칠게 밀어 넣었다.

하비는 이 모든 상황을 이해하기 위해 열심히 머리를 굴렸다. 그는 멍한 표정으로 뒷좌석에 앉아 FBI가 방금 체포한 범인을 보기 위해 모여든 사람들을 내다봤다.

그것은 유체 이탈과도 같은 충격적인 경험이었다. 자신이 아무 표시도 되어 있지 않은 검은 차 위로 둥둥 떠다니는 것 같았다. 하비는 자신에게 이런 일이 일어났다는 사실을 믿을 수가 없었다.

하비의 재판에서 정의는 존재하지 않았고 재판은 신속히 진행되었다. 하지만 이번 사건은 간첩 활동과 국가 기밀에 해당했으므로 대중과 언론에 공개하지 않았다.

높은 직책을 고려해서 대통령의 증언은 특정 유선 텔레비전을 통해서만 중계되었다. 그는 무척 바빴다. 나라의 운명이 그의 손에 달려 있었다.

그의 반대 심문은 캠프데이비드에서 방영되었으며 20분간만 진행되었다. 하비가 지켜보고 있을 때 커다란 스크린에 대통령이 나타나서 급한 약속이 있다고 말했다.

하비가 보기에 그는 급하다는 단어를 말할 때 사악함에 가까운 미소를 짓는 것 같았다. 그는 중국 수상을 만나고 있었고 아시아 사업계의 거물들과 중요한 골프를 치는 중이었다. 그들은 골프를 마친 후에 해외 교류라는 중대사에 대해 논의할 예정이었다.

하비는 어떤 '교류'가 진행 중인지 알고 있었다. 그는 모든 것을 알고 있었지만 증거가 없었다.

하비에 대한 정부의 입장은 간단명료했다. FBI는 수표가 주머니에 든 저질 양복을 세탁한, 영업 금지 처분을 받은 중국인 세탁소에서 나오는 그를 현장에서 체포했다고 주장했다. 정부에 의하면 그는 자신의 행적을 은폐하려 했으며 그들은 하비가 악독한 간첩 조직의 우두머리라고 떠들어 댔다.

대통령이 이 퍼즐의 마지막 조각을 찾아냈다. 그것은 바로 대통령의 문장이 찍힌 옷깃에 단 악명 높은 핀이었다. 그렇다. 하비도 그것을 기억했다. 그것은 정말이지 수집가의 흥미를 끌 만한 물건이었다. 같은 모양의 핀은 겨우 네 개밖에 없었고 그것은 물론 대통령의 개인 비용으로 만들어진 것이었다.

그것은 선거 때 후한 기부를 한 사람들, 링컨 침실에서 잔 사람들만 받을 수 있었다. 다른 세 개의 핀에도 모두 그럴듯한 이유가 있었다. 없어진 한 개의 핀이 바로 하비에게 주어진 핀이었다.

물론 그것은 거짓말이었다. 하비는 진실을 알고 있었다. 하지만 어떻게 그것을 증명해 보인단 말인가? 대통령은 용의주도하게 덫을 놓고 모든 증거를 은폐시킨 상태였다. 그는 그렇게 첫 만남에서부터 하비를 노린 것이었다. 그것은 하비가 관대하거나 그들이 비슷한 영혼을 지니고 있기 때문이 아니었다. 그것은 바로 하비의 체격과 키 때문이었다. 대통령은 자신의 비서가 바보같이 수표가 주머니에 든 채로 세탁소로 보내 상원 의원 휴게소로 잘못 배달된 그 양복이 하비의 몸에 완벽하게 맞는다는 사실을 알고 있었다.

대통령은 희생 양을 물색한 뒤에 하비에게 자신의 손에 들린 먹이를 먹인 셈이었다. 이제 하비가 그 대가를 치르게 될 터였다.

최후의 모욕은 피고측 증인이 증언을 할 때였다. 하비는 저지 조를 증인석에 세웠다. 그가 하비의 유일한 희망이었다. 어쨌든 저지 조는 그가 대통령이 꾸며 낸 누명을 뒤집어썼다는 사실을 아는 유일한 사람이었다.

저지 조는 증인석에 서서 한 손을 성경에 얹고 진실을 말하겠노라고 선서했다.

"당신은 전에 이 양복을 본 적이 있습니까?"

변호사가 투명 비닐 덮개로 씌운 옷을 치켜들며 물었다.

"없습니다."

저지 조가 대답했다. 그는 한 치의 망설임도 없었다.

하비의 변호사는 깜짝 놀랐다. 하비는 말문이 막혔다.

"당신은 이 사람을 압니까?"

변호사가 변호인석에 앉아 있는 하비를 가리켜 보였다.

저지 조가 증인석에서 실눈을 떴다. 그가 안경을 들고 하비를 자세히 살펴봤다.

"오래전에 사무실로 절 부른 사람 같긴 한데 확실하진 않습니다."

저지 조는 잠시 망설였다.

"아닙니다. 다시 잘 생각해 보니, 한 번도 만난 적이 없는 것 같습니다. 확실합니다."

하비가 탁자 위에 올린 두 손 위로 고개를 떨구었다. 모든 게 끝난 것이었다.

하비가 실형을 선고받은 몇 달 뒤에 그는 마침내 그동안의 정황을 이해했다. 저지 조는 국세청 이사로 임명되었다.

이것은 「벌거벗은 임금님」이라는 옛이야기의 새로운 변형이다. 이번에는 악마의 손아귀에서 놀아난 사람이 하비라는 사실만 다를 뿐.

    하비는 간첩 활동으로 종신형을 선고 받았다네.
    그래서 그는 내내 쪼그리고 앉아 꼼지락거렸다네.
    독방은 차갑고 다른 죄수들은 무서웠다네.
    하비는 2월 30일까지
    밖에 나가지 않았다네.
    대통령은 저지 조를 꾀어 냈고
    하비는 배신을 당했다네. 처참하게 당했다네.
    그는 오랫동안 도덕에 대해 생각했다네.
    사회적으로 습득된 것인가 아니면 타고난 것인가라는
    해묵은 의문에 대해.
    하비와 대통령은 체격이 똑같았다네.
    눈 색깔도 똑같았다네.
    그 밖에도 두 사람에게는 닮은 점이 많았다네.
    하비가 진실을 알았다면

그토록 괴롭지는 않았을걸.
그는 강인한 인간이었다네. 결코 포기하지 않는다네.
하비와 대통령 모두 양자로 자랐다네.
그들이 가까워진 것은
나쁜 친구들 때문이 아니었다네.
그들은 자신들도 모르는
한 가지 특성을 공유하고 있었다네.
그것은 아버지인 저지 조의
도덕관을 고스란히 물려받았다는 사실이었다네.

붉은 흙
Red clay

마이클 말론 _ Michael Malone

「딩글리 폭포(Dingley Falls)」, 「범죄 다루기(Handling Sin)」, 「야만의 계절(Uncivil Seasons)」, 「역사의 증인(Time's Witness)」은 인기와 갈채를 한 몸에 받은 소설들이다. 마이클 말론은 비평가의 마음을 끄는 동시에 서점의 미스터리 서적 코너에서 가장 자주 눈에 띄는 위의 소설들처럼 대중적인 인기도 누릴 수 있음을 보여 주었다. 1996년 에드거 상 단편 부문 수상작을 여기 소개한다. 이 작품을 읽으면 말론이 어떤 걸작을 썼는지 잘 알 수 있다.

나지막한 둔덕 위에 있는 법원 정면의 원기둥이 8월의 햇볕을 받아 호수에 비친 것처럼 너울거렸다. 법원 앞 금속 깃대에는 노스캐롤라이나 주의 깃발이 착 달라붙어 있고 단풍나무 잎은 시들어 있었다. 뜨거운 열기가 데버루 군을 한주 한주 집어삼켰다. 사람들은 그런 날씨를 개를 상징하는 시리우스 별의 이름을 따서 '복(伏) 더위'라고 불렀다. 개들이 그늘에서 나오려 하지 않는 날씨여서 그런 이름이 붙은 것 같았다. 미친개가 아니라면 말이다. 1959년 8월말에 나는 열 살이었다. 나는 유난히 길고 더웠던 날씨 때문에, 그리고 스텔라 도일 때문에 그해 여름을 잊을 수가 없다.

문을 밀고 나온 경찰과 변호사가 햇빛을 막기 위해 얼굴 위로 팔을 둘렀다. 그들은 뜨거운 햇볕 때문에 나가지 못하겠다는 듯 문가에 멈춰 섰다. 스텔라 도일이 제일 나중에 모습을 드러냈다. 그녀는 양쪽으로 호송관의 호위를 받으며 할로윈 촛불처럼 진한 오렌지빛 경찰차가 서 있는 곳으로 갔다. 두 달 전 '레드 힐스'에서 벌어진 사건에 대해 배심원단의 판결이 내려질 때까지 경찰이 그녀를 보호하기 위해 데리러 온 터였다. 그곳은 고유한 이름이 있을 만큼 규모가 큰 데버루 군 유일의 대 저택이었다. 그곳에서 스텔라 도일이 남편인 휴 도일을 총으로 쏴 죽인 혐의를 받고 있었다.

휴 도일의 살인 사건 때문에 온 마을은 들쑤신 듯 흥분했고 우리도 제정신이 아니었다. 존 F. 케네디가 암살될 때까지는 그 일이 가장 충격적인 사건이었다. 법원 밖 인도는 우리의 신발을 녹여 버릴 듯 뜨거웠다. 하지만 우리는 참을성 있게 서서 도일 부인의 유죄 판결 소식을 기다렸다. 그녀는 어쨌든 우리가 아는 최고의 부자를 죽인 살인자일 뿐 아니라 스텔라 도일이라는 영화배우이기도 했다. 그래서 사람들 틈에는 기자도 섞여 있었다.

아버지가 내 어깨를 움켜잡았다. 사람들 틈에서 나를 끌어낸 아버지는 입을 굳게 다물고 있었다.

"버디, 잘 들어라. 네가 어른이 되었을 때 누군가 너에게 '하느님이 빚으신 가장 아름다운 여자를 본 적이 있느냐.'고 물으면, '예, 운 좋게도 그런 여자를 보았습니다. 그리고 그 여자의 이름은 스텔라 도일입니다.'라고 대답해라. 그 여자의 아름다움은 정말 눈부셔서 사람들이 아무리 그 여자를 낮춰 보려 해도 오히려 그 빛나는 아름다움 때문에 자신들이 무색해졌다는 이야기도 반드시 덧붙여야 한단다."

아버지가 말했다. 모여 있는 사람들이 모두 들으라는 듯 아버지의 목소리는 점점 커졌다.

아버지는 검은 옷을 입은 통통한 여인이 호송관들의 호위를 받으며 서 있는 계단을 올려다보며 이렇게 이상한 말을 했다. 아버지는 얇은 린넨 조끼 위로 팔짱을 꼈고 손가락으로 셔츠 소매를 꽉 움켜쥐고 있었다. 주위 사람들이 고개를 돌려 우리를 쳐다봤고 킥킥거리며 웃는 사람도 있었다.

아버지 때문에 난처해진 내가 속삭였다.

"아빠, 저 여자는 늙은 살인자일 뿐이에요. 저 여자가 술에 취해 도일 아저씨를 죽인 걸 모르는 사람은 없어요. 저 여자가 총으로 도일 아저씨의 머리를 직통으로 쐈대요."

아버지가 인상을 찌푸렸다.

"모르는 소리야."

"모두들 저 여자가 아주 못됐고 늘 술에 절어 살았다고 하던걸요. 저 여자가 도일 아저씨의 가족을 한집에서 살지도 못하게 했고 도일 아저씨의 엄마와 아빠도 내쫓았대요."

내가 말을 계속했다.

아버지가 나를 보고 고개를 저었다.

"네 입에서 그런 더러운 뒷소문이 흘러나오는 걸 듣고 싶지 않구나. 알겠니, 버디?"

"예, 아빠."

"저 여자는 휴 도일을 죽이지 않았어."

"알겠어요, 아빠."

나는 아버지가 인상을 찌푸리면 겁이 났다. 그런 일은 정말 드물었다. 나는 아버지에게 바싹 붙어 아버지의 손을 잡고 아버지와 한편이 되었다. 나는 아버지가 그토록 아름답다고 생각하는 이 여자에 대해 손톱만큼의 충성심도 없었다. 아버지의 절대적인 의견과 다른 입장을 취하는 게 불안해서 견딜 수 없었을 뿐이다. 나는 바로 그 순간부터 스텔라 도일에게 아버지와 같은 감정을 느끼게 된 것 같다. 결국 그녀는 내게 별다른 의미 없는 존재였지만 이야기는 그것으로 끝나지 않았다. 아버지는 나처럼 그 여자를 상징적인 존재로 만들지 않았다.

법원 앞 계단은 널찍했다. 하지만 고르지 않은 석판으로 되어 있었다. 도일 부인이 나타나자 사람들의 웅성거림이 잦아들었다.

모두 잘 훈련받은 무용수처럼 오렌지빛 경찰차 주위에서 반원을 그리며 물러났다. 기자들이 카메라를 앞으로 들이댔다. 여자는 급히 내려오다 돌계단의 부서진 틈에 구두가 끼이는 바람에 한 호송관 쪽으로 넘어졌다.

"저 여자가 취했다!"

내 옆에 있던 여자가 야유를 보냈다. 꽃무늬 치마에 촌스러운 허리띠로 허리를 묶은 시골 여자였다. 그 여자와 여자가 안고 있는 아이 모두 가난의 표상처럼 뚱뚱했다.

"저 여자 좀 봐, 저 드레스를 보라고. 자기가 아직 할리우드에 있는 줄 아나 봐."

그 여자가 손가락질하며 외쳤다. 그 옆에 서 있던 여자가 어부들이 쓰는 모자의 챙 밑으로 눈을 가늘게 뜨고 고개를 끄덕였다.

"나도 가서 남편을 죽여야지. 변호사는 부자들이라 아무도 내 편을 들어주지 않을 거야."

여자가 손바닥을 마주쳐 파리를 쫓으며 투덜거렸다.

두 사람이 입을 다물자 모두 조용해졌고 햇빛에 눈이 부신 사람들의 시선이 일제히 검은 옷을 입은 여인에게 집중되었다. 도일 부인같이 고귀한 사람이 어떻게 이렇게 추락할 수 있는지 의아한 눈빛이었다.

젊은 호송관의 검게 탄 강인한 팔을 잡은 도일 부인이 팔을 뻗어 자신의 신발 뒤축을 살폈다. 여자는 검은 구두에 검은 옷과 핸드백 그리고 챙이 넓은 검은 모자를 쓰고 있었다. 그 멋진 모습은 가난한 주변 사람들과 판이하게 달랐고 번쩍이는 부유함과 죽음의 냄새를 동시에 풍겼다. 여자는 뜨거운 햇볕 때문에 꼼짝도 할 수 없다는 듯 잠시 그대로 서 있었다. 그러다가 키 큰 두 호송관에 밀려 오렌지색 경찰차의 열린 문 안으로 들어가기 위해 몸을 낮췄다. 그때 아버지가 순식간에 앞으로 나갔고 내가 아버지를 따라가기도 전에 그 틈은 사람들로 메워졌다. 나는 팔꿈치를 마구 휘두르며 사람들 사이를 뚫고 나가다 아버지가 밀짚모자를 벗어 한 손에 들고 다른 손을 그 살인자에게 내미는 것을 보았다.

"스텔라, 좀 어때? 클래이턴 헤이스야."

여자가 몸을 돌려서 나는 모자 밑으로 내려온 붉은빛 나는 금발 머리를 보았다. 여자가 큼직한 다이아몬드 반지를 낀 손을 들어 검은 선글라스를 벗었다. 나는 아버지가 한 말을 이해했다. 여자는 아름다웠다. 여자의 눈은 라일락 꽃 색이었지만 그보다 약간 짙었다. 그리고 여자의 피부는 흰 눈처럼 눈부시게 빛났다. 그녀는 다른 예쁜 여자들과도 달랐다. 그것은 단순한 정도의 문제가 아니었다. 나는 그런 여자를 한 번도 본 적이 없었다.

"어머나, 클래이턴! 정말 오랜만이야."

"그래, 오랜만이지."

아버지가 이렇게 말하며 여자의 손을 잡고 흔들었다.

여자는 양손으로 아버지의 손을 잡고 있었다.

"넌 전하고 똑같구나. 이 애가 네 아들이니?"

여자가 물었다. 여자의 보랏빛 눈이 내게로 향했다.

"응, 버디야. 아다와 난 딸 셋 아들 셋, 이렇게 여섯을 뒀어."

"여섯이라고? 우리가 그렇게 늙었니, 클래이턴? 네가 아다 헤크니와 결혼했단 말은 들었어."

여자가 미소 지으며 말했다.

호송관이 기침을 했다.
"미안해요, 클래이턴. 우린 가야 해요."
"잠깐만요, 로니. 잘 들어, 스텔라. 네가 휴를 잃은 것을 애도한다는 걸 알아 줬으면 해."
여자의 눈에서 눈물이 떨어졌다.
"그 사람은 자살했어, 클래이턴."
여자가 말했다.
"알아. 네가 그러지 않았다는 걸 믿어. 난 알아. 하느님의 가호가 있을 거야."
아버지가 남의 말을 경청할 때처럼 고개를 느릿느릿 끄덕였다.
여자가 눈물을 닦았다.
"고마워."
"내가 그렇게 생각한다는 걸 모두에게 알릴게."
"고마워, 클래이턴."
아버지가 또 고개를 끄덕였다. 그런 다음 그녀에게 평화롭고 여유 있는 미소를 지어 보였다.
"아다와 내 도움이 필요하면 언제든 연락해, 알았지?"
여자가 아버지의 뺨에 입을 맞췄다. 여자가 경찰차 안으로 들어가자 아버지는 나를 데리고 얼굴에 탐욕스럽고 적의에 찬 사람들 속에서 물러났다. 경찰차는 햇살만큼이나 느리게 구경꾼들 사이를 뚫고 나아갔다. 기자들이 카메라를 차창에 들이댔다.
얼굴이 창백한 사내가 담뱃대를 입에 문 채 계단을 뛰어 내려와 우리 옆에 있는 기자들에게 다가갔다.
"배심원들이 음식을 사 오라고 하는군요. 이 시골뜨기들과 이야기하지 마십시오. 판결이 어떻게 날지는 아직 모릅니다."
 사내가 기자들에게 말했다. 그가 재킷을 벗어 둥글게 말더니 겨드랑이 밑에 꼈다.
 "이런, 너무 덥군."
 숱이 없는 데다 머리가 젖은 젊은 기자가 반대 의견을 말했다.
 "이 사람들은 모두 할리우드가 바빌론이고 저 여자는 매춘부라고 생각합니다. 휴 도일은 이 지역의 왕자였고 그의 아버지는 어려운 시기에 방앗간을 운영했습니다. 다시 말해서 이 군의 백인 노동자 절반을 먹여 살린 셈이죠. 사람들은 저 여자를 교수형에 처하려 합니다. 다름 아닌 저 모자 때문에 말입니다."
 "판결이 어떻게 날지는 아직 모릅니다. 저 여자는 여기서 10킬로미터 정도 떨어진 오두막에서 태어났습니다. 모자를 썼든 안 썼든 저 여자도 이들과 똑같은 부류입니다. 저 여자가 남편을 쐈다 한들 어쩌겠습니까? 남자는 어쨌든 암으로 죽을 운명이었는걸요. 저 여자는 보기에는 좋을지 몰라도 팝콘 한 봉지 정도의 값어치도 안 되는 여자랍니다!"
 담뱃대를 문 사내가 웃으며 말했다.
 이제 스텔라 도일은 갔고 사람들은 다시 타는 듯한 더위를 실감하며 뒤로 물러났다. 사람들은 서늘한 저녁 바람이 불어올 때까지 그늘 속에 앉아 배심원들의 판결을 기다릴 터였다. 아버지와 나는 중심가를 걸어 내려와 우리의 가구점으로 갔다. 아버지는 정육점도 운영하고 있었다. 하지만 고기 파는 일은 좋아하지도 그다지 능숙하지도 않았다. 그래서 아버지가 마호가니 침대와 붉은 단풍나무 식탁 사이에 있는 커다란 흔들의자에 앉아 책을 읽거나 오가는 친구들과 이야기를 나누는 동안 큰형이 정육점을 맡아서 운영했다. 사실은 그 흔들의자도 판매용이었지만 아버지가 너무 오랫동안 앉아 있어서 이제 아버지 의자나 다름없었다. 내가 스텔라 도일에 대해 묻고 아버지가 대답하는 동안 천장에 달린 세 개의 선풍기가 그늘지고 고요한 가구점 안을 시원하게 식혀 주었다.

아버지의 말에 의하면, 스텔라 도라 히블은 방이 세 개이고 양철 지붕에 벽은 온통 붉은 진흙을 바른 19번 가의 작은 집에서 태어났다고 한다. 기울어진 포치와 집주인이 진흙 마당에 보란 듯이 남겨 둔 조각품 같은 작은 소나무 집이 이들의 나아질 길 없는 삶의 파편과 부서진 야망을 대변해 주었다. 문짝 빠진 냉장고와 녹슨 차, 쇠와 플라스틱 더미는 고속도로를 따라 차를 모는 이들에게 꿈은 영원하지 않다는 사실을 일깨워 주었다.

스텔라의 어머니 도라 히블은 어떻든 꿈을 믿는 사람이었다. 도라는 농부와 결혼해 힘겨울 만큼 열심히 일한 예쁘장한 여인이었다. 입에 풀칠이라도 하려면 그렇게 일하는 수밖에 없었다. 하지만 저녁때가 되면 히블 부인은 영화 잡지를 들여다보았다. 그녀는 낭만적인 삶은 다른 데 있다고 믿었으며 바로 그런 삶을 살고 싶어 했다. 자신이 불가능하다면 아이들이라도 말이다. 도라 히블은 스물일곱 살에 다섯 번째 아이를 낳다 세상을 떠났다. 침실 문가에서 사람들이 어머니의 얼굴에 흰 담요를 덮는 광경을 보았을 때가 스텔라의 나이 여덟 살이었다. 스텔라가 열네 살 되던 해에 그녀의 아버지는 도일 방앗간의 기계에 몸이 끼는 사고로 숨졌다. 스텔라가 열여섯 살 때에 나의 아버지는 물론 그녀와도 동갑내기인 휴 도일 주니어가 그녀와 사랑에 빠졌다.

"아빠도 그 여자를 사랑하셨나요?"

"그럼. 이 마을에 사는 소년들은 모두 한 번씩 스텔라 도라를 미치도록 좋아했단다. 나도 다른 애들처럼 그런 경험이 있지. 우리는 7학년 때 연인 사이였단다. 나는 밸런타인데이 때 커다란 휘트먼 시집을 샀지. 내가 가진 돈을 모두 긁어모아야 할 만큼 비쌌던 기억이 나는구나."

"왜 모두들 그 여자를 미치도록 좋아했나요?"

"스텔라에 대해 한 번도 그런 감정을 느끼지 못한 남자는 자신이 진짜 살아 있는지 곰곰이 따져 봐야 했을걸."

나는 끔찍한 어떤 감정을 느꼈다. 나중에 알고 보니, 그것은 질투심이었다.

"그렇다면 엄마는 사랑하지 않으셨나요?"

"그것은 네 엄마를 만나는 행운이 있기 전에 일어난 일이었단다."

"아빠가 철길을 따라 마을로 오는 엄마를 보고 친구들에게 이렇게 말했다면서요. '저 사람은 내 여자야. 난 저 여자와 결혼할 거야.' 라고 말이에요, 그렇죠?"

"그랬지. 그리고 난 그 말대로 했단다."

아버지가 두 손을 팔걸이에 편안히 놓은 채로 커다란 흔들의자 뒤로 몸을 기댔다.

"아빠가 엄마를 만난 다음에도 스텔라가 아빠를 좋아했나요?"

웃음이 터져 나오려는 듯 아버지의 얼굴에 주름이 잡혔다.

"아니, 그렇지 않단다. 스텔라는 휴 도일에게 첫눈에 반해 그를 사랑했고 휴 도일도 마찬가지였어. 하지만 스텔라는 언젠가는 영화배우가 되기 위해 떠나야겠다는 생각을 하고 있었고 휴는 그녀를 잡지 못했단다. 내 생각엔 스텔라가 자신이 그토록 절실하게 떠나고 싶은 이유를 휴에게 납득시키지 못한 것 같아."

"왜 그렇게 떠나고 싶어 했는데요?"

"나도 잘 모른단다, 애야. 넌 왜 그렇게 어딜 가고 싶어 하니? 넌 늘 여기 가고 싶어요, 저기 가고 싶어요, 세계를 횡단하고 싶어요, 달에 가고 싶어요 하고 졸라 대잖니. 내 생각엔 네가 나보다 스텔라를 더 잘 이해할 것 같구나."

아버지가 미소를 지으며 대답했다.

"아빠는 그 아줌마가 영화배우가 된 게 잘못이라고 생각하세요?"

"아니."

"아빠는 그 아줌마가 아저씨를 죽이지 않았다고 생각하세요?"

"그래. 죽이지 않았다고 생각한단다."

"누군가 그 아저씨를 죽였잖아요."

"버디야, 사람들은 살아 가면서 희망과 용기를 잃고 더 이상 살고 싶지 않을 때가 있단다."

"알아요, 아빠. 자살 말이죠."

흔들의자가 삐걱거리며 앞뒤로 움직였다. 그러다가 갑자기 아버지가 발로 바닥을 치는 소리가 났다.

"맞다. 자, 넌 왜 이렇게 앉아 있니? 자전거를 타고 야구장으로 가서 누가 와 있나 보지 않을래?"

"난 스텔라 도일 아줌마 이야기를 듣고 싶어요."

"더 듣고 싶다고. 좋다, 그럼 우리 코카콜라를 마시러 가자구나. 이렇게 더운 날에는 서랍장을 살 사람은 없을 것 같구나."

"에어컨을 파세요, 아빠. 에어컨은 사러 올 거예요."
"그래야겠구나."

이렇게 해서 나는 아버지의 이야기를 듣게 되었다. 그러니까 아버지의 시각으로 본 스텔라에 대한 이야기 말이다. 아버지는 휴와 스텔라가 서로에게 특별한 의미를 지닌 존재였다고 말했다. 애초부터 마을 사람들은 어마어마한 돈과 엄청난 미인의 결합을 가을이 되면 열매가 맺히는 것처럼 당연하게 받아들였다. 스텔라의 빼어난 미모에 걸맞는 부자는 보폭이 크고 자유로우며 거리낄 것 없이 걷는 휴 도일밖에 없었다. 하지만 그런 휴 도일도 그녀를 붙잡아 두지 못했다. 휴는 주립 대학을 반만 마친 상태였고, 그래서 그의 아버지는 스텔라를 집으로 데려오고 싶으면 먼저 대학을 마치라고 말했다. 그때 스텔라는 콜드스팀 미용실을 그만두고 버스로 캘리포니아로 갔다. 휴가 결국 그녀를 데려오기 전까지 그녀는 그곳에서 6년 동안 살았다.

그 무렵 이 지역에 사는 소녀들은 모두 영화 잡지에서 스텔라의 사진을 오리고, 어떻게 행운을 잡았으며, 유명 감독과 어떻게 결혼하고 이혼했으며, 유명 스타와 결혼해서 어떻게 전보다 더 빨리 이혼했는지를 미친 듯이 읽어 댔다. 사진 기자들도 먼 길을 마다 않고 테르모필레로 달려와 그녀가 태어난 집의 사진을 찍으려 했다. 사람들은 그녀가 살던 집이 쓰러져서 땔감으로 쓰였다고 설명했다. 하지만 사진 기자들은 대신 발리스터 목사의 사택을 찍어 스텔라가 그곳에서 자랐다고 썼다. 머지않아 이곳 소녀들까지 성소이기나 한 듯 발리스터 목사의 집 앞에서 포즈를 취했으며 마당에서 꽃을 따 가기도 했다. 스텔라가 주연한 최고의 성공작인 「격정」이 중심가의 그랜드 극장에서 상영되던 해에 휴 도일은 비행기를 타고 로스앤젤러스로 가서 스텔라를 되찾으려 노력했다. 그는 스텔라를 데리고 멕시코로 가서 그녀가 대 스타가 된 후에 결혼한 야구 선수와 이혼하게 했다. 그러고는 휴는 그녀와 결혼한 뒤 대형 쾌속선을 타고 전 세계를 유람했다. 두 사람은 꼬박 2년 동안 고향인 테르모필레에 모습을 드러내지 않았다. 이곳 사람들은 모두 2년간의 신혼여행에 대해 입방아를 찧었으며 휴의 아버지는 친구들에게 아들이 사는 방식에 혐오감을 느낀다고 토로했다.

그러나 이들 부부가 고향으로 돌아오자 휴는 바로 방앗간을 맡아 돈을 벌어들였다. 휴의 아버지는 같은 친구들에게 휴의 다른 면모에 놀랐다고 말했다. 하지만 아버지가 세상을 떠나자 휴는 술을 마시기 시작했고 스텔라도 이에 합류했다. 두 사람은 방종한 파티를 벌이기 시작했으며 말다툼도 잦아졌다. 사람들은 또 입방아를 찧었다. 휴에게 다른 여자가 생겼다는 것이었다. 사람들은 스텔라가 요양소에 감금되었으며 도일 씨 부부가 파산했다고 떠들어 댔다.

그러던 6월의 어느 날 레드 힐스에서 일하는 한 하녀가 더위가 시작되기 전 아침에 일하러 가다가 마구간으로 가는 길목에 누가 쓰러져 있는 것을 발견했다. 휴 도일이었다. 그는 승마복 차림이었고 머리 한쪽에 커다란 구멍이 있었다. 경찰이 장갑 낀 그의 손으로부터 멀지 않은 지점에서 스텔라의 총을 발견했다. 총은 햇볕을 받아 이미 손을 댈 수 없을 만큼 뜨겁게 달아 있었다. 요리사는 도일 씨 부부가 전날 밤새도록 정신없이 싸웠다고 증언했다. 휴의 어머니는 그가 스텔라와 이혼하고 싶어 했지만 스텔라가 원하지 않았다고 증언했다. 이렇게 해서 스텔라는 구속되었다. 그녀는 자신이 무고하다고 주장했지만 어쨌든 그건 그녀의 총이고 그녀는 남편의 상속인이며 그녀에게는 아무런 알리바이도 없었다. 스텔라에 대한 재판은 무더위가 기승을 부리던 8월 내내 계속되었다.

우리가 저녁 시간에 포치에 나와 더운 기운이 가라앉기를 기다리고 있을 때 이웃 사람이 다가왔다.

"배심원들의 판결이 아직 안 나왔어요."

이웃 남자가 말했다. 어머니가 그 사람에게 손을 흔들었다. 어머니와 나는 포치 지붕에 매달린 커다란 녹색 나무 그네에 앉아 있었고 어머니는 스텔라 도일에 대한 내 질문에 대답하고 있었다.

"아, 그래. 모두들 스텔라가 특별히 예쁘다고들 했지. 나는 그런 말을 할 만큼 그 여자를 잘 알지 못한단다."

어머니가 말했다.

"하지만 아빠는 그 아줌마를 굉장히 좋아했대요. 그런데 왜 그 집에서 우리를 초대하거나 하지 않은 거죠?"

"그 여자와 네 아빠는 학교를 함께 다닌 것뿐이란다. 그게 전부야. 그것도 아주 오래전 일이고. 도일 씨 부부는 우리 같은 사람들이 레드 힐스로 놀러 오는 걸 좋아하지 않았어."

"왜 그랬죠? 아빠네 집도 굉장한 부자였다고 엄마가 그러셨잖아요. 게다가 아빠는 오늘 법원 앞에서 사람들이 많이 모여 있는데도 도일 아줌마한테 갔어요. 아빠가 그 아줌마한테 우리가 도와줄 일이 있으면 알려 달라고 했어요."

어머니는 아버지 이야기가 나오면 늘 그러시듯 싱긋 웃었다. 하지만 내가 오랫동안 붙잡고 있는 것에 지치신 듯했다.

"너도 알다시피 네 아빠는 흑인이든 백인이든 어려움에 처한 사람을 보면 언제나 도우려 한단다. 그 사람이 꼭 스텔라 도라 도일이라서가 아니라 네 아빠가 그런 분이시니까. 네 아빠는 무척 착한 사람이야. 그걸 기억해야 한다, 버디."

어머니는 착하다는 것이 아버지의 장사 밑천이며 아버지는 돈이나 야망 대신 그걸 갖고 있다고 우리에게 자주 상기시켰다. 어머니는 아버지에게는 자신이 엄두도 내지 못할 선함이 있다고 했다. 글을 쓸 줄도 읽을 줄도 모르는 어머니는 아홉 살 때부터 아버지와 결혼하는 날 아침까지 담배 공장에서 하루 종일 선 채로 일을 한 투사였다. 어머니는 우리가 아버지보다 더 멀리 뻗어 나가기를 원했다. 아버지가 돌아가신 뒤에 어머니는 다락방에서 곰팡이 핀 노란 장부를 끌어내렸다. 그 장부에는 아버지가 형편이 어려운 사람들에게 갚으라고 강요하지 못한 7만 5000달러도 넘는 오래전 빚이 기록되어 있었다. 사람들의 이름과 그들이 빌린 돈의 액수를 주근깨 박힌 손가락으로 훑어 내려가던 어머니는 자랑스럽기도 하고 분하기도 한 표정으로 한숨을 내쉬며 어리석을 만큼 관대한 아버지에 대해 머리를 설레설레 저었다.

거실 앞 창을 통해 누이들이 피아노로 「아파트」의 테마를 연습하는 소리가 들렸다. 길 건너편 집에서 누군가 불을 켰다. 그러더니 평소보다 빨리 인도로 내려오는 아버지의 구둣발 소리가 들렸다. 아버지가 울타리를 돌아 들어왔다. 아버지는 매일 저녁 반짝이는 정육점 종이에 고기를 싸 가지고 들어왔다.

"방금 판결이 나왔어! 무죄야! 배심원들이 사십 분 전에 나왔다구. 사람들이 벌써 스텔라를 집으로 데려갔어."

아버지가 행복한 음성으로 외쳤다.

어머니가 고기 꾸러미를 받아들었고 아버지는 그네를 탄 어머니 옆 자리에 앉았다.

"그래요? 그 여자가 풀려 났단 말이죠."

어머니가 말했다.

"아다, 내가 모든 사람에게 말했듯이 애초 재판에 회부되어서는 안 되었어. 스텔라의 변호사가 말한 대로야. 휴는 애틀랜타로 가서 진찰을 받고 자신이 암에 걸렸다는 걸 알았어. 그래서 자살을 한 거야. 스텔라는 휴가 아프다는 사실도 까맣게 몰랐다고."

어머니가 아버지의 무릎을 가볍게 두드렸다.

"무죄라니, 잘됐네요, 잘됐어요."

"오늘 밤 중심가에 모인 사람들이 스텔라가 풀려 난 것에 모두 분개했다는 걸 믿을 수 있겠어? 애딜 심프슨은 노골적으로 화를 내더군!"

아버지가 성난 음성으로 말했다.

"그래서 놀라셨우?"

어머니가 물었다. 어머니는 나를 보고 아버지의 순진함에 고개를 저었다.

두 분은 포치의 나무 바닥에 긴 그림자를 드리운 채 재판에 대해 이야기를 나누었고 누이들은 누군지 모르는 작곡가에 의해 오래전부터 전수되어 온 「젓가락 행진곡」의 변주곡을 끝도 없이 연주했다.

그로부터 몇 주 후에 아버지는 레드 힐스로 초대받았고 나를 데려갔다. 우리는 어머니가 도일 부인에게 드리라고 만들어 주신 소시지 비스킷 바구니를 들고 갔다.
 아버지와 내가 탄 차가 널찍한 흰 문을 지나 들어가면서 나는 돈이 날씨까지 바꿀 수 있음을 깨달았다. 레드 힐스는 마을의 다른 곳보다 시원했고 우리가 사는 지역에서 가장 푸른 잔디가 깔려 있었다. 검은 정장을 입은 흑인이 우리를 집 안으로 안내했고, 우리는 흐린 빛깔의 노란 나무로 된 넓은 복도를 지나 더위를 막기 위해 덧문을 내린 널찍한 방으로 들어갔다. 그녀는 자신의 눈 빛깔과 거의 비슷한 색의 안락의자에 앉아 있었다. 여자는 몸에 딱 붙는 바지를 입은 채 술잔에 위스키를 따르고 있었다.
 "클래이턴, 와 줘서 고마워. 안녕, 귀여운 버디. 나 때문에 장사를 망치는 건 아닌지 모르겠어."
 "스텔라, 내가 일주일 동안 자리를 비워도 아무 표시도 안 날걸."
 아버지가 웃으며 말했다. 나는 아버지가 그런 형편을 그 여자에게 털어놓는 것이 못마땅했다.
 그 여자는 내가 책을 좋아할 것 같다며 자신이 아버지를 잠시 빌리는 동안 그곳에서 책을 읽는 게 어떻겠느냐고 물었다. 방 안에는 책으로 가득한 흰 책꽂이가 즐비했다. 난 그래도 괜찮다고 말했지만 내심은 그렇지 않았다. 나는 계속 그 여자를 쳐다보고 싶었다. 지저분하고 헐렁헐렁한 셔츠는 허리 부분이 구겨져 있고 더위와 술기운과 슬픔으로 얼굴이 부어 있었지만 그녀는 가능한 한 오래도록 쳐다보고 싶은 여자였다.
 두 사람은 나만 남겨 두고 방에서 나갔다. 흰 피아노 위에는 은 액자에 담긴 스텔라 도일의 사진 수십 개가 놓여 있었다. 벽난로 위에 걸린 커다란 그림에서 그 여자의 아름다운 두 눈이 방 안을 맴돌며 나를 따라왔다. 내가 햇빛이 점점 깊이 드리워져 가는 그림을 보고 있을 때 마침내 아버지와 그 여자가 돌아왔다. 여자는 코에 휴지를 대고 손에는 새로 부은 술잔을 들고 있었다.

"미안하구나, 애야. 네 아빠가 너무 좋은 분이라 내가 마음 놓고 떠들었단다. 난 그동안 일어난 일에 대해 말할 사람이 필요했거든."

여자가 내 머리 꼭대기에 입을 맞췄고 나는 머리카락 사이로 여자의 따뜻한 입술을 느꼈다.

우리는 그 여자를 따라 넓은 현관을 지나 포치로 나왔다.

"클래이턴, 늙고 뚱뚱한 술꾼이 네 귀를 더럽히고 수탕나귀처럼 울부짖은 걸 용서해 주겠지."

"그렇지 않았어, 스텔라."

"그러니까 넌 처음 그 소식을 들었을 때부터 내가 그 사람을 죽이지 않았다고 생각했다는 거지. 정말 고마워."

"이제 건강에 신경 써야겠어."

아버지가 다시 여자의 손을 잡으며 말했다.

그때 갑자기 여자가 아버지의 몸을 껴안더니 양 옆으로 흔들어 댔다. 둑이 무너지는 것처럼 여자의 입에서 거침없는 막말이 쏟아져 나왔다.

"내가 그 나쁜 자식의 엉덩이를 차 줬어야 하는데! 왜 나한테 말을 안 한 거야? 그러면 안 돼, 그러면 안 된다고. 일부러 내 총을 써서 날 가스실에 처넣으려 하다니, 개 같은 자식, 말 한 마디 안 하다니!"

아버지는 그녀의 불경스러운 행동에 나만큼이나 놀란 듯했다.

아버지는 여자한테서 그런 욕을 들은 적이 없다는 것은 물론 직접 그런 말을 한 적이 한 번도 없었다.
"그럼, 잘 있어 스텔라. 다시는 만나지 못할지도 모르겠다."
아버지가 고개를 끄덕이며 말했다.
"아니야, 클레이턴. 난 돌아올 거야. 세상이 얼마나 좁은데."
여자는 영화 잡지들이 그토록 신이 나서 떠들어 대던 보랏빛 눈에 눈물을 가득 담은 채 포치 위에 서 있었다. 그녀의 뺨은 모기가 문 것처럼 빨갛게 달아올라 있었다. 거대한 흰 원기둥을 잡고 선 여자가 차를 타고 먼지 자욱한 무더위 속으로 나가는 우리에게 손을 흔들었다. 여자가 들고 있던 잔에서 얼음이 다이아몬드처럼 떨어져 내렸다.

아버지의 말이 옳았다. 두 사람은 다시는 만나지 못했다. 아버지는 당뇨병으로 두 다리를 절단했다. 물론 그 전에도 다니는 것을 별로 좋아하지 않았다. 다리까지 자르자 아버지는 집과 가게만을 오갔다. 아버지는 가구점의 커다란 나무 휠체어에 앉아 두 팔을 편안히 팔걸이에 놓고 가게에 들르는 사람들과 이야기를 나누었다.
하지만 나는 스텔라 도일을 다시 만났다. 첫 만남은 12년 뒤에 벨기에에서였다. 나는 아버지보다 더 성공해 있었다.
브루게에는 우아한 팔꿈치를 운하에 비스듬히 기댄 듯한 자태로 밑으로 지나가는 배들을 굽어보는 작은 식당들이 있다. 어느 날 저녁 그런 식당의 굽어진 팔꿈치 부위에 놓인 탁자에 스텔라 도일이 앉아 있었다. 그녀는 물에 비쳐 보이는 철 난간에 기대 있었다. 내가 봤을 때 그녀는 혼자였다. 그녀는 자리에서 일어나 난간에 몸을 기대고는 잔에서 얼음을 꺼내 운하로 떨어뜨렸다. 나는 관광객으로 가득한 유람선을 타고 그 밑을 지나고 있었다. 그녀가 웃으며 우리에게 손을 흔들었고 우리도 그녀에게 손을 흔들었다. 그녀가 마지막 영화를 찍고 상당히 오랜 세월이 흘렀지만 손을 흔드는 습관은 남아 있는 듯했다. 배를 타고 그곳을 지난 관광객들에게는 흰옷을 입고 검은 식당을 배경으로 서 있던 스텔라가 브루게의 한 풍경으로 남았을 것이다. 하지만 내게 있어 그녀는 고향이자 추억이었다. 나는 목을 길게 빼고 오랫동안 뒤를 쳐다보다 정거장에 도착하자마자 배에서 뛰어내렸다.

내가 그 식당을 찾아갔을 때 스텔라는 탁자 위로 몸을 굽힌 채 프랑스어로 그녀를 달래려고 애를 쓰는, 옷을 잘 차려입은 젊은 남자에게 소리 지르고 있었다. 두 사람은 남자가 늦은 것에 대해 말다툼을 하는 것 같았다. 갑자기 여자가 남자를 때렸고 여자 손가락에 끼여 있는 다이아몬드가 그의 얼굴에서 번쩍 빛났다. 남자가 허공에 대고 성난 듯한 동작을 취하더니 뺨에 흰 냅킨을 댄 채 몸을 돌려서 나가 버렸다. 그 청년이 나와 비슷한 또래로 보였기 때문에 나는 그 광경을 보고 무척 당황스러웠다. 나는 아무 말도 못하고 서 있다가 그녀가 나를 쳐다본 후에야 깜짝 놀라 앞으로 나아갔다.

"도일 부인이시죠? 전 버디 헤이스입니다. 저희 아버지이신 클레이턴 헤이스 씨와 레드 힐스로 뵈러 간 적이 있었죠. 제게 책을 보고 있으라고 하셨잖아요."

여자가 의자 깊숙이 몸을 기대앉으며 잔에 포도주를 따랐다.

"당신이 그 어린 꼬마? 이럴 수가, 내가 이렇게 늙다니! 아직 백 살도 안 됐는데."

포도주 기운 탓인지 여자의 미소는 풀어져 있었다.

"그렇다면 나처럼 붉은 진흙을 밟고 자랐겠군. 정말 그랬겠어. 앉아. 여기서 뭘 하고 있지?"

나는 가능한 한 아무렇지도 않게 보이려 애를 쓰며, 글을 기고 해 대학에서 받은 상금으로 여행을 다니고 있다고 설명했다. 나는 살인 재판에 관한 글로 상을 받은 터였다.

"내 이야긴가 보군?"

여자가 웃으며 물었다.

말끔한 검은 정장을 입은 웨이터가 얼굴을 붉힌 채 그녀의 옆으로 다가왔다. 웨이터가 손도 대지 않은 음식을 보고 고개를 저으며 물었다.

"마담, 친구 분은 가신 건가요?"

"이봐요, 난 여태까지 그 사람을 도왔어요. 하지만 알고 보니 친구가 아니었어요."

스텔라가 대답했다.

그러자 웨이터가 슬프고 원망스러운 듯한 눈길로 송어 요리를 쳐다봤다.

"포도주 한 병과 큰 얼음 바구니 좀 갖다 주실래요?"

스텔라가 말했다.

웨이터가 통통한 두 손을 머리 주변에서 재빨리 마주치며 우리에게 안으로 들어오라고 했다.

"모기가 많습니다, 마담."

"그냥 물게 내버려 둘래요."

스텔라가 이렇게 말하자 웨이터는 실망한 표정으로 가 버렸다.

그녀는 날씬했고 우아한 옷차림이었다. 손과 목은 나이가 들었지만 눈은 하나도 변하지 않았고 붉은빛 나는 금발 머리도 예전 그대로였다. 그녀는 여전히 내가 평생 만난 사람들 중에서 신이 빚은 가장 아름다운 여자였고 생전에 아버지가 그녀를 원하지 않은 남자는 진실로 살아 있는 게 아니라고 말한 바로 그 사람이었다. 게다가 아버지는 그 여자의 명예를 위해 테르모필레의 모든 사람에게 등을 돌린 터였다. 그런 아버지 덕분에 나는 스텔라 도일의 명예를 지키기 위해 투쟁하는 꿈을 꾸며 사춘기 시절을 보냈다. 나는 그녀가 출연한 십여 편의 영화에 상대역으로 출연했고 그녀의 재판에 선 배심원들을 감동시켰으며 휴 도일의 아내에 대한 고귀한 사랑을 숨긴 채 휴 도일을 치료해 주는 꿈을 꾸기도 했다. 그런데 지금 내가 브루게의 한 식당 베란다에서 그녀와 마주 앉아 포도주를 마시고 있는 것이었다. 헤이스 가에서 처음 대학에 갔음은 물론, 대학에서 상을 탄 것도 가문에서 처음인 내가 지금 영화배우와 마주 앉은 것이었다.

그녀가 담배를 다 피운 뒤에 담배꽁초를 운하의 검은 물속으로 떨어뜨렸다.

"아빠를 닮았어. 당뇨병에 걸렸다는 소식은 들었어."

그녀가 말했다.

"저는 아버지를 닮았지만 사고방식은 아버지와 다릅니다."

내가 말했다.

그녀가 포도주 병을 얼음 바구니 안에 거꾸로 집어넣었다.

"세계를 다 갖고 싶겠지. 가서 다 갖도록 해."

"아버지는 바로 그 점을 이해 못하셨습니다."

"착한 사람이었지. 한데 클래이턴은 내가 자기 아들을 호텔까지 데려다 주길 바랄 것 같은데."

여자가 자리에서 천천히 일어서며 말했다.

그녀의 차인 메르세데스 벤츠는 범퍼가 모조리 부서져 있었다.

"내가 몇 잔 마셨으니, 이 미친 세상에서 날 지키려면 강한 차가 필요하지."

그녀가 말했다.

거대한 차가 하얀 달빛이 깔린 도로로 미끄러져 나왔다.

"버디, 혹시 알아? 휴 도일이 어느 날 아침 파리에서 나에게 처음 메르세데스를 사 줬지. 아침 식사를 하는데 마당에서 딴 수선화를 주는 것처럼 자동차 열쇠를 건네지 뭐야. 그자가 나한테 이 빌어먹을 차를 줬다구. 이 빌어먹을 것은 어느 크리스마스 아침에 내 엄지발가락에 끼워져 있었지!"

여자가 커다란 다이아몬드 반지를 낀 손가락을 흔들어 보이며 말했다. 그녀는 휴 도일이 하늘에서 다이아몬드를 붙잡고 있기라도 한 것처럼 별을 올려다보며 미소 지었다.

"미소 짓는 게 참 멋진 남자였는데, 버디. 하지만 그 남자는 개자식이었어."

그녀는 내가 묵고 있는 작은 호텔 앞 모퉁이에서 쿵 소리를 내며 차를 세웠다.

"내일 기차를 놓치면 안 되지. 그리고 내 말 들어, 고향으로 가지 말고 로마로 가도록 해."

여자가 말했다.

"시간이 될지 모르겠습니다."

여자가 나를 쳐다봤다.

"시간을 내야 해. 시간을 내야 한다고. 겁내지 말고."

그러더니 그녀가 내 재킷 주머니 속으로 한 손을 집어넣었다. 달빛이 그녀의 머리를 은은하게 감쌌고 그녀가 내게 입맞출지도 모른다는 생각에 심장이 정신없이 뛰었다. 하지만 그녀는 손을 빼면서 말했다.

"고향으로 돌아가면 클래이턴에게 안부 좀 전해 줘, 알겠지? 다리를 절단하고 어떤 일이 있다 해도 네 아버지는 운이 좋은 사람이야, 그걸 알지?"

"왜 그런지 모르겠는걸요."

내가 대답했다.

"아, 나도 나이를 많이 먹을 때까지는 그 사실을 몰랐어. 그 빌어먹을 시집 식구들은 날 가스실로 밀어 넣지 못해 안달이지. 잘 자고 잘 가렴, 붉은 진흙."

그녀가 탄 은색 차가 멀리 사라졌다. 주머니 안을 보니 두툼한 프랑스 지폐 뭉치가 들어 있었다. 로마를 여행하고도 남을 만한 거액이었다. 게다가 리본으로 장식한 작은 상자도 들어 있었다. 식당에 늦게 도착한, 옷을 잘 차려입은 청년에게 주려 했던 것인 게 분명했다. 검은 벨벳 위에 붉은빛 나는 금색 남성용 손목시계였다.

그것은 정말이지 멋있는 시계였다. 나는 아직도 그 시계를 차고 다닌다.

나는 장례식 때 단 한 번 고향인 테르모필레를 방문했다. 아버지가 부모님 침실에 놓아둔 병원 침대에서 숨을 거둔 날은 개 같은 8월의 날씨 중에서도 가장 무더운 날이었다. 우리가 아버지의 관 위로 흙을 퍼 넣을 무렵 아버지 무덤에 있는 붉은 흙덩이는 이미 뽀얗게 말라 있었다. 아버지의 친구들이 돌아가며 삽을 잡았다. 장미에서 떨어진 꽃잎이 붉은 흙 위로 떨어져 내렸다. 발리스터 목사가 클래이턴 헤이스는 '착한 사람'이었다고 말하는 동안 무덤 가에 서 있던 사람들은 슬픈 표정을 지었다. 어머니의 가족 뒤로 나는 검은 옷을 입은 여인이 몸을 돌려 풀 덮인 비탈을 내려가 차로 다가가는 것을 보았다. 차는 메르세데스 벤츠였다.

장례식이 끝난 뒤에 나는 차에 몸을 실었다. 그러나 데버루 군에서는 아버지에게서 벗어날 수 없었다. 주유소에서 일하는 남자가 내 차의 앞 유리를 닦으며 아버지의 좋은 점에 대해 이야기를 늘어놓았다. 내게 버번 위스키를 판 여인은 1944년 이후로 자신이 아버지에게 215달러를 빚졌다고 털어놓았다. 1966년에 돈을 갚았을 때 아버지는 아무것도 기억하지 못했다고 했다. 나는 고속도로를 달려 양철 지붕 오두막이 서 있던 곳을 찾아갔다. 그곳은 이제 작은 상점 가의 주차장이 되어 있었다. 그 아스팔트 아래 어딘 가에서 스텔라 도일이 태어났을 터였다. 스텔라 도라 히블, 아버지의 첫사랑.

흰 문을 지나 들어갔지만 레드 힐스의 잔디밭은 우리가 사는 지역의 다른 곳처럼 시들어 있었다. 커다랗고 흰 원기둥은 여기저기 칠이 벗겨지고 홈이 나 있었다. 나는 이십 년 전에 만난 나이 지긋한 흑인이 성마른 태도로 문을 열어 줄 때까지 한참을 기다려야 했다.

　나는 그늘진 현관에서 그녀가 소리쳐 부르는 것을 들었다.

　"요나스! 들어오시라고 해."

　흰 책꽂이에는 예전과 똑같은 책이 꽂혀 있었다. 피아노 위의 사진도 예전과 같은 젊은 모습이었다. 내가 방 안으로 들어서자 그녀가 아주 낯선 표정을 지으며 얼굴을 찌푸렸다. 그래서 나는 그녀가 다른 사람이 들어올 것을 기대하고 있었으며 나를 알아보지 못한다고 생각했다.

　"전 버디 헤이스입니다, 클래이턴의……."

　"알고 있어요."

　"공동묘지를 떠나시는 걸 보고……."

　"그것도 알고 있어요."

　내가 술병을 내밀었다.

　우리는 아버지를 추억하며 버번 위스키 한 병을 비웠다. 그동안 햇빛을 가린 덧문 때문에 나는 바닥에 깨져 있는 더러운 잔 조각도 라일락 꽃 색 안락의자에 앉은 스텔라 도일도 또렷하게 보지 못했다. 안락의자에는 담뱃불로 탄 자국이 남아 있었고 떡갈나무 바닥에도 여기저기 같은 홈이 있었다. 그녀 뒤로 커다란 초상화에는 세상을 떠난, 그토록 냉혹한 개자식의 얼굴이 담겨 있었다. 여자의 머리는 짧았고 잿빛이었다. 오직 눈만 예전과 같은 색이었다. 그녀의 부은 얼굴에서 두 눈이 예전처럼 빛났다.

　"드릴 게 있어서 왔습니다."

　"뭐지?"

　나는 아버지가 특별한 편지와 서류 들을 모아 둔 책상에서 발견한 얇고 노란 싸구려 편지 봉투를 그녀에게 건넸다. 편지 위에는 연필로 쓴 정갈한 글씨체로 "클래이턴에게"라고 쓰여 있었다. 안에는 촌스러운 밸런타인카드가 들어 있었다. 귀여운 여자 아이가 입을 쑥 내밀고 사탕을 빨며 "우우우, 난 너랑 있으면 달콤해."라고 외치는 그림이었다. 유치하고 천박한 그 카드에는 이제 세월이 지나 갈색이 된 립스틱 자국이 찍혀 있었고 하트 모양 위에 "스텔라"라는 이름이 쓰여 있었다.

"아버지가 7학년 때부터 이걸 보관하고 계셨던 것 같아요."
내가 말했다.
"클래이턴은 착한 사람이었어."
그녀가 고개를 끄덕였다. 그녀가 피우던 담배가 재떨이에서 바닥으로 떨어져 내렸다. 내가 그것을 주우려고 몸을 굽히자 그녀가 말했다.
"착한 것도 행운이야. 돈이 많거나 외모가 근사한 것처럼 말이야. 클래이턴은 바로 그런 행운을 누린 사람이었어."
그녀가 피아노로 가서 그곳에 놓여 있던 바구니에서 얼음을 집어냈다. 그녀는 얼음 한 조각을 목 뒤에 대고 문지른 다음 잔에 넣었다. 돌아서는 그녀의 눈이 축축하게 젖어 있었다. 라일락 꽃 색 별 같았다.

"할리우드 사람들은 '히블이라고?! 뭐 그런 촌스러운 이름이 다 있어, 우린 그런 이름 쓸 수 없어!' 라고 말했단다. 그래서 내가 '그럼 도일이라고 하세요.' 라고 말했지. 그러니까 난 휴가 날 만나러 오기 6년 전부터 그의 이름을 써 왔던 거야. 왜냐하면 난 그 사람이 올 걸 알고 있었거든. 내가 테르모필레를 떠나던 날 그 사람은 계속 나한테 소리쳤어, '둘 다를 가질 순 없어!' 그 사람은 버스가 떠날 때까지 계속 그렇게 외쳤어, '나와 그것, 둘 다를 가질 순 없다고!' 그 사람은 떠나고 싶어 하는 떠나는 내 마음을 찢어 놓고 싶었던 거야."

스텔라는 흰 피아노의 모퉁이를 돌아 휴 도일의 사진이 있는 곳으로 갔다. 휴 도일은 흰색 셔츠를 열어젖힌 채 태양을 바라보며 미소 짓고 있었다.

"하지만 난 둘 다를 가질 수 있었어. 이 작은 세상에서 오직 두 개밖에 갖지 못했던 거야. 하나는 「격정」이라는 영화에서 주연을 맡은 거고 다른 하나는 바로 휴 도일이야. 그 사람이 애틀랜타에 있는 의사를 찾아갔었다는 사실을 변호사가 알아낼 때까지 난 그 사람이 암이라는 사실을 몰랐어. 그래서 배심원들은 쉽게 자살이라는 결론을 내렸지. 쉽진 않았어. 하지만 우린 끝내 승리를 거뒀지. 이 마을에서 내가 죄가 없다고 굳게 믿은 사람은 네 아버지밖에 없을 거야."

스텔라가 미소를 지으며 말했다.

그 말을 듣자 왠지 속았다는 생각이 들었다.

"아버지가 제게도 분명히 말씀하셨는걸요."

내가 말했다.

"네 아버지가 사람들을 많이 설득하셨을 거야. 사람들은 모두 클래이턴을 좋게 생각하니까."

"남편을 죽이셨군요."

서로의 눈이 마주쳤다.

"왜죠?"

내가 고개를 저으며 물었다.

"우린 심하게 다퉜어. 술에 취해 있었고. 그 사람이 내 빌어먹을 하녀와 잠자리를 함께했거든. 난 미칠 것 같았어. 이유가 아주 많기도 하구 전혀 없기도 했어. 계획한 일은 아니었어."

여자가 어깨를 으쓱해 보이며 대답했다.

"그 사실을 고백하지 않으셨군요."

"그래서 나아질 게 뭐가 있겠어? 휴는 죽었는데. 잘난 척하는 그 사람의 어머니가 나를 가스실에 밀어 넣고 그 돈을 다 갖게 할 순 없었어."

"이럴 수가. 당신은 단 하루도 죄책감을 느끼지 않으셨고요, 그렇죠?"

나는 계속 고개를 저었다.

여자가 목을 뒤로 젖히고 헛기침을 했다. 약해진 햇빛이 바닥까지 드리워져 있었고 황혼이 밀려들면서 그녀 뒤에 걸린 그림에서 스텔라 도일이 영화 속의 스타처럼 반짝였다.

"아, 그렇게 생각하진 말아 줘."

방은 여전히 고요했다.

나는 자리에서 일어나 빈 술병을 쓰레기통에 던졌다.

"아버지가 얼마나 당신을 사랑했는지 제게 알려 주셨어요."

내가 말했다.

덧문 사이로 비치는 황혼을 받으며 스텔라가 따스한 미소를 지었다.

"그래, 나도 그 사람에게 반했었지."

"그래요. 아버지는 당신을 보고 그렇게 느끼지 않는 남자는 진정으로 살아 있다고 할 수 없다고 하셨어요. 나도 아버지의 말이 무슨 뜻인지 안다는 말씀을 드리고 싶네요."

내가 한 손을 들어 작별을 고했다.

"이리 오렴."

그녀가 말했다. 나는 스텔라가 앉아 있는 의자로 갔고 그녀는 손을 뻗어 내 머리를 끌어내리더니 내 입에 길고 충만한 키스를 해 주었다.

"잘 가, 버디."

내 얼굴에서 천천히 내려가는 그녀의 손에서 커다란 다이아몬드가 찬란한 빛을 발했다.

나는 그 소식을 텔레비전을 통해 들었다. 타블로이드판 신문들은 며칠 동안 뒷장에 그 기사를 실었다. 사진도 몇 장 실렸다. 예전 영화배우 시절의 모습 옆에 휴 도일의 재판 때 사진도 실렸다. 늙은 영화배우의 극적인 죽음은 카메라 기자들을 노스캐롤라이나의 테르모필레로 불러 모을 만큼 대단한 일이었다. 이들은 한때 레드 힐스로 불리던 곳의 새카맣게 탄 폐허를 사진에 담았다. 장례 접견장과 꽃으로 뒤덮인 관 사진도 실렸다.

누나가 전화를 걸어 법원의 검시장에도 사람들이 몰려들었다는 소식을 전했다. 그들은 스텔라 도일이 잠든 후에 담뱃불이 매트에 옮겨 붙은 것으로 발표했다. 하지만 그녀가 불길을 빠져 나오려다 넘어지기라도 했는지 그녀의 시신이 계단 발치에서 발견되었다는 소문이 나돌기 시작했다. 그녀는 만취 상태였다. 그녀는 감리교 공동묘지 최고의 명당인, 가족묘지 안 휴 도일의 옆에 묻했다. 부모님의 묘에서 별로 멀지 않은 곳이었다. 그녀가 세상을 떠난 지 오래되지 않아 어느 유선 방송국에서 그녀의 영화 특집의 밤을 마련했다. 나는 잠을 자지 않고 「격정」을 다시 보았다.

"버디, 미안하지만 이건 싸구려 감상만을 나열해 놓은, 내가 여태까지 본 것 중에서 최악의 영화야. 저 매춘부가 자신의 보석을 팔아 약을 산 덕분에 사람들은 병을 고치고 살아남지만 그 여자는 과거의 죄 때문에 죽고, 마을 사람들은 그 여자가 사실은 성인이었다는 사실을 알게 된다는 내용 아니야. 내가 똑바로 본 거지?"

아내가 말했다.

"맞아."

아내는 자리에 앉아 잠시 텔레비전을 봤다.

"그런데 저 여자가 정말 형편없는 배우인지 아니면 진짜 훌륭한 배우인지 판단이 서질 않는걸. 좀 묘해."

"사실 난 저 여자가 보통 사람들이 생각하는 것보다 훨씬 훌륭한 배우라고 생각해."

내가 말했다.

아내는 잠자리에 들었고 나는 밤새도록 텔레비전 앞에 앉아 있었다. 나는 아버지가 돌아가신 뒤에 북부로 가져온 아버지의 낡은 흔들의자에 앉아 있었다. 결국 나는 새벽녘에 텔레비전을 껐다. 스텔라의 얼굴이 작아지면서 별 속으로 사라졌다. 추도 모임은 끔찍했고 텔레비전 화면도 너무 작았다. 게다가 마지막 영화는 흑백 영화였다. 그래서 열 살 때 그 무더웠던 8월의 어느 날, 법원 앞 계단 발치에서 그녀가 처음 내 쪽으로 얼굴을 돌리던 순간의 그 충격적인 눈빛을 제대로 추억할 수 없었다. 아버지가 사람들 사이를 뚫고 앞으로 나아가 그 여자에게 손을 내밀었고 그녀가 아버지를 향해 꽃 색의 눈을 돌리던 순간 아버지의 밀짚모자가 여름 햇빛을 받아 기사의 투구처럼 반짝이던 그 순간을 말이다.

베니의 구역
Benny's Space

마샤 멀러 _ Marcia Muller

　　여자 사립 탐정이 출현한 시기는 적어도 거친 종이를 쓰던 옛날로 거슬러 올라간다. 이들은 천상 '여자'로 남자 탐정의 예쁜 변형 판이었으며 이들의 이야기에는 윙크와 미소가 난무했다. 마샤 멀러는 여자 사립 탐정을 강인한 체력과 품위와 지성 그리고 남자 사립 탐정에게는 없는 여성적인 섬세함을 지닌 존재로 재창조해 냈다. 샌프란시스코의 '올소울 법률 회사'에서 조사원으로 일하는 샤론 매콘이 등장하는 멀러의 작품은 처음부터 치밀하고 프로페셔널하다. 하지만 멀러는 더 도전적인 과업을 성취하기 위해 끊임없이 자신을 몰아가는 작가로 밝혀졌다. 「외로운 야만의 장소(A Wild and Lonely Place)」(1994)와 「깨어진 약속의 땅(The Broken Promise Land)」(1996)은 더 길고 한결 더 강력한 매콘의 미스터리가 시작됨을 알리는 작품들이다. 멀러의 독자들은 이런 여정에 뜨겁게 동참했으며 그녀에게 미스터리 장르의 대표 작가라는 명성을 안겨 주었다. 「침묵에 귀 기울이기(Listen to the Silence)」가 그녀의 최근 작이다.

아모피나 앤젤레스는 겁에 질려 있었고 나는 그런 그녀를 충분히 이해할 수 있었다. 이웃에서 산다는 것만으로 나도 두려움을 느끼곤 했다. 그러니 수많은 거리의 폭력단 중 한 패가 괴롭힌다면 더욱 그렇지 않겠는가.

그녀의 집은 샌프란시스코 남동쪽 끝의 황폐한 골목길에 있었다. 마약과 범죄로 들끓는 서니데일 무료 공공 주택 제공지에서 불과 몇 블록 떨어진 곳이었다. 회 칠한 작은 집의 문과 창문에는 쇠창살이 박혀 있었다. 폐기되고 고의로 부순 차량이 황량한 길모퉁이 곳곳에 서 있고 잡초가 무성한 이웃집 정원에서는 옴을 앓는 개가 새끼를 밴 듯한 몸짓으로 으르렁거리며 걸었다. 벽과 담장에 그려진 낙서처럼 이 거리에는 두려움이 공공연히 배어 있었다. 이 거리에서 사는 이들 중 어느 누구도 두려움과 절망 그리고 음울한 체념에서 벗어날 수 없었다.

나는 좁은 거실을 가로질러 거실 정면 창가로 가는 앤젤레스 부인을 지켜봤다. 그녀가 커튼 한쪽을 조금 쳐들고 거리를 내다봤다. 앤젤레스 부인은 1미터 50센티미터를 넘지 않는 키에 동그란 어깨 그리고 누르스름한 피부에 잿빛 나는 검은 머리칼을 짧게 파마한 모습이었다. 펑퍼짐한 꽃무늬 원피스도 형편없는 음식에 아이를 너무 많이 낳아 여기저기 군살이 붙은 그녀의 몸매를 감추지는 못했다. 그녀는 마흔 살밖에 되지 않았지만 몸동작은 그보다 훨씬 늙어 보였다.

그녀의 변호사이자 내 동료인 '올소울 법률 회사'의 잭 스튜어트가 내게 자신의 고객에 대한 조사를 부탁하며 앤젤레스에 대해 간단히 설명한 일이 있었다. 그녀는 사람들 말대로 행복한 삶을 찾아 남편과 함께 미국으로 이민 온 필리핀인이었다. 하지만 많은 필리핀인들이 경험했듯이 일은 앤젤레스 부부가 생각한 대로 돌아가지 않았다. 우선 아모피나의 남편은 마닐라에 있는 친구와 무역업을 했으나, 그 친구는 2년 뒤에 조 앤젤레스가 평생 모은 돈을 갖고 자취를 감췄다. 그 일이 있은 지 1년 만에 조는 건설 현장에서 일을 하다 순간적인 사고로 목숨을 잃었다. 아모피나와 여섯 자녀는 아무런 생계 수단도 없이 남겨졌다. 조가 죽은 지 몇 년 만에 이들의 상황은 점점 악화되어, 결국 이 샌프란시스코 최악의 빈민가 방 두 개짜리 집에 사는 신세로까지 전락한 터였다.

잭은 나에게 앤젤레스 부인이 가족을 위해 최선을 다해 왔다고 말했다. 낮에는 미션 구역의 봉제 공장에서 일하고 밤에는 다른 일을 하느라 사회 복지 기금도 받지 못했다. 아이들이 자라면서 아이들도 시간제 일자리를 구해 도움을 주었다. 이제 집에 남은 아이는 둘 뿐으로, 하나는 열여섯 살인 알렉스이고 또 하나는 열네 살인 이사벨이었다. 지금처럼 위험한 상황에서 앤젤레스 부인이 자신보다 아이들에게 더 신경을 쓰는 것은 당연한 일이라고 잭은 말했다.

그녀가 창가에서 몸을 돌렸다. 얼굴은 두려움으로 굳어 있고 통통한 입술 주변에는 깊은 주름이 가 있었다.

"밖에 누가 있나요?"

내가 물었다.

그녀가 고개를 저으며 내 맞은편에 있는 헤진 안락의자로 힘없이 걸어갔다. 나는 붉은 능라 소파에 앉았다. 오래전 가구점에서 배달되어 올 때 가구를 보호하기 위해 씌웠을 게 분명한 비닐 덮개가 아직도 그대로 있었다.

"아무도 보이지 않아요. 아직 이른 시간이어서 그런가 봐요."
그녀가 말했다.

"앤젤레스 부인, 잭 스튜어트에게서 부인이 겪고 계신 문제에 대해 들었습니다. 하지만 부인에게 직접 듣고 싶습니다. 그러니 처음부터 말씀해 주십시오."

그녀가 밝은 색 원피스의 포동포동한 허벅지 부위에서 뭉친 옷자락을 펴며 고개를 끄덕였다.

"오래전으로 거슬러 올라가야겠군요. 그러니까 베니 크레스포가…… 사람들은 그를 오메가 거리의 왕자라고 불렀어요."

그녀가 말하는 별명을 듣다 보니, 역설적이지만 정말 잘 어울린다는 생각이 들었다. 그리스 알파벳의 마지막 자인 오메가는 종말을 상징하며, 이곳에 사는 대부분의 사람들에게 있어 오메가 거리는 빈곤으로의 하강이 종말에 이르렀다는 걸 뜻하기 때문이었다.

"베니 크레스포는 필리핀인이었어요. 베니가 이끄는 단원들이 이곳의 마약 거래를 지배했죠. 그 사람을 우러러 보는 이들이 많았어요. 여기 사람들이 갖지 못한 힘과 다른 여러 가지를 갖고 있었으니까요. 언젠가 알렉스와 큰아들이 그 사람을 영웅이라고 부르는 걸 들은 적이 있어요. 그래서 나한테 무섭게 혼이 났죠. 우리 집에서 그런 말은 두 번 다시 들은 적이 없어요. 필리핀인이든 아니든 나는 폭력단이라면 질색이니까요."

그녀가 이야기를 계속했다.

"베니 크레스포가 이끄는 폭력단 이름이 뭐였나요?"

"기사라는 단어의 타갈로그어인 카발리에로였어요."

"그렇군요. 그런데 베니에게 무슨 일이 있었나요?"

"개를 기르는 저 옆집이 베니가 살던 집이에요. 그는 멋진 코르벳을 늘 집 앞에 주차해 두었고 사람들은 그 차에 손을 대서는 안 된다는 걸 잘 알고 있었어요. 어느 날 밤늦게 그가 차에서 내릴 때, 누군가 그 사람을 쐈어요. 마약 때문이라고 사람들이 그러더라고요. 그 일이 있은 후에 카발리에로 단원들은 그가 차를 세워 두었던 곳을 베니의 성지로 만들기로 했어요. 그래서 그곳에 밧줄을 치고 매주 꽃을 갖다 놨지요. 모든 성인의 축일과 다른 축제 때도 빠짐없이 꽃이 놓이곤 했어요."

"그러다 지난 3월 13일에 우리를 찾아오셨죠."

내가 말했다.

앤젤레스 부인이 아랫입술을 깨물며 다시 치마를 폈다. 그녀가 아무 말도 하지 않자 내가 그녀를 재촉했다.

"일을 마치고 막 집으로 돌아오셨을 때 말이에요."

"예, 늦은 시간이었어요. 어두웠고요. 이사벨이 집에 없어 걱정이 되었어요. 난 계속 창밖을 내다봤죠. 다른 엄마들처럼 말이에요."

"그러다가 뭘 보셨죠?"

"베니가 총에 맞아 죽은 뒤에 레그 도슨이라는 사람이 옆집으로 이사를 왔어요. 흑인이었고 빅터스라는 폭력단의 단원이었죠. 사람들이 그러는데, 그 사람이 그 집으로 이사를 온 건 빅터스파가 그들의 영지를 차지했다는 걸 카발리에로 단원들에게 과시하기 위해서라고 하더군요. 어쨌든 그 사람의 차가 나타나더니 이 길 조금 밑에서 멈춰 섰어요. 그는 잠시 기다리다가 시동을 걸었어요. 사람들이 모여들기 시작했죠. 무슨 일이 있을 거라는 말이 나돌았던 모양이에요. 그리고 사람들이 많이 모였을 때 레그 도슨이 갑자기 차에 속력을 내어 베니의 성지로 달려들었어요. 밧줄을 끊고 꽃들을 짓밟으며 말이죠.

그러고는 끔찍한 싸움이 벌어졌어요. 빅터스파와 카발리에로파 그리고 이웃 사람들이 한데 뒤엉켜서 말이에요. 그런데 싸움이 벌어지는 와중에 레그 도슨이 자신이 대단한 사람이나 되는 것처럼 베니의 성지에 서 있을 때 그 일이 벌어졌어요. 제가 본 그 일 말이에요."

"무슨 일이었죠?"

여자가 머뭇거리며 입술을 빨았다.

"사람들이 드래건이라고 부르는 카발리에로파의 두목인 토미 드래건이 레그 도슨의 집 앞 담장을 넘어왔어요. 주의해서 보지 않았다면 아무도 그 사람을 보지 못했을 거예요. 나는 이사벨이 밖에 있는 건 아닌지 살펴보느라 열심히 보고 있었죠. 그래서 토미 드래건이 레그 도슨에게 총을 겨눠 그를 쏴 죽이는 걸 보고 말았죠."

"그래서 어떻게 하셨나요?"

"달려가서 화장실에 숨었어요. 경찰이 문을 두드렸을 때도 난 화장실에 있었어요. 누군가 그 모든 일이 벌어지는 동안 내가 창가에 있다가 레그가 총에 맞을 때 달아나더라고 경찰에게 알려 준 모양이에요. 그때 어떻게 해야 했을까요? 나는 카발리에로파든 빅터스파든 폭력단이라면 질색이고, 그래서 사실대로 말했죠. 그래서 지금 이런 곤란에 처하게 된 거랍니다."

앤젤레스 부인은 이번 주 열리는 토미 드래건에 대한 재판에서 기소인 측의 중요한 증인으로 설 예정이었다. 하지만 한 달 전부터 협박이 시작되었다. 증언을 하지 말라고 그녀를 협박하는 익명의 전화와 편지가 날아들었고 재판 일이 다가오면서 협박의 강도는 노골적으로 심해졌다. 그녀의 집 쓰레기통에 불이 나기도 하고 누군가 부엌 창문을 총으로 쏘기도 하고 죽은 개가 집 앞 계단에 놓여 있기도 했다. 그 전주 금요일에는 이사벨이 버스 정류장에서 집으로 오는 길에 복면을 쓴 총을 든 두 남자에게 쫓기기도 했다. 이 일로 결국 앤젤레스 부인은 항복하고 말았다. 어제 법정에서 그녀는 드래건에 불리한 증언을 거부했다.

다른 목격자도 없고 드래건이 무죄를 주장하는 데다 살인에 쓰인 총이 발견되지 않은 상황이었으므로 그녀의 증언은 반드시 필요했다. 판사는 법정 모독 죄를 들먹이며 앤젤레스 부인을 설득하려 했다. 하지만 그는 치욕스럽지만 이렇게 말하는 수밖에 없었다.

"법원은 당신과 가족에게 협박이 가해지고 있다는 사실을 알고 있습니다. 하지만 당신의 신변의 안전을 확신할 수 없는 상황입니다."

그러고 나서 판사는 그녀에게 생각할 시간을 마흔네 시간 주었다.

이렇게 되자 앤젤레스 부인이 일하는 공장에서 그녀를 돕겠다고 자처한 사람이 나타났다. 그 봉제 공장의 소유주는 오랫동안 일해 온 직원이 감옥에 가거나 당사자나 가족의 목숨이 위험한 지경에 처하는 걸 보고만 있을 수 없었다. 그는 자신이 고객으로 가입해 있는 올소울 법률 회사로 그녀를 데려왔고 오늘 아침 잭 스튜어트가 내게 그녀를 위해 어떤 조치를 취할 것을 지시한 터였다.

어떻게 하죠? 샌프란시스코 경찰도 거리 폭력배들의 사악한 협박을 저지하지 못하는데, 내가 무얼 할 수 있죠? 내가 물었다.

글쎄, 누가 그 여자를 협박했다는 증거를 잡아서 범인을 체포하면 그녀가 자유롭게 증언할 수 있겠지 라고 그가 말했다.

그렇겠네요, 잭. 하지만 이런 상황에서 경찰이 아무런 힘도 쓰지 못하는 이유가 정확히 뭐죠? 내가 물었다.

잭의 대답은 하나도 놀라운 게 없는 사실이었다. 돈이 없기 때문이야. 폭력단의 범죄와 관련된 재판에서 기소인 측 증인이 협박을 당하는 일은 샌프란시스코에서 점점 빈번히 그리고 공공연히 이루어지고 있어. 하지만 시 당국에는 그들을 보호할 재원이 없어. 말하자면 돈이 없어서 구경만 하고 있는 거지.

앤젤레스 부인이 주저하는 눈빛으로 내 얼굴을 응시했다. 내가 그녀를 마주 보자 그녀의 눈빛이 흔들리기 시작했다. 내게서 큰 도움을 기대하기에 그녀는 살아오면서 너무 많은 좌절을 겪었을 터였다.

"예, 부인이 궁지에 처해 있다는 사실을 잘 알았습니다. 부인을 도와 드릴 수 있을지 알아보도록 하죠."

내가 말했다.

우리는 좀 더 이야기를 나누었고 나는 이내 아모(그녀가 그렇게 불러 달라고 했다.)가 내게 법정 모독죄를 무효로 돌릴 방안이 있는 것으로 잘못 생각하고 있다는 걸 깨달았다. 내가 그녀에게 증언을 거부한 증인이 감옥에 갈 수도 있다는 사실을 몰랐느냐고 물었다. 그녀가 고개를 저으며 사람은 누구나 마음을 바꿀 권리가 있지 않느냐며 반문했다. 내가 그러한 생각을 바로 잡아 주자 그녀는 대화에 흥미를 잃은 것 같았다. 내가 만나야 할 사람들의 명단을 작성하는 오랜 시간 동안 그녀의 관심을 잡아 두기가 힘들 정도였다. 하지만 그날 오후 남은 시간에 만날 사람의 명단은 겨우 확보할 수 있었다.

내가 막 그 집에서 나오려 할 때에 집 앞 계단에서 성난 목소리가 들렸다. 그러더니 젊은 여자와 젊은 남자가 들어왔다. 그들은 손님이 있다는 걸 알고 말다툼을 멈추었다. 하지만 화난 표정은 여전했다. 아모가 서둘러 자신의 아들 알렉스와 딸 이사벨을 내게 소개했다. 아모는 그들에게 나를 '판사 문제를 도와주러 온' 형사라고 설명했다.

입술 위로 콧수염을 기르고 땅딸막한 체격의 알렉스는 별다른 관심을 보이지 않았다. 그는 고등학교의 이름이 쓰여진 재킷을 벗고 집 뒤쪽으로 난 문으로 사라졌다. 이사벨은 솔직히 호기심을 드러내며 나를 살폈다. 그녀는 부드럽게 컬이 진 검은 머리칼을 어깨까지 기른 날씬한 미인이었다. 이사벨에게는 어머니와 오빠에게서 찾아볼 수 없는 우아함이 있었다. 하지만 유감스럽게도 눈에 칠한 하늘색 아이섀도와 번쩍거리는 오렌지빛 립스틱이 그녀의 자연스러운 아름다움을 퇴색시켰다. 그녀는 천박한 보라색 모조 가죽 잠바 차림이었다. 하지만 이사벨은 얌전했고 자신의 어머니를 어떻게 도울 것인지 내게 조리 있게 묻기도 했다. 잠시 후에 이사벨은 내일까지 해야 할 숙제가 있다고 아모에게 말한 뒤에 오빠가 사라진 문 안으로 들어갔다.

나는 거실 정면 창가에 있는 필로덴드론 나무의 잎을 만지작거리고 있는 아모에게 고개를 돌렸다. 그녀의 자세는 굳어 있었고 내가 말을 걸어도 내 눈을 쳐다보지 않았다. 나는 아모에게서 아이들이 돌아오기 전에는 느끼지 못했던 긴장을 감지했다. 자신이 증언을 하면 아이들이 총을 맞을지 모른다는 불안감에서였을까? 아니면 다른 이유가 있는 것일까? 아이들이 말다툼을 벌인 것과 관련이 있는 건 아닐까? 하지만 남매가 싸우는 것은 흔히 있는 일 아닌가? 그들도 분명 샌디에고에서 자란 내 어린 시절과 크게 다르지 않을 터였다.

나는 두어 시간 후에 다시 들르겠다고 아모에게 말했다. 나는 문을 꼭 잠그고 창문에서 멀리 떨어져 있으라는 몇 가지 주의 사항을 불필요하게 상기시킨 뒤 밖으로 나왔다. 차가운 11월의 오후였다.

목록의 맨 위에 있는 이름은 매들린 도슨으로 살해된 폭력단 두목의 미망인이었다. 옆집을 보니, 마당에서 어슬렁거리던 개가 보이지 않아 마음이 놓였다. 하지만 쇠사슬을 두른 담으로 난 문을 밀고 들어가자 그 개가 금방 눈에 들어왔다. 개가 작고 지저분한 개집에서 나오며 맹렬히 짖어 댄 덕분이었다. 나는 잡초로 둘러싸인 깨진 보도로 올라서서 가운데 부분이 휜 집 앞의 나무 계단을 올라 초인종을 눌렀다. 개에게 조용히 하라고 외치는 여자의 목소리가 들리고, 집 안 어딘가에서 문 닫히는 소리가 들리더니 개 짖는 소리가 잠잠해졌다. 발자국 소리가 가까워지며 "누구세요?"라고 묻는 여자의 목소리가 들렸다.

"저는 올소울 법률 회사에서 나온 샤론 매콘입니다. 이웃에 사는 앤젤레스 부인에 대한 협박 건을 조사하고 있습니다."

두 개의 잠금 장치를 여는 소리가 나더니 체인이 걸린 채로 문이 열렸다. 문틈으로 아주 가늘고 창백해 보이는 여자의 얼굴이 보였다. 앞이마에 빨간 머리칼이 흩어져 있었다. 도슨 부인은 백인인데도 흑인과 결혼한 모양이었다. 여자가 나를 뚫어지게 쳐다보더니 물었다.

"무슨 협박 말씀이세요?"

"부인의 남편을 쏴 죽인 사람에게 불리한 증언을 하려는 앤젤레스 부인과 자녀들이 협박을 당한다는 사실을 모르시는군요?"

그녀가 고개를 젓더니 몸을 살짝 떨며 뒤로 물러섰다. 차가운 바깥 날씨 때문인지 살인에 대한 기억 때문인지 알 수 없었다.

"난…… 요즘 밖에 잘 나가지 않아서요."

"제가 잠깐 들어가서 그 총격 사건에 대해 이야기를 좀 해도 될까요?"

여자가 어깨를 으쓱해 보이며 체인을 풀고 문을 열었다.

"내가 무슨 도움이 될지 모르겠군요. 애초에 증언을 하겠다고 나선 아모가 바보 멍청이지."

"그 부인이 증언을 하겠다고 했을 때 반갑지 않으셨나요? 당신의 남편을 죽인 사람인데 말이에요."

여자가 다시 어깨를 으쓱해 보이더니 앤젤레스의 집과 똑같은 크기의 거실로 나를 안내했다. 하지만 비슷한 점은 그것뿐이었다. 더러운 접시와 물잔, 차서 흘러넘치는 재떨이, 발 디딜 틈도 없이 늘어놓은 신문과 잡지 더미, 낡은 덴마크 풍 가구 밑을 굴러다니는 생쥐 만한 크기의 먼지 덩어리들. 매들린 도슨이 타블로이드판 신문 한 장을 안락의자에서 들어 바닥으로 던졌다. 그런 다음 나에게 거기 앉으라는 신호를 해보이고 자신은 방석에 앉았다.

"앤젤레스 부인이 기꺼이 증언을 해 주겠다고 해서 기쁘셨겠어요, 그렇죠?"

내가 이야기를 시작했다.

"별로 그렇지도 않았어요."

"당신 남편을 죽인 살인범이 유죄 선고를 받든 말든 상관없다는 말씀이신가요?"

"레그는 죽어도 싸요. 게다가 드래건이 사형 당한다 해도 난 눈 하나 깜짝하지 않아요. 드래건이 레그를 죽이지 않았다 해도 다른 사람들을 많이 죽였으니까……."

"무슨 말씀이시죠?"

내가 날카로운 목소리로 반문하자 매들린 도슨이 놀라서 눈을 크게 떴다. 그래서 나는 그녀의 눈을 더 자세히 볼 수 있었다. 눈은 흐릿했고 눈동자는 넓게 벌어져 있었다. 그 여자는 마약 중독자였다.

"드래건이 다른 사람들도 많이 죽였다고 말했는데요."

"아니요, 그가 레그를 죽이지 않았다고 하신 말씀 말이에요."

"내가 그렇게 말했나요?"

"예."

"내가 왜 그런 말을 했는지 모르겠군요. 그러니까 아모가 사실을 목격했는데 말이에요. 아모는 언제나처럼 창가에 서서 사랑스러운 이사벨을 찾고 있었다더군요."

"이사벨 앤젤레스를 좋아하지 않으시는 것 같군요."

"난 필리핀 사람들을 별로 좋아하지 않아요. 그 사람들이 이 구역을 차지한 걸 좀 보세요. 데일리시티는 또 다른 마닐라가 되어 버렸어요. 그들이 한 것이라곤 사고 사고 또 산 것뿐이에요. 집을 사고 차를 사고 트럭 한 대분의 살림을 사들이고 말이에요. 그 사람들의 아이가 태어나자마자 제일 먼저 배우는 세 마디가 '엄마, 아빠 그리고 세라몬테' 라는 우스갯소리가 있을 정도라고요."

세라몬테는 샌프란시스코 남부에 있는 대형 쇼핑몰이었다.

나는 그녀의 목소리에 깔린 원망의 빛을 또렷이 감지했다. 오늘날 미국으로의 대규모 이민 집단 중 하나인 필리핀인들은 상당히 서구화되어 있으며 대체로 고등 교육을 받아서 최근에 이민 오는 다른 아시아인들이나 흑인이나 백인을 막론한 이 구역의 다른 이웃들보다 경제적으로 더 풍요로웠다. 값싸고 요란한 옷을 입고 짙은 화장을 한 이사벨 앤젤레스는 매들린 도슨의 바람보다 이 세상에서 더 나은 자리를 차지하기 위해 열심히 노력하는 보통 필리핀인들처럼 보이지 않았다.

매들린의 편견 때문에 내가 하려는 질문에 방해를 받을 수는 없는 노릇이었다.

"드래건이 당신의 남편을 쏘지 않았다는 말 말인데요……."

내가 말했다.

"누가 알겠어요? 아니, 누가 신경이라도 쓰나요? 그 짐승 같은 놈이 죽어서 얼마나 속이 시원한지 몰라요."

"왜 그렇게 시원하시죠?"

"짐승 같은 놈이니까요. 그 인간은 사람들을 속이고 돈을 착취하는 마약 암거래상이었어요. 어쩔 수 없이 마약이 필요한 나 같은 사람들을 괴롭혔죠. 내가 원래 이렇게 산 것처럼 보이나요? 아니요, 전혀 그렇지 않아요. 레그가 내 몸에 손을 대기 전까지 난 이 거리에서 가톨릭교를 믿으며 착하게 산 아일랜드 인이었어요. 내가 겨우 열세 살밖에 안 되었을 때 그가 날 마약에 빠지게 하고 온갖 나쁜 짓을 다 했죠. 레그는 섹스 상대로 젊은 여자를 좋아했어요. 하지만 내가 나이를 먹자, 난 이제 겨우 열아홉인데 말이에요, 난 점점 더 마약을 많이 하게 됐고, 그러다 갑자기 레그가 날 찾아오지 않았어요. 그래요, 그 작자는 짐승 같은 놈이에요, 난 그 인간이 죽어서 기뻐요."

"하지만 부인은 드래건이 그를 죽이지 않았다고 생각하시는군요."

여자가 성난 한숨을 내쉬었다.

"내가 무슨 생각을 하는지 모르겠어요. 하지만 레그가 총을 맞았을 때 그 자가 주차장에 만든 그 바보 같은 제단에 차를 몰고 들어간 것보다 더 개인적인 어떤 일 때문에 그런 일을 당했을지 모른다는 생각이 들었어요. 무슨 뜻인지 아시겠어요? 하지만 누가 그 인간을 죽였든 그게 뭐 그리 중요한가요?"

"단 한 사람, 토미 드래건에게는 중요하죠."

그녀는 손을 한 번 가볍게 치는 것으로 그 피고인의 목숨을 무시해 버렸다.

"아까 말했듯이 드래건은 살인자예요. 그 사람은 다른 사람들을 많이 죽였기 때문에 레그의 살인범으로 죽어 마땅해요. 어떤 면으로는 레그가 이 세상에 딱 한 가지 좋은 일을 했다고도 볼 수 있죠."

원시적인 감정으로는 그녀의 말이 옳다고 할 수도 있겠지만 그녀가 아무렇게나 하는 말을 듣고 있으려니 왠지 마음이 불편해졌다. 내가 말머리를 돌렸다.

"앤젤레스 부인이 당한 협박 말인데요. 카발리에로파 중에 누가 그 협박의 배후에 있을까요?"

"전부일 거예요. 폭력단 단원들은 함께 움직이니까요."

하지만 나도 폭력단의 구조에 대해서는 어느 정도 알았다. UC 버클리에서 받은 사회학 학위가 전혀 쓸모없는 것은 아니어서, 나는 그녀의 말이 사실이 아니라는 것을 분명히 알았다. 대개는 두세 명의 부관이 떠받드는 중심 인물이 한 사람 있게 마련이었다. 이 우두머리를 없애 버리면 추종자들은 목적을 잃고 흩어지게 마련이었다. 내가 카발리에로파의 중간 우두머리에게 불리한 증거를 충분히 확보한다면, 그들을 체포해서 협박을 그만두게 할 수도 있었다.

"드래건이 감옥에 간 뒤에는 누가 카발리에로파를 이끌고 있나요?"

내가 물었다.

"헥터 뷸리스예요."

그것은 내가 작성한 명단에는 없는 이름이었다. 아모는 그 필리핀 폭력단 단원들의 현재 우두머리가 누군지 모른다고 말했었다.

"어디 가면 그 사람을 만날 수 있죠?"

"제네바 가의 '카우 팰리스' 근처에 패스트푸드점이 있어요. '팻 로비스' 라는 데예요. 카발리에로파는 거기 모여 있어요."

내가 두 번째로 만날 사람은 도슨의 죽음 이후에 공식적으로 빅 터스파를 이끌고 있는 것으로 알려진 젊은 청년 지미 윌리스였다. 윌리스도 주로 제네바 가에 있는 카우 팰리스 근처의 한 볼링장에 있다고 했다. 나는 매들린에게 시간을 내줘서 고맙다는 인사를 한 뒤에 데일리시티 시내로 향했다.

두 상점 중 먼저 눈에 띤 곳이 바로 팻 로비스로, 그곳은 햄버거 집이나 닭튀김 집에 주로 사용되던 콘크리트와 유리로 이루어진 60년대 초 풍의 구식 건물이었다. 나는 볼품없는 차들로 가득한 주차장으로 들어가서 내 차를 이제 고물이 된 스피커대 옆에 세웠다.

상점 안 인테리어를 보니, 고등학교 시절이 생각났다. 판유리로 된 창문 옆에 오렌지색 모조 가죽으로 칸막이를 한 좌석이 놓여 있었다. 오래된 포마이카 카운터에는 높은 의자들이 늘어서 있고 주방으로 통하는 카운터 위쪽 벽에는 구역질 나게 생긴 음식 사진이 얇은 판 위에 붙어 있었다. 주크박스 대신에 한쪽 벽을 따라 비디오 게임기가 놓여 있고 청바지와 데님 재킷을 입은 필리핀 청년 셋이 모여 앉아 있다가 '침입자다!' 라고 외쳤다. 카발리에로야 하고 내가 생각했다.

나는 세 청년을 별 관심 없는 듯 힐금 본 후에 카운터 쪽으로 가서 자리를 잡고 유라시안처럼 보이는 젊은 여 종업원에게 커피를 주문했다. 카발리에로 단원들은 나에 대한 관심을 숨기지 않았다. 그들은 내놓고 나를 쳐다봤고 한 명이 '틱틱' 비슷한 말을 하자 일제히 추잡한 웃음을 터뜨렸다. 타갈로그어로 음담패설을 했겠지 하고 나는 생각했다. 나는 그들을 무시한 채 싱겁고 맛없는 커피를 마셨다. 그들은 잠시 후에 다시 게임에 몰두했다.

나는 방어용 장비로 가방에 넣어 갖고 다니는 페이퍼백 책을 꺼내 읽는 척하면서 세 사람이 나누는 대화에 귀를 기울였다. 나는 두 사람의 이름을 알아냈다. 샐과 헥터였다. 후자가 바로 그 폭력단의 우두머리인 뷸리스인 것 같았다. 나는 몰래 그를 곁눈질했다. 그는 키가 크고 마른 체격에 긴 머리를 뒤로 넘겨 하나로 묶고 있었다. 그는 날카로운 인상에 얼굴이 약간 비뚤어져서 언제나 비웃는 듯한 인상을 풍겼다. 세 사람은 줄곧 낮은 목소리로 이야기하는 바람에 나는 귀를 곤두세우고 있었는데도, 그들이 하는 말을 알아듣지 못했다. 오 분쯤 뒤에 헥터가 비디오 게임기에서 일어났다. 그는 동료들과 함께 나를 마지막으로 쳐다본 후에 식당에서 나가 버렸다.

나는 그들이 낡은 녹색 폰티액을 타고 사라지기를 기다렸다가 여 종업원을 불러 내 신분증을 보여 주었다.

"방금 여기서 나간 세 사람 말인데요, 그중에 키 큰 사람이 헥터 뷸리스인가요?"

내가 물었다.

그녀는 내 신분증을 보며 입술을 '오'에 가까운 모양으로 만들었다가 끝내 고개를 끄덕였다.

"그 사람들에 대해 이야기 좀 나눌 수 있을까요?"

그녀가 주방 쪽을 쳐다봤다.

"사장님은 근무 시간에 손님들하고 이야기하는 걸 싫어하세요."

"잠깐이면 돼요. 오 분만요."

그러자 그녀가 불안해하며 식당 안을 둘러봤다.

"그럴 수 없다니까요······."

내가 지갑에서 20달러짜리 지폐 한 장을 꺼내 그녀에게 내밀었다.

"오 분이면 돼요."

그녀는 여전히 불안해했지만 욕심이 두려움을 이긴 것 같았다.

"좋아요. 하지만 당신과 이야기하는 걸 다른 사람에게 보이고 싶진 않아요. 뒤쪽 화장실로 가세요. 비디오 게임기 옆에 문이 있어요. 나도 가능한 한 빨리 그곳으로 갈게요."

나는 자리에서 일어나 여자 화장실로 갔다. 그곳은 어슴푸레한 조명이 밝혀져 있는 좁은 공간으로 심하게 깨진 거울이 붙어 있었다. 화장실 벽은 낙서로 가득했다. 낙서 위에 페인트칠을 한 것처럼 보이는 부분도 있었지만 시간이 지나 에나멜 층이 벗겨지면서 예전의 낙서가 드러난 곳도 있었다. 화장실에서는 기름과 싸구려 향수 그리고 퀴퀴한 담배와 마리화나 냄새가 났다. 나는 개수대에 기대선 채로 기다렸다.

몇 분 뒤에 그 젊은 유라시안 아가씨가 나타났다.

"나쁜 자식한테 혼났어요. 내가 벌써 휴식 시간을 다 썼다고 하지 뭐예요."

여자가 말했다.

"이름이 뭐죠?"

"안나 스미스예요."

"안나, 방금 여기서 나간 세 남자가 여기 자주 오나요?"

"그래요."

"자기들끼리만 어울려 다니죠, 안 그래요?"

"다른 사람들이 그들을 피한다고 하는 게 더 맞겠죠. 폭력단 단원들이거든요. 저 사람들이랑 상관하지 마세요. 이 말을 해 주려고 여기 온 거예요."

여자가 머뭇거리며 말했다.

"저 사람들이 토미 드래건에 대해 이야기하는 걸 들은 적이 있나요?"

"드래건이오? 물론이죠. 그 사람은 감옥에 있어요. 누명을 뒤집어썼다고 그러던걸요."

물론 그들은 그렇게 주장할 터였다.

"앤젤레스 부인, 그러니까 아모피나 앤젤레스에 대해서는요?"

"그 사람에 대해서는 못 들었어요."

"누군가를 협박하려 한다는 이야기 같은 것은요? 불을 지르고 총을 들고 누군가를 쫓아다니고 하는 것들 말이에요."

"아, 그건 저 사람들이 늘 하는 일인걸요. 자기들끼리 어울려 다니며 그런 짓을 하죠. 하지만 놀랍진 않아요. 아빠가 서빅 베이에 근무하실 때 엄마와 만나서 나도 일부는 필리핀 사람이라 아는데, 필리핀어에는 '쿠무쿨로 앙 두고'라는 말이 있어요. 그러니까 피가 끓는다는 뜻이죠. 특히 남자들이 화가 많이 날 때 그런 말을 써요. 그러니까 물론 당신이 말한 것 같은 일들을 하죠."

"금요일에도 일하나요?"

"예, 2시에서 10시까지요."

"지난 금요일 6시경에 카발리에로 단원들이 여기 왔었나요?"

그때는 이사벨이 미행을 당한 시각이었다.

안나 스미스가 생각해 내려는 듯 인상을 찌푸렸다.

"지난 금요일이라…… 아, 예. 물론이에요. 그때 저 사람들이 대규모 회의를 열었어요. 전부 모였죠."

"전부 다요?"

"그래요. 5시 30분에 시작해서 두어 시간 정도 했어요. 사장님은 뭔가 대단한 일이 벌어질까 봐 걱정했지만, 결국 음식을 많이 팔아 준 걸로 끝났죠."

"어떤 이야기를 하던가요?"

"드래건에 대한 이야기였어요. 재판에서 누가 성격 증인(법정 또는 그 밖의 소송 절차에서 원고 또는 피고의 평판, 행동, 품성 등에 대해 증언하는 사람.—옮긴이)을 할 건가, 뭐 그런 이야기였죠."

방금 본 세 사람이나 아니면 그들의 동료 중 누군가가 성격 증인을 한다고 생각하니 웃음이 나왔다. 하지만 토미 드래건의 입장에서는 누군가의 도움을 받아야 했다.

"그 사람들이 모두 모인 게 확실해요?"

"그래요."

"그리고 그날 회의에서 앤젤레스 부인의 증언을 막으려는 이야기는 오가지 않은 것도요?"

"예, 드래건의 변호사도 그날 여기 있었어요."

그건 이상한 일이었다. 왜 드래건의 국선 변호사가 공공 장소에서 증인을 만났단 말인가? 가능한 이유가 한 가지 있다면 그건 그가 그들을 두려워해서 자신의 사무실로 오기를 원치 않은 것뿐이었다. 하지만 카발리에로파가 이사벨을 협박한 시간에 대한 알리바이를 만들기 위해 그 시간과 장소를 택한 것은 아닐까?

"난 일하러 가야겠어요. 사장님이 여기로 날 찾으러 오시기 전에요."

안나 스미스가 말했다.

"시간을 내줘서 고마워요."

내가 그녀에게 20달러를 주었다.

"나 때문에 카발리에로 단원 중 어느 누구도 곤란한 상황에 처하지 않았으면 좋겠어요."

문밖으로 나가다 말고 그녀가 얼굴을 찌푸린 채 이렇게 덧붙였다.

"약속할게요."

"좋아요. 난 그러니까 그 사람들을 좋아하거든요. 마약을 하긴 하지만 요즘에 안 하는 사람이 어딨어요?"

'요즘에 안 하는 사람이 어딨냐고? 맙소사……'

내가 생각했다.

'스타라이트 볼링장'은 지저분한 폐차장 같은 분위기를 풍기는 오래된 볼링장이었다. 주차장이 혼잡했기 때문에 나는 차를 쓰레기통 뒤에 세웠다. 안의 레인에는 불이 환하게 켜져 있었고 핀이 쓰러지는 소리와 공이 구르는 소리, 환호성과 투덜거리는 소리로 소란스러웠다. 나는 앞쪽 카운터로 가서 지미 윌리스가 어디 있느냐고 물었다. 카운터 뒤에 서 있던 여자가 제일 끝쪽 레인을 가리커 보였다.

부유층의 새로운 볼링 애호가들이 즐겨 부르듯 볼링 레인이 아닌 볼링 앨리는 내게 친숙한 곳이었다. 내가 좋아하는 짐 삼촌이 몇 년 전까지 일급 프로 볼링 선수였기 때문이다. 스타라이트 볼링장에 들어와 보니, 짐 삼촌이 샌디에이고에서 볼링을 연습하던 곳이 생각났다. 선반에 줄지어 있던 낡은 대여용 신발에서부터 싸구려 상점에서 파는 커피 냄새 그리고 여기저기 때운 플라스틱 의자와 담뱃불로 탄 점수판에 이르기까지 모든 게 똑같았다. 나는 그런 분위기를 한껏 음미하며 날렵해 보이는 흑인 청년 혼자 볼링을 치고 있는 32번 레인으로 갔다. 지미 윌리스는 왼손잡이였고, 그의 공은 정확히 커브를 그리며 들어갔다. 나는 그의 빈틈없는 솜씨와 우아한 자세에 감탄하며 뒤에서 기다렸다. 그는 볼링에 어찌나 몰입해 있는지, 마지막 회를 마치고 공을 거둬들일 때까지 내가 있는 것을 눈치 채지 못했다.

"정말 훌륭한 솜씨네요. 애버리지가 몇이죠?"

"200이오."

그는 나를 오랫동안 쳐다본 후에 대답했다.

"프로로 전향하셔도 될 만한 점수군요."

"그렇게 할 예정이에요."

마약과 살인을 밥먹듯이 하는 폭력단의 우두머리에게는 어울리지 않는 대답이었다.

"짐 매콘이라는 사람 아세요?"

내가 물었다.

"그럼요. 전성기 때 대단했었죠."

"그분이 제 삼촌이에요."

"농담은 그만두세요."

윌리스는 이번에는 내가 삼촌과 닮았는지 보려는 듯 내 얼굴을 자세히 뜯어봤다.

나는 이쯤에서 신분증을 내보이며 레그 도슨의 살인에 대해 이야기를 좀 나누고 싶다고 말했다. 그는 인상을 찌푸리며 머뭇거렸지만 이내 고개를 끄덕였다.

"좋아요. 당신이 짐 매콘의 조카라니 말이에요. 하지만 맥주 한 잔 사야 돼요."

"좋아요."

윌리스가 볼링 공을 수건으로 문지른 뒤에 공과 신발을 가방에 넣었다. 그리고 나를 담배 연기로 가득하고 어둠침침한 볼링장에 딸린 바로 안내했다. 그는 칸막이를 한 좌석에 자리를 잡았고 나는 버드와이저 두 잔을 시켰다.

"그 살인 사건에 대해 제게 해 줄 말이 있습니까?"

내가 의자에 앉으며 물었다.

"내가 보기엔 도슨이 죽음을 부른 거나 다름없어요."

그렇다면 그는 도슨 부인과 같은 생각이었다.

"무슨 뜻인지는 알겠는데요, 당신한테서 그런 말을 들으니 좀 이상하네요. 당신은 그 사람 친구라고 들었거든요. 게다가 그가 죽은 뒤로 당신은 빅터스파를 떠맡지 않았나요."

"두 가지 다 잘못된 소식을 들었군요. 그래요, 난 빅터스파에 있었고 도슨이 피살된 뒤에 사람들이 나를 그 자리에 앉히려 했어요. 하지만 그 무렵 난 그런 인생에서 벗어나고 싶었어요. 어떻게 그렇게 됐는지는 묻지 마요. 중요한 건 아니니까요. 물론 베니 크레스포와 도슨에게 일어난 일 그리고 드래건에게 일어날 일과 아무런 관계가 없는 건 아니에요. 그래서 나는 미래를 위해 살기로 했어요. 여기서 새 직장을 얻었죠. 보수는 많지 않지만 볼링을 마음대로 칠 수 있고 내 길을 갈 수 있으니까요."

그가 옆 자리에 놓아둔 볼링 가방을 두드리며 말했다.

"잘됐네요. 드래건에 대해서는 어때요? 그 사람이 죄가 있다고 생각합니까?"

윌리스가 생각에 잠긴 표정으로 머뭇거렸다.

"왜 그걸 묻죠?"

"그냥 궁금해서요."

"그러니까 사실을 말하자면 난 드래건이 레그를 쐈다고는 생각지 않아요. 조금도요."

"그럼 누구죠?"

그가 어깨를 으쓱해 보였다.

내가 그에게 카발리에로 단원들이 검사 측의 중요한 증인을 협박한다는 이야기를 들었는지 물어보았다. 그가 고개를 끄덕였다.

"지난 금요일에는 증인의 딸까지 죽이겠다고 협박했다던데요."

내가 말했다.

"대단했겠는걸요. 하지만 좀 놀랍군요. 드래건의 변호사가 카발리에로가 어떤 일을 꾸미고 있다는 걸 알고 그들에게 엄중한 경고를 했어요. 그러면 드래건이 사형에 처해질 게 분명하다면서요. 그래서 그들이 그런 행동을 중지했는걸요."

그가 서글픈 듯한 미소를 지으며 말했다.

"그게 언제 일인가요?"

"일주일이나 열흘 전일걸요."

이사벨이 미행을 당하기 오래전이었다. 죽은 개와 창문에 총을 쏜 사건도 있기 전이었다.

"확실한가요?"

"내가 알기로는 그래요. 그들이 앤젤레스 부인의 뒤를 쫓아다닌다는 당신의 말을 듣고 한편으로는 내가 놀랐어요."

"왜죠?"

"필리핀 남자들이 지키는 전통이 있어요. 특히 여자에게는 철저히 지키죠. 그들은 같은 필리핀 여자를 괴롭히지 않고, 특히 필리핀인이 아닌 남자가 필리핀 여자를 괴롭히는 걸 싫어하죠. 그런데 어떻게 그런 전통을 무시하고 자기 나라 여자를 괴롭힐 수 있겠어요?"

"하지만 그 여자의 증언으로 동료 폭력단 단원이 죽게 될지도 모르는 상황이잖아요. 그건 극한 상황이죠."

"그렇다고 할 수도 있겠죠."

나는 지미 윌리스와 좀 더 이야기를 나누었다. 하지만 그는 정보를 더 이상 제공해 주지는 못했다. 아니, 일부러 제공하지 않았는지도 모른다. 나는 그에게 맥주 두 잔을 사 주고 차를 세워 둔 곳으로 나왔다.

그런데 갑자기 헥터 뷸리스와 샐이 나타났다.

샐이 내 팔을 잡고 등 뒤에서 비틀며 쓰레기통을 둘러싸고 있는 격자 담 쪽으로 내 몸을 밀어부쳤다. 쓰레기통에서 풍겨 나는 악취가 코를 찔렀다. 샐의 입김에서도 그에 못지 않게 심한 냄새가 났다. 나는 벗어나려고 몸부림쳤다. 하지만 그는 내 다른 팔까지 잡고 내 몸을 더 세게 조였다. 주변을 둘러봤지만 절벽 같은 밋밋한 얼굴을 한 사내와 높은 담장 그리고 텅 빈 폐차장뿐 아무도 보이지 않았다. 교활한 얼굴을 한 뷸리스가 칼날이 튀어나오는 칼을 열어 보이며 내게 다가왔다. 나는 칼날에 시선을 고정한 채 꼼짝도 하지 않았다. 온몸이 빳빳이 굳어 오는 것 같았다.

뷸리스가 칼끝을 내 턱에 댔다. 그리고 뺨을 가로질러 선을 그었다.

"해치고 싶진 않아, 이년아. 내 말대로 하면 건드리지 않을게."

안나 스미스가 말한 타갈로그어, 쿠무쿨로 앙 두고가 갑자기 머리를 스치고 지나갔다. 피가 들끓는다는 말 말이다. 나는 뷸리스가 위험할 만큼 분노해 있음을 느꼈다.

내가 마른 입술을 적시고 떨리는 듯한 목소리를 내지 않으려 애쓰며 말했다.

"내가 어떻게 하길 바라는데?"

"네가 도슨 살인 사건을 캐고 다닌다는 말은 들었어. 드래건이 그랬다는 걸 증명해 보이려고 말이야."

"그게 아니라……."

"입 닥쳐. 우리 일은 신경 쓰지 말고 네년이 사는 시내로 돌아가란 말이야."

"누가 그런 말을 했는지는 모르지만 그건 거짓말이야. 나는 앤젤레스 가족을 도우려는 것뿐이야."

"거짓말할 사람들이 아니야."

그가 칼끝을 내 목 아래쪽의 움푹한 곳에 갖다 댔다. 칼끝이 내

피부를 뚫고 들어왔다. 아주 살짝이었지만 나는 너무 두려웠다.
 겨우 말을 할 수 있게 되었을 때 나는 단어를 신중하게 선택해 가며 천천히 설명했다.
 "내가 들은 이야기는 드래건이 무고하다는 거야. 그리고 앤젤레스 일가를 협박한 배후에 카발리에로 단원들이 없다는 말도 들었어. 적어도 지난 일주일이나 열흘 동안은 아니라는 거야."
 뷸리스가 동료와 재빨리 시선을 주고받았다. 하지만 어떤 의미인지는 알 수 없었다.
 "누군가 너희에게 누명을 뒤집어씌우려 하고 있어. 드래건에게 그런 것처럼 말이야."
 뷸리스는 내 목을 겨눈 칼을 떼지 않았다. 그의 손길은 단호했다. 하지만 내 말의 의미를 생각해 보는 듯 그의 시선이 흔들렸다.
 "그렇다면, 누구지?"
 잠시 후에 그가 물었다.
 "아직은 모르지만 찾아낼 수 있을 거야."
 그는 꽤 오랫동안 생각하다 팔을 내리고 칼날을 닫았다.
 "내일까지 기한을 주겠어."
 그는 이렇게 말하고 칼을 주머니에 넣은 뒤에 샐에게 날 풀어 주라고 지시했다. 그러고 나서 두 사람은 순식간에 사라졌다.
 나는 격자 모양 담장에 몸을 기댔다. 목의 찔린 부위가 아팠다. 피가 약간 났지만 벌써 굳은 듯했다. 무릎이 덜덜 떨리고 숨이 가빴다. 나는 공포에 사로잡혀 있었다. 카발리에로파는 수가 많았고 그것은 가장 불쾌하게 느껴지는 공포감이었다.
 쿠무쿨로 앙 두고. 피가 끓는다……

두 시간 뒤에 나는 다시 오메가 거리에 있는 앤젤레스 부인의 집에 있었다. 나를 맞이하는 아모에게서는 조금 전과 같은 긴장은 찾아볼 수 없었다. 마침내 그처럼 약한 뼈대로는 그처럼 뚱뚱한 몸매를 지탱하기 힘들다는 듯 그녀의 몸은 축 처져 있었다. 얼굴 피부는 바람 빠진 공처럼 탄력이 없었고 쑥 들어간 눈은 흐릿했다. 그녀가 문을 닫고 나에게 앉으라는 손짓을 해보인 뒤에 긴 한숨을 내쉬며 안락의자에 기대앉았다. 집 안은 조용했다. 적막할 만큼 조용했다.

"물어볼 게 있어요. '틱틱'이 타갈로그어로 무슨 뜻이죠?"

내가 물었다.

그녀의 눈이 별 관심 없다는 듯 깜빡였다.

"틱틱이라면 형사라는 뜻이에요."

그녀가 내 발음을 고쳐 주며 대답했다.

헥터 불리스와 샐이 나를 따라온 다음부터 뭔가 이상하다는 생각이 많이 들던 터였다.

"그런 소리는 어디서 들었나요?"

아모가 물었다.

"아까 팻 로비스에 갔을 때 카발리에로 중 한 명이 그랬어요. 내가 형사라는 걸 누군가 알려 준 모양이에요. 누군지는 모르지만 그 말을 한 사람이 내가 토미 드래건이 레그 도슨을 죽였다는 증거를 찾으러 다닌다는 말도 했대요."

"왜 그런……"

"바로 그거예요. 과연 누가 그랬을까요? 당시에 내가 형사라는 걸 안 사람은 넷뿐이었는데."

아모는 입술을 핥았지만 아무 말도 하지 않았다.
"아모, 총격이 벌어진 날 당신은 거실 창가에 서서 이사벨을 찾고 있었다고 했죠?"
"그래요."
"그렇게 자주 서 있나요?"
"그래요."
"이사벨이 늦게 귀가하는 경우가 많기 때문에 따님이 곤란한 일은 당하지 않을까 걱정이 돼서 말이죠."
"엄마라면 당연히……."
"따님이 좋은 핑곗거리가 될 때 특히 그렇겠죠. 이사벨은 당신의 통제 범위를 벗어나 있어요, 그렇지 않나요?"
"아니요, 그 애는……."
"아모, 매들린 도슨과 이야기할 때 당신은 평소처럼 '사랑스러운 이사벨'을 기다리며 창가에 서 있었다고 했는데, '사랑스러운'이라는 말을 곱게 하지 않더군요. 나중에 지미 윌리스도 당신 따님이…… 상처 입기 쉬운 약한 처녀는 아니라는 투로 말하더군요."
"도슨 부인은 질투가 많아요."
아모의 눈에서 불꽃이 번뜩였다.
"물론 그럴 거예요. 하지만 이상한 점은 또 있어요. 팻 로비스에서 일하는 여 종업원에게 물어보니, 카발리에로 단원들이 당신 문제에 대해 의논하는 걸 한 번도 들은 적이 없다고 하더군요. '아니요, 그런 이야기는 없었어요.'라고 분명히 말했어요. 그때는 별다른 생각을 하지 못했는데, 좀 전에 다시 그녀와 이야기를 할 때 이사벨이 폭력단의 일원이라고 하더군요. 이사벨이 거칠며 폭력단 단원들과 어울려 다닌다는 말이었어요. 부인도, 알렉스도 그 사실을 알고 있었어요. 그래서 매들린 도슨도 그런 말을 한 거구요. 도슨 부인 말에 의하면, 이사벨이 처음 관계를 맺은 남자가 바로 자기 남편이라고 하더군요."

아모는 위축된 것 같았다. 그리고 손의 뼈마디가 하얗게 드러나도록 의자 팔걸이를 꽉 움켜잡았다.

"사실이죠, 그렇죠?"

내가 좀 더 부드러운 목소리로 물었다.

그녀가 시선을 떨구며 고개를 끄덕였다.

"더 이상은 그 애를 어떻게 해야 할지 모르겠어요. 레그 도슨이 그 애에게 접근한 뒤로 그 애는 완전히 달라졌어요. 이제 내 딸이 아닌 것 같아요."

그녀가 지칠대로 지친 목소리로 실토했다.

"마약도 하나요?"

"알렉스는 아니라고 하지만 잘 모르겠어요."

나는 그 일을 문제 삼지 않았다. 그건 내가 상관할 바가 아니었다.

"아까 이사벨이 집에 왔을 때 나에게 상당한 관심을 보이더군요. 나한테 이것저것 묻고 카발리에로 단원들에게 내 인상착의를 설명하려는 듯 날 주의 깊게 살펴봤죠. 그녀는 내가 무언가를 알아내는 게 두려웠던 거예요. 예를 들면 지난 금요일에 총을 든 남자들이 자신을 따라오지 않았던 일 같은 것 말이에요."

"정말 그랬어요!"

"아니요, 아모. 그건 당신이 증언하면 당신과 당신 자녀들의 생명이 위협받는 것처럼 보이기 위해 꾸며 낸 이야기에 지나지 않아요. 아까 한 이야기와 달리 처음에 당신은 토미 드래건에게 불리한 증언을 할 생각이 없었어요. 한 달 전에 카발리에로 단원들이 당신을 괴롭히기 시작했을 때, 당신은 증인대에 서지 않을 완벽한 이유를 찾아냈어요. 하지만 당신은 드래건의 변호사가 그런 짓을 그만두라고 단원들을 설득할 거라는 생각은 하지 못했어요. 그래서 그런 일이 일어나자 당신과 이사벨 그리고 아마도 알렉스까지 사고가 있었던 것처럼 꾸며 낸 거죠. 창문에 총을 쏘고 계단참에 죽은 개를 갖다 놓고 총을 든 남자들이 쫓아온 것처럼 말이에요. 협박이 계속 진행되고 있는 것처럼 꾸며 낸 거죠."

"내가 왜요? 그럼 사람들이 날 감옥에 집어넣을 텐데요."

"하지만 그때는 그럴 수 있다는 사실을 알지 못했으니까요. 당신이 다니는 회사 사장이 날 고용할 거라는 것도 몰랐고요. 하지만 내가 조사를 하면서 당신과 당신 가족이 다른 위험에 처하게 된 거죠."

"이건…… 내가 왜 그런 짓을 한단 말이에요?"

"근본적으로 당신은 정직하고 착한 여자니까요. 당신은 드래건이 도슨을 쏘지 않았다는 사실을 알기 때문에 그런 증언을 하고 싶지 않았던 거예요. 당신이 경찰에 드래건의 이름을 말한 건 머리에 처음 떠오른 이름이기 때문이었을 거예요."

"그럴 이유가 없…… ."

"세상에서 가장 절실한 이유가 있죠. 자식을 보호하려는 엄마의 본능 말이에요."

앤젤레스 부인은 아무 말도 하지 않았다. 그녀의 눈에 절망과 패배감이 서렸다.

나는 그녀를 더 고통스럽게 하고 싶지 않았다. 하지만 말을 계속할 수밖에 없었다.

"도슨이 죽던 날, 도슨은 자신이 베니의 성지를 더럽힐 거라는 말을 흘렸어요. 도슨을 쏜 범인은 싸움이 벌어지고 혼란스러운 상황이 될 거라는 걸 이미 알고 있었죠. 그래서 그걸 이용해서 자신의 범죄를 은폐하려 한 거예요. 범인은 도슨을 증오했고……"

"많은 이들이 그래요."

"하지만 당신이 무고한 사람에게 죄를 뒤집어씌우면서까지 그토록 필사적으로 보호하려 한 사람은 단 한 사람이었어요."

"우리 어머니를 내버려 둬요. 내가 한 짓만으로도 벌써 많은 고통을 겪으셨어요."

나는 고개를 돌렸다. 내가 알지 못하는 사이에 알렉스가 소리 없이 방 안으로 들어와 있었다. 그는 나와 아모 사이에 섰고 그의 오른손에는 토요 특집판 신문 뭉치가 있었다.

바로 그동안 찾지 못했던 살인 도구였다.

나는 긴장했다. 하지만 그의 얼굴에서 나를 쏘려는 기미는 찾을 수 없었다. 대신 그는 한쪽 팔을 들어 신문에 싸인 총을 내밀었다.

"이걸 받아요. 난 이 총을 사지도 쏘지도 말았어야 해요. 난 그 자식이 내 여동생에게 한 짓 때문에 도슨을 증오했어요. 하지만 그 쓰레기 같은 자식을 죽인 걸로 우리가 이렇게까지 고통을 당할 줄은 미처 생각지 못했어요."

내가 아모를 쳐다봤다. 그녀의 눈에서 눈물이 흘러내렸다.

"엄마, 울지 마세요. 난 그럴 만한 가치도 없는 놈이에요."

"이 애는 어떻게 될까요?"

아모가 나에게 물었다.

"드래건이 받을 판결과는 다를 거예요. 알렉스는 청소년이니까요. 하지만 당신은……"

"난 상관없어요. 아이들만 괜찮다면요."

문제는 바로 거기 있었다. 그녀는 전형적으로 헌신적인 엄마였다. 아이들만을 위해 살아왔고 아이들이 저지른 잘못까지 감싸고 도는. 그래서 결국 아이들이 돌이킬 수 없는 잘못을 저지르게 만드는.

일면 나에게 아이들이 없다는 것에 감사했다. 또한 잭 스튜어트가 아주 훌륭한 변호사라는 것에도 감사했다. 이 두 가지에 모두 감사하고 싶은 마음이었다. 나는 잭에게 전화를 걸어 이곳으로 와 달라고 했다. 적어도 나는 앤젤레스 가족을 훌륭한 법률가에게 넘길 수 있었다.

그가 도착한 후에 나는 땅거미가 진 거리로 나왔다. 베니의 성지에 낡은 노란색 폭스바겐이 서 있었다. 나는 그곳으로 걸어가서 길모퉁이에 섰다. 베니 크레스포의 성지임라는 걸 떠올리게 하는 것은 아무것도 남아 있지 않았다. 피가 끓던 한 젊은이가 여기서 숨을 거둔 흔적도 전혀 없었다. 길게 갈라지고 기름 방울이 여기저기 떨어지고 도시 생활의 파편으로 더러워진 아스팔트뿐이었다. 나는 한동안 그곳을 쳐다보다 오메가 거리의 황량한 풍경으로부터 몸을 돌렸다.

옮긴이 **홍현숙**

1966년 서울에서 태어나 연세대학교 불어불문학과를 졸업했다. 1989년부터 1994년까지 방송위원회에서 일하였으며 1993년에서 1994년까지 《출판정보》에 '해외도서 정보—영국편'을 번역, 기고하기도 하였다. 현재 전문 번역가로 활동 중이며, 옮긴책으로 『자부심의 기적』, 『미켈란젤로의 딸』, 『엑소더스』, 『아메리칸 퀼트』, 『할머니가 있는 풍경』, 『에덴의 벌거숭이들』, 『매직 서클』 등이 있다.

세계 서스펜스 걸작선 2

1판 1쇄 찍음 2005년 7월 10일
1판 2쇄 펴냄 2012년 3월 5일

지은이 | 로버트 블록, 루스 렌들 외
옮긴이 | 홍현숙
발행인 | 박근섭
펴낸곳 | **황금가지**

출판등록 | 1996. 5. 3. (제16-1305호)
주소 | 135-887 서울 강남구 신사동 506 강남출판문화센터 5층
전화 | 영업부 515-2000 / 편집부 3446-8773 / 팩시밀리 515-2007
홈페이지 | www.goldenbough.co.kr

한국어판 ⓒ **황금가지**, 2005. Printed in Seoul, Korea

ISBN 89-8273-859-2 04840
ISBN 89-8273-857-6 04840(세트)